AL

Noirs desseins

DU MÊME AUTEUR

AUX EDITIONS HARLEQUIN

DANS LA COLLECTION BEST-SELLERS

Affaire de famille (N° 51)
Flagrant délit (N° 96)
Une ombre sur le passé (N° 117)
La traque (N° 146)
Un mystère de trop (N° 173)
Destination impossible (N° 180)
Piège invisible (N° 191)

CARLA NEGGERS

Noirs desseins

BEST SELLERS

éditions Harlequin

Cet ouvrage a été publié en langue anglaise
sous le titre :
THE WATERFALL

Traduction française de
KATIA NOVET SAINT-LÔT

Photos de couverture
Lac d'Afrique : © HORST KLEMM / MASTERFILE
Paysage et cabane : © BRIAN McWEENEY / GETTY IMAGES

83-85, boulevard Vincent-Auriol, 75013 PARIS — Tél. : 01 42 16 63 63
Service Lectrices — Tél. : 01 45 82 47 47
ISBN 2-280-08727-8 — ISSN 1248-511X

A Dick et Diane Ballou…

1.

— La veuve Swift ? s'exclama Lucy avec une grimace. Mais qui peut bien m'appeler comme ça ?

Madison haussa les épaules, les mains sur le volant, le regard fixé sur la route. Elle n'avait que quinze ans et elle conduisait déjà : encore une chose à laquelle Lucy allait devoir s'habituer.

— Tout le monde, répondit la jeune fille.

— C'est qui, tout le monde ?

— Eh bien, voyons, les six personnes qui habitent ce bled.

Lucy ignora le sarcasme.

La veuve Swift. Seigneur !

Puis elle se dit que, après tout, c'était peut-être le signe que les gens commençaient à l'accepter. Car elle ne se faisait guère d'illusions : elle avait beau être installée dans le Vermont depuis bientôt trois ans, la population locale continuait à la considérer comme une pièce rapportée, quelqu'un que l'on s'attendait à voir, d'un jour à l'autre, faire ses paquets et retourner à Washington. Madison ne demanderait pas mieux, d'ailleurs. A douze ans, la vie dans cette petite ville du Vermont lui était apparue comme une aventure. A quinze, l'aventure était devenue une sorte de long pensum. Elle avait son permis de conductrice débutante, après tout. Pourquoi pas une maison dans le quartier de Georgetown, dans la capitale ?

— Eh bien, tu pourras dire à « tout le monde » que je préfère qu'on m'appelle Lucy ou Mme Swift.

— D'accord, maman.

Madison avait l'air de trouver cela amusant, au point qu'elle en oublia l'anxiété qui la gagnait généralement au moment de se garer, et réussit un créneau parfait, juste devant la poste de leur village du sud du Vermont.

— Ça alors ! J'ai drôlement progressé ! s'exclama-t-elle. Bon. Je me mets en position parking. Je tire le frein à main. Je coupe le moteur. Je prends la clé.

Elle sourit à sa mère.

— Tu vois : je n'ai même pas renversé un orignal !

Ils avaient vu exactement deux orignaux, depuis leur arrivée dans le Vermont, et jamais sur le chemin de la ville. Mais Lucy ne fit aucun commentaire.

— Très bien, répondit-elle simplement.

Madison s'éloigna en direction du seul magasin de la ville, « pour voir leur dernière collection de sabots », et Lucy se rendit à la poste pour envoyer une pile de dépliants.

En arrivant dans le Vermont, elle avait monté une agence de voyages spécialisée dans le tourisme sportif. Après deux ans et demi d'efforts, elle ne pouvait que se réjouir des résultats : son site internet était de plus en plus visité et les affaires tournaient bien. Elle reprenait pied. Elle se faisait une place au soleil, pour elle et pour ses enfants. Ça prenait juste un peu de temps, voilà tout.

— La veuve Swift, marmonna-t-elle entre ses dents. Mince alors !

Elle aurait dû balayer ce drôle de surnom d'un geste de la main et éclater de rire, mais elle n'y arrivait pas. Elle avait trente-huit ans et Colin, son mari, était mort depuis trois ans. Elle savait bien qu'elle était veuve, mais elle ne voulait pas de cette étiquette. Ni d'aucune autre, d'ailleurs.

Le village était tranquille dans la chaleur de la mi-juillet. Pas le plus petit soupçon de brise ne chatouillait les vieux érables géants. Quant aux commerces, on les comptait sur les doigts d'une main : le magasin très largement polyvalent, la poste, la quincaillerie et deux auberges — c'était tout, et Madison ne perdait pas une occasion de s'en plaindre.

A quelques kilomètres au nord-ouest, la petite ville de Manchester offrait bien davantage en matière de shopping ou de distractions, mais il n'était pas question que Madison s'aventure aussi loin avec un permis de débutante à peine vieux de deux semaines.

En remontant dans le 4x4 après son passage à la poste, Lucy voulut prendre la place du conducteur. Puis elle se rappela que sa fille conduisait. Et même plutôt bien. A quinze ans !

Avec un soupir, elle ressortit et fit le tour du véhicule, vaguement étonnée que Madison ne fût pas déjà installée derrière le volant. Conduire était la seule chose qui lui permettait de ne pas sombrer dans l'ennui le plus profond, cet été. Même la perspective d'une virée dans le Wyoming n'avait pas réussi à la dérider. Rien ne la satisferait, à part obtenir la permission de passer le semestre suivant à Washington, avec son grand-père.

Quant à ce voyage dans le Wyoming, songea Lucy en secouant la tête, c'était probablement une folie.

Elle s'installa sur le siège du passager déjà fortement chauffé par le soleil, et se demanda encore une fois si elle ne ferait pas mieux de renoncer à ce projet. Madison s'y était déjà opposée avec son ardeur habituelle, et J.T., le fils de Lucy, préférait rester à la maison pour déterrer des asticots.

L'objectif officiel de cette virée à Jackson Hole était de rencontrer plusieurs guides de la région. Un prétexte qui tenait d'autant moins la route que les expéditions organisées par l'agence se situaient toutes en Nouvelle-Angleterre et dans les provinces maritimes du Canada, en Acadie. La seule entorse à cette règle, pour le moment, était un voyage que Lucy se proposait d'organiser au Costa Rica où ses parents, qui étaient à la retraite, venaient d'ouvrir une auberge… Somme toute, elle avait largement de quoi s'occuper, et une ouverture sur le Montana et le Wyoming risquait plutôt de faire basculer sa barque.

Mais, bien sûr, il existait une autre raison ; une raison directement liée à la promesse qu'elle avait faite à Colin : demander de l'aide à Sebastian Redwing en cas de problème.

Mais n'était-ce pas ridicule ? N'était-elle pas en train de monter en épingle une série de petits incidents, étranges certes, mais, du moins jusqu'à maintenant, sans véritables conséquences ?

Lucy sentit quelque chose sous ses fesses : sans doute un stylo ou un bâton de rouge à lèvres, à moins que ce ne fût un jouet appartenant à J.T. Pressant le dos contre le dossier de la voiture, elle se souleva légèrement pour le prendre et… faillit s'étrangler en découvrant le morceau de métal oblong entre ses doigts.

Une balle de revolver !

Elle lutta contre le besoin instinctif de la jeter par la fenêtre. Il ne s'agissait pas d'une cartouche vide : elle était pleine et pouvait exploser…

Quelqu'un avait laissé une balle de revolver sur le siège de sa voiture !

Les fenêtres étaient restées ouvertes. N'importe qui avait pu longer le véhicule, lâcher cette horrible chose sur le siège et continuer son chemin comme si de rien n'était.

Lucy frissonna longuement. Voilà que tout recommençait… Seigneur, ça recommençait !

Elle se força à respirer lentement, profondément. Elle connaissait l'univers du tourisme sportif — le canoë, le kayak, la randonnée, les bases du secourisme. Elle pouvait organiser des vacances actives et aventureuses jusqu'au moindre détail. Mais elle ne connaissait strictement rien aux armes à feu, et c'était très bien ainsi.

Madison sortit du magasin avec un groupe d'adolescentes. Elle jouait négligemment avec les clés de la voiture, comme si elle conduisait depuis des années. Les jeunes filles riaient et bavardaient…

Tout en glissant la balle de revolver dans sa poche, la jeune femme se dit : « Tu vois bien, Madison, que tu as des amies ! »

Depuis le début des vacances, sa fille faisait exprès de se traîner comme une âme en peine, tactique peu subtile visant à convaincre Lucy de la laisser partir pour Washington.

Madison marcha vers la voiture et se glissa derrière le volant.

— En selle, maman !

Lucy sentit les contours de la balle dans sa poche, mais elle ne dit rien. C'était son problème, et non celui de ses enfants. Surtout, elle s'accrochait désespérément à l'espoir que les incidents de ces derniers jours ne représentaient rien d'autre qu'une série de hasards malheureux, sans aucun rapport les uns avec les autres. Elle ne voulait pas penser qu'elle était victime de harcèlement ou d'une quelconque campagne d'intimidation. Et pourtant…

Le premier incident remontait à dimanche soir : elle avait trouvé la fenêtre de la salle à manger ouverte, les rideaux se balançant dans la brise estivale. Il s'agissait d'une fenêtre que personne n'ouvrait jamais. Madison et J.T. ne mettaient que très rarement les pieds dans la salle à manger et, de toute façon, ils n'auraient pas eu l'idée d'ouvrir ou de fermer une fenêtre. Lucy avait donc trouvé ce détail bizarre, mais elle ne s'était pas trop pris la tête.

Puis, le lendemain, le téléphone avait sonné, peu de temps avant le lever du soleil. Son interlocuteur avait respiré bruyamment au bout du fil, avant de raccrocher. Bizarre, s'était dit Lucy pour la deuxième fois.

Mardi, alors qu'elle prenait son courrier dans la boîte aux lettres, au bout de l'allée, la jeune femme avait eu la sensation d'être épiée. Un bruit l'avait alertée — une branche qui craquait, un crissement de graviers. Ce n'était pas son imagination. Elle en était sûre.

Le lendemain matin, elle avait éprouvé la même sensation, tandis qu'elle balayait les marches de la maison. Dix minutes plus tard, elle avait trouvé l'un de ses plants de tomates sur les marches de la véranda. On l'avait arraché.

Et aujourd'hui, une balle de revolver sur le siège de la voiture…

Ce n'était pas normal.

Malgré tout, cette série d'incidents inexpliqués ne lui paraissait pas une raison suffisante pour alerter la police. Chacun d'eux pris séparément pouvait avoir une explication simple. Quant à expliquer qu'elle se sentait épiée… Non, elle serait passée pour une folle.

Surtout, et c'était la véritable raison de sa réticence à alerter les autorités, elle savait ce qui se passerait ensuite. La police du Vermont préviendrait Washington sur-le-champ, et elle pourrait dire adieu à sa vie tranquille et discrète.

Oh, les gens par ici savaient bien qu'elle était la belle-fille du puissant sénateur Jack Swift et la mère de ses petits-enfants, mais ça s'arrêtait là.

Par contre, si Jack apprenait qu'elle s'était sentie suffisamment menacée pour appeler la police locale, il ne pourrait s'empêcher d'intervenir : il voudrait s'assurer que sa famille n'était pas devenue une cible par sa faute, et il insisterait pour que la police du Capitole mène une enquête approfondie.

Or, Lucy ne voyait pas pourquoi une personne désireuse de s'en prendre à Jack — en admettant qu'elle existe — irait déposer une balle sur le siège de la voiture de sa belle-fille. Non, tout ça était juste... un peu bizarre. Ses enfants ne couraient aucun danger.

— Maman ?

Madison avait démarré et s'était engagée sur la route sans que Lucy le remarque ou fasse le moindre commentaire.

— Qu'est-ce qui ne va pas, maman ? C'est ma façon de conduire ?

— Pas du tout, chérie.

— Si ça te rend nerveuse de m'accompagner quand je conduis, je peux demander à quelqu'un d'autre !

— Je ne suis pas nerveuse, voyons ! Regarde devant toi.

— C'est ce que je fais ! rétorqua Madison, les mains crispées sur le volant.

Lucy s'avisa que, une fois de plus, sa fille avait senti instinctivement son anxiété.

— Madison, quand tu conduis, tu ne dois pas te laisser distraire.

— Je sais, maman ! Mais c'est à cause de toi.

Madison avait raison. C'était à cause d'elle.

Lucy se força à respirer profondément. Elle sentait toujours le poids de la balle de revolver dans sa poche. Et si elle était tombée sous le siège et que J.T. l'avait trouvée ? Et si...

Lucy fit de son mieux pour chasser ces pensées de son esprit. La vie lui avait appris à s'en tenir à la réalité. Et cette réalité était déjà bien assez difficile à gérer.

— Oublie-moi et conduis, chérie, dit-elle à sa fille.

Madison émit un vague grognement, et Lucy ne put retenir un sourire. Cette gamine ressemblait tellement à son père, avec ses yeux bleus, ses cheveux cuivrés, son tempérament introverti et son ambition démesurée ! Même ses gestes au volant d'une voiture étaient les mêmes que ceux de Colin.

Ce dernier était mort brutalement, à trente-six ans, alors qu'il jouait au tennis avec son père. Arythmie cardiaque. Le diagnostic post-mortem avait d'autant plus choqué ses proches que nul n'avait jamais soupçonné qu'il souffrait d'un tel dysfonctionnement. En l'espace de quelques instants, la vie de Colin avait été fauchée et sa brillante carrière au département d'Etat américain réduite à néant. Madison avait douze ans. Son frère, neuf.

Six mois plus tard, Lucy avait arraché ses enfants à la seule vie qu'ils connaissaient — leur école, leurs amis, leur famille et la civilisation, comme disait Madison. Pour Lucy, cette décision drastique était indispensable. Sans cet électrochoc, ce changement si violent qu'il l'obligeait à réagir pour garder le contact avec la réalité quotidienne, ses enfants auraient couru le risque de perdre également leur mère. Et ça, il fallait l'éviter à tout prix.

Sebastian Redwing ne s'était manifesté d'aucune façon après la mort de Colin qui était pourtant l'un de ses meilleurs amis. Pas une fleur, pas une carte, pas un mot.

Puis, deux mois plus tard, son avocat avait sonné à la porte de Lucy. Il venait lui offrir la maison de la grand-mère de Redwing, dans le Vermont. Daisy était décédée l'année précédente ; Sebastian avait hérité de la propriété et ne savait qu'en faire.

Lucy avait jeté l'avocat dehors. Si Redwing n'était même pas capable de lui présenter ses condoléances, elle ne voulait pas de sa maison.

Un mois plus tard, l'avocat était revenu et, cette fois, il avait offert à Lucy d'acheter la maison de Daisy pour un prix bien en dessous de sa valeur sur le marché immobilier. Elle rendrait service à Sebastian en acceptant. Sa grand-mère souhaitait que la propriété reste dans la famille, et il n'avait ni frère ni sœur ; ses parents étaient décédés. Lucy était l'héritière qui s'approchait le plus du vœu de sa grand-mère.

La jeune femme avait finalement accepté. Il lui arrivait encore de se demander pourquoi. Sebastian avait sauvé la vie de Colin, une fois. Pourquoi n'en aurait-il pas fait autant pour elle ?

Mais, bien sûr, ce n'était pas la véritable raison. La connaissait-elle seulement ? Elle avait sans doute été attirée par l'idée de s'installer dans le Vermont, par la perspective de lancer sa propre agence de voyages, par les promesses liées à un changement de décor… Et puis, pour être tout à fait franche avec elle-même, elle devait bien s'avouer que sa peur secrère de n'être pas à la hauteur de sa tâche de mère seule avec deux enfants dans une grande ville comme Washington l'avait poussée à s'éloigner de la capitale et à chercher un endroit plus tranquille, plus propice à créer un univers familial...

A moins qu'elle n'eût souhaité plus ou moins consciemment suivre les conseils de son mari qui lui avait dit un jour : « S'il m'arrive quoi que ce soit, rapproche-toi de Sebastian. Tu peux lui faire confiance. C'est le meilleur. Il m'a sauvé la vie et il a sauvé celle de mon père. Prometsmoi de l'appeler, si jamais tu as besoin d'aide. »

Elle avait fait cette promesse à Colin qui semblait extrêmement sérieux et sincère, sans imaginer un seul instant qu'elle se trouverait un jour amenée à la suivre.

Et maintenant, elle habitait le Vermont. Elle n'avait plus reçu aucune nouvelle de Redwing depuis le jour où elle avait accepté d'acheter la maison de sa grand-mère. Tout s'était fait par l'entremise de l'avocat. Après cela, elle avait repoussé le souvenir de sa promesse à Colin dans un coin sombre de son esprit. Elle repartait de zéro. Elle était intelligente et parfaitement capable de se débrouiller seule.

Pourquoi, dans ce cas, s'apprêtait-elle à prendre l'avion pour le Wyoming — la région où vivait Sebastian Redwing — le lendemain matin ?

— Maman !

— Tu te débrouilles comme un chef, chérie.

Lucy toucha encore la balle de revolver dans sa poche. Il existait sans doute une explication innocente à tous ces incidents. Ils allaient se rendre dans le Wyoming et profiter de cette petite virée en famille pour bien s'amuser.

Les autochtones appelaient encore la grand-mère de Sebastian Redwing la veuve Daisy, et ce qui restait de sa propriété la vieille ferme Wheaton. Lucy avait appris l'histoire de Daisy par bribes. Daisy Wheaton avait habité dans sa maison jaune, au bord du ruisseau Joshua, durant les soixante années qu'avait duré son veuvage. Elle avait vingt-huit ans lorsque son mari s'était noyé en tirant un petit garçon de la chute d'eau dans les collines, au-dessus de leur maison. C'était au début du printemps et la fonte des neiges avait rendu la cascade particulièrement dangereuse. Le jeune garçon avait sauté après son chien, et Joshua Wheaton, après le garçon. Voilà pourquoi la chute et le ruisseau portaient le nom de Joshua.

Daisy et Joshua avaient eu une fille qui avait quitté le Vermont pour s'installer à Boston, où elle s'était mariée. Quelques années plus tard, elle et son mari avaient péri dans un terrible accident de voiture, laissant derrière eux leur fils de quatorze ans. Sebastian était venu vivre avec sa grand-mère, mais lui non plus n'était pas resté dans le Vermont.

Sept acres de champs, de bois et de jardins et une vaste maison à bardeaux jaunes étaient tout ce qui restait de la ferme Wheaton. Au fil des ans, Daisy avait vendu des parcelles de terre à des fermiers du coin, gardant la maison et ses environs immédiats pour ses descendants.

La rumeur prétendait que Daisy n'était jamais retournée aux alentours de la cascade.

La veuve Daisy.

Et maintenant, la veuve Swift.

Lucy fit la grimace, tandis qu'elle longeait l'allée de gravier menant à la petite étable qu'elle avait transformée en bureau. Elle s'imaginait assez mal finissant ses jours seule sur ce morceau de terre, après le départ inévitable de ses enfants.

A cette pensée, elle s'arrêta brusquement et regarda autour d'elle. Derrière l'étable, le terrain boisé descendait en pente jusqu'au ruisseau. On entendait le chant de l'eau roulant sur les rochers. Par ici, son cours était large et lent avant de passer sous un pont de bois et de se jeter, finalement, dans une rivière. La chute d'eau était plus loin, sur la colline.

Les abeilles bourdonnaient dans les roses trémières, devant le garage. Tout autour, la vaste pelouse déroulait son tapis que les pluies récentes avaient rendu richement verdoyant.

Lucy se tourna vers la jolie maison du XIXe siècle, avec ses paniers de pétunias blancs accrochés à la balustrade de la véranda. Une rangée d'érables majestueux bordait le chemin qui la reliait à la route. Puis, il y avait le jardin potager et, plus loin, les pommiers. Un muret de pierre longeait un champ d'herbes et de fleurs sauvages, lui-même bordé d'un autre mur de pierre, plus haut celui-là, et qui délimitait la propriété. Au-delà, les collines plantées d'arbres s'étendaient à perte de vue. Tout était si beau, si paisible.

— La situation pourrait être bien pire, décida la jeune femme en entrant dans son bureau.

Rob Kiley, son seul employé à temps plein, était installé devant l'ordinateur, dans l'espace ouvert et rustique qui servait de base à l'agence. C'était lui qui lui avait raconté presque tout ce qu'elle savait sur la famille Wheaton-Redwing. Le père de Rob était le garçon que Joshua Wheaton avait sauvé de la noyade, une soixantaine d'années plus tôt — un de ces croisements de destins inévitables dans une petite communauté comme la leur.

— Je déteste les ordinateurs ! marmonna-t-il sans lever les yeux.

Lucy sourit.

— Tu dis ça chaque fois que j'entre dans ce bureau.

— C'est parce que j'espère toujours te convaincre que nous avons besoin d'une personne à temps plein pour taper sur ce truc.

— Qu'est-ce que tu fais, là ? lui demanda la jeune femme en se gardant bien de regarder par-dessus son épaule car il avait horreur de ça.

Rob Kiley, le seul employé à temps plein de l'agence, était un grand type efflanqué et joyeux dont les talents de pagayeur et la connaissance approfondie des collines, vallées, rivières et côtes du nord de la Nouvelle-Angleterre étaient tout à fait indispensables à Lucy. Son enthousiasme, sa franchise et son amitié ne l'étaient pas moins.

— J'apporte les dernières touches à l'itinéraire final : celui dont il ne faudra plus dévier pour la randonnée pères-fils.

C'était une première : une balade de cinq jours pour randonneurs débutants sur les sentiers au sud des Montagnes

Vertes, non loin de là. Elle était réservée aux duos pères-fils. Le projet avait rencontré un succès fulgurant, et il n'y avait déjà plus de place.

Rob leva la tête et elle devina immédiatement ce qu'il pensait.

— J.T. peut encore se joindre à nous, dit-il. Je lui ai expliqué que je ne pouvais pas remplacer son père mais que ça ne nous empêchait pas de passer un excellent moment tous ensemble.

— Tu as raison, répondit Lucy. Mais c'est une décision qu'il doit prendre seul. Je ne peux pas le faire pour lui.

Rob hocha la tête.

— Nous avons encore le temps. Au fait, il est avec Georgie, en train de chercher des vers de terre, quelque part dans le jardin.

— Comme d'habitude, commenta Lucy avec un sourire. Madison va être ravie de voir Georgie.

Rob se renversa sur le dossier de son fauteuil et s'étira. Rester assis devant un ordinateur par une si belle journée, alors qu'il pourrait être en train de faire du kayak, c'était une véritable torture pour lui.

— Comment se débrouille notre jeune conductrice ?

— Mieux que moi à son âge. Elle continue de me tanner pour que je l'autorise à passer le semestre prochain à Washington.

— Papi Jack ne demanderait pas mieux.

— Elle est en train d'idéaliser Washington. C'est tout ce que le Vermont n'est pas.

— Elle n'a pas tort, dit Rob avec un haussement d'épaules.

— Eh bien, tu m'aides drôlement ! s'exclama Lucy en éclatant de rire.

Mais elle reprit vite son sérieux et tira la balle de revolver de sa poche.

— Je voudrais te montrer quelque chose.

— Oui ?

— Mais je veux que tu me promettes de n'en parler à personne.

— J'ai le droit de demander pourquoi ?

— Tu as le droit de me répondre : « D'accord, je n'en parlerai à personne. »

Rob eut un sourire amusé.

— D'accord, tu as ma parole.

La jeune femme ouvrit la main et laissa la balle rouler dans sa paume.

— Qu'en penses-tu ?

Rob fronça les sourcils.

— C'est une balle.

— Je sais bien que c'est une balle. Mais quel genre ?

Il prit l'objet et le posa debout sur son bureau encombré de papiers.

— 44 Magnum. C'est une vraie balle, tu sais, pas une cartouche vide.

Lucy hocha la tête.

— Oui, j'ai vu. C'est dangereux ?

— Pas si cette balle reste tranquillement sur mon bureau. Mais si tu la lâches d'une certaine manière ou si tu roules dessus avec une tondeuse à gazon, par exemple, elle peut partir.

Lucy réprima un frisson, tandis que Rob continuait :

— Et si elle partait, tu n'aurais aucun contrôle sur sa direction. Avec un revolver, au moins, on peut viser une cible. Mais là, non. Si on lui passait dessus avec une tondeuse, par exemple, il n'y aurait aucun moyen de savoir où elle irait se nicher.

Il marqua une pause. Le ton de sa voix était calme, presque neutre, mais l'expression de son visage était grave.

— Où as-tu trouvé ça ?

— Hein ?

Lucy rougit. Elle n'avait pas pensé à inventer une histoire. D'ailleurs, l'idée de mentir à Rob lui déplaisait au plus haut point.

— En ville.

— J'espère que ce ne sont pas tes enfants qui jouent avec des armes à feu ou des munitions…

— Non ! s'exclama Lucy. Je suis tombée là-dessus par hasard. Je ne voulais pas que quelqu'un soit blessé, alors je l'ai ramassée. Je me demandais juste si je n'étais pas en train de me faire du souci inutilement.

— Au contraire, répondit Rob. La personne qui a laissé traîner ça a fait preuve d'une grave négligence.

Il toucha l'extrémité grise de la balle.

— Tu veux que je m'en débarrasse ?

— S'il te plaît.

— Rends-moi un service, d'accord ? Fouille la chambre de J.T. Je ferai pareil avec celle de Georgie, dès que je serai rentré à la maison. Si je trouve quelque chose, je te préviens aussitôt. Idem pour toi. Il n'y a pas d'arme à feu chez moi, et je sais que tu n'en as pas non plus, mais nos enfants ne seraient pas les premiers gamins de douze ans à…

— Rob, je t'assure que ce n'est pas Georgie ou J.T.

Rob la regarda droit dans les yeux.

— Si tu ne fouilles pas la chambre de J.T., je le ferai moi-même.

La jeune femme poussa un soupir et hocha la tête.

— Tu as raison. Je vais faire ce que tu dis.

— Va voir aussi dans le grenier. J'ai failli me faire exploser, à leur âge, en jouant avec de la poudre à canon.

— Je n'ai pas de poudre à canon…

— Lucy !

— Bon, bon, d'accord.

Rob la regarda un moment sans rien dire. Lucy le connaissait depuis son arrivée dans le Vermont. Lui et sa femme, Patti, étaient devenus ses meilleurs amis. Georgie et J.T. étaient inséparables… Mais elle ne lui avait rien dit au sujet des incidents étranges de ces derniers jours.

Elle dut faire un effort pour ne pas craquer. Elle avait tant à faire, tant de responsabilités. Elle n'avait pas besoin, en plus, de se faire harceler par un cinglé.

— Débarrasse-toi de cette balle, d'accord ? reprit-elle.

— Oui, Lucy, répondit Rob en croisant les bras.

Elle n'avait aucun mal à deviner ce qu'il pensait, ce que n'importe qui, à sa place, aurait pensé : elle était stressée, à bout, et bien plus que ne le justifiaient la situation, l'agence de voyages en plein boum, le veuvage, le fait qu'elle élève seule ses deux enfants, et son voyage à venir dans l'ouest du pays.

Comme elle sentait qu'il allait le lui dire, elle le devança.

— Désolée si j'ai l'air un peu dépassée par les événements, ces jours-ci. J'ai tellement de choses à faire avant notre départ pour le Wyoming. Tu pourras garder la maison et assurer la permanence pendant mon absence ?

— Il peut le faire ! répondit Rob. C'est écrit en caractères gras sur mon curriculum vitæ.

Il souriait, mais son regard restait sérieux. Lucy fit mine de ne pas le remarquer.

— Je me demande bien ce que je ferais sans toi.

— Faillite ! répondit-il sans hésiter.

Lucy se mit à rire. Elle se sentait mieux maintenant que la balle de revolver n'était plus dans sa poche. Ces incidents n'avaient sûrement aucun rapport les uns avec les autres. Il fallait qu'elle soit folle ou paranoïaque pour imaginer un seul instant qu'ils puissent faire partie d'une espèce de conspiration dirigée contre elle. Pour quel motif ?

Elle laissa Rob à son ordinateur et sortit. Elle lui demanderait plus tard ce qu'il pensait du fait que la population locale paraissait l'avoir baptisée la veuve Swift. Elle menait une vie agréable, ici. C'était tout ce qui comptait.

— J'ai préparé de la limonade ! lança Madison depuis la véranda.

— Super ! répondit Lucy en la rejoignant au milieu des pétunias et des meubles en rotin.

— Je fais semblant de vivre un épisode des Walton, reprit la jeune fille.

En effet, elle avait versé de la limonade dans l'un des vieux brocs de verre de Daisy, et elle portait un de ses tabliers élimés. Sebastian n'avait rien emporté avant de vendre la maison.

— Tu en as proposé aux garçons ? demanda Lucy.

— Ils sont encore en train de chercher des vers de terre. C'est dégoûtant.

— Tu adorais dénicher des vers de terre, toi aussi, à une époque.

— Berk !

Lucy sourit.

— Bon, je vais leur poser la question. Et puisque tu as préparé la limonade, je leur demanderai de débarrasser.

Les deux garçons étaient penchés sur un bout de terre meuble, à l'orée du jardin potager, un peu trop près des plants de tomates, au goût de Lucie. Mais bon, ce n'était pas la fin du monde. Elle était loin de s'occuper du jardin aussi bien que le faisait Daisy. En fait, après l'avoir trouvé à l'abandon, après un an de négligence, elle s'était contentée de planter des fruits et des légumes à fleurs rampantes ou grimpantes, comme les citrouilles, les courges ou les concombres. Pas question, cependant, de les mettre en boîte ou de les congeler : ça lui aurait demandé beaucoup trop de temps.

— Madison a préparé de la limonade. Vous en voulez ? demanda-t-elle aux garçons.

— Plus tard, répondit J.T. sans lever les yeux.

Lui aussi avait hérité des cheveux cuivrés et des yeux clairs de son père. Mais il avait la charpente un peu lourde des Blacker, songea la jeune femme en imaginant son père. Elle-même avait l'ossature fine et le teint blond de sa mère.

A l'âge de la retraite, ses parents s'étaient installés au Costa Rica pour y ouvrir une auberge, abandonnant derrière eux une longue carrière au Smithsonian. Lucy avait l'intention de leur rendre visite pour Thanksgiving, avec Madison et J.T. Elle en profiterait pour mettre au point un voyage au Costa Rica, afin de le proposer à ses clients, l'hiver suivant. Le processus de préparation était long et exigeait une organisation minutieuse où chaque détail était important : transport, nourriture, logement... Rien ne pouvait être laissé au hasard. Et surtout pas les plans d'urgence.

La pensée que ce voyage au Costa Rica se justifiait bien plus que celui qu'elle s'apprêtait à faire dans le Wyoming pour rencontrer Sebastian Redwing lui traversa l'esprit, mais elle la chassa aussitôt.

J.T. venait de prendre une poignée de terre entre ses mains et l'enfonçait dans une boîte de conserve trouvée dans la poubelle de recyclage et portant le numéro 10.

— On va pouvoir aller pêcher, dit-il. On a des tas de vers de terre. Tu veux les voir ?

Lucy jeta un œil dans la boîte de conserve.

— Merveilleux ! Si vous allez pêcher, ne vous éloignez pas trop. N'allez pas du côté de la chute d'eau.

— Je sais, maman, répondit le garçon d'un air profondément blasé.

Bien sûr, il savait. Ses deux enfants savaient tout. La disparition de leur père, alors qu'ils étaient si jeunes, n'avait pas entamé leur assurance naturelle. Ils avaient l'optimisme de Colin, son extraordinaire énergie et, comme lui, une foi indestructible dans la vie. Ils croyaient en leurs capacités à aller où ils voulaient, à obtenir ce qu'ils désiraient. Comme leur père, J.T. et Madison adoraient avoir plusieurs casseroles sur le feu.

Lucy laissa les garçons à leurs vers de terre et retourna dans la véranda où Madison venait d'apporter une assiette de cookies pour accompagner la limonade.

— Finalement, je pense que je suis plutôt Anne de Green Gables, aujourd'hui.

— C'est mieux que John-Boy Walton ?

Madison fit la grimace et se laissa choir sur l'un des fauteuils en rotin.

— Maman, je n'ai vraiment, vraiment, vraiment pas envie d'aller dans le Wyoming. Je ne pourrais pas rester ici ? C'est juste un week-end. Rob et Patti n'auront qu'à passer de temps en temps pour voir si tout va bien. Je pourrais demander à une amie de rester avec moi.

Lucy se versa un verre de limonade et s'assit à son tour, songeant que, décidément, sa fille ne lui laissait aucun répit.

— Je croyais que tu en avais par-dessus la tête du Vermont ?

— Oui, mais si je dois quitter le Vermont pour aller

dans le Wyoming, je ne vois pas bien la différence. Encore des montagnes et des arbres. Dans ce domaine, on a tout ce qu'il faut ici.

— Les montagnes du Wyoming sont plus hautes, et les arbres d'un genre différent. Et puis, il y a des tas de boutiques super, à Jackson.

Le visage de Madison s'éclaira brusquement.

— Alors, tu me donneras de l'argent de poche ?

— Oui, d'accord. Tu pourras faire un peu de shopping.

Madison leva les yeux au ciel.

— Je te préviens que, avant de m'asseoir à côté de J.T. dans l'avion, je veux inspecter ses poches.

— Il n'en est pas question. Tu dois traiter ton frère avec respect. Exactement comme il le fait pour toi.

— Tu parles ! marmonna Madison.

Lucy but une gorgée de limonade. Elle était parfaite, avec juste le mélange sucré-acide qu'il fallait — exactement comme sa fille.

Madison se leva et rentra dans la maison.

Lucy secoua la tête et but une autre gorgée de limonade. Ce voyage au Wyoming était une aberration. Elle le savait, et les enfants eux-mêmes paraissaient le sentir.

Les rosiers avaient besoin d'être taillés, et les pétunias réclamaient de l'eau… Sa fille de quinze ans venait de l'accompagner en ville au volant de sa voiture, elle avait inspecté une boîte de conserve pleine de vers de terre, écouté les jérémiades de Madison et… et trouvé une balle de revolver sur le siège de son véhicule.

Telle était la vie de la veuve Swift, en quelques mots.

Elle termina sa limonade et se répéta pour la millième fois que, jusqu'à maintenant, elle s'était parfaitement bien débrouillée sans l'aide de personne. Elle n'avait pas besoin de Sebastian Redwing. Ni de lui ni d'aucun autre.

Après le dîner, J.T. accepta que sa mère l'aide à préparer son sac. Lucy ouvrit l'œil, et le bon, à la recherche d'armes à feu, de munitions ou d'éléments pouvant trahir des tendances antisociales. Elle ne trouva rien. La chambre de J.T. ressemblait à celle de n'importe quel gamin de douze ans : des posters de chanteurs, des animaux en peluche, des Lego, des jeux vidéo…

J.T. n'avait pas de télé dans sa chambre. Pas d'ordinateur non plus. Les vêtements sales gisaient pêle-mêle au milieu des propres, sur le sol. Plusieurs tiroirs de la commode étaient entrouverts ; une jambe de pantalon dépassait de l'un d'eux, un caleçon d'un autre.

La pièce sentait les chaussettes sales, la transpiration et la terre mouillée.

— Tu n'as pas apporté tes vers de terre ici, j'espère ? demanda Lucy.

— Non. Moi et Georgie, on les a libérés, répondit le garçon… Enfin, plutôt Georgie et moi.

Elle sourit et, comme elle se retournait, son regard tomba sur une photo de Colin et J.T. accrochée à un tableau d'affichage. Le sang lui monta au visage et elle dut ravaler les larmes qui lui brûlaient les yeux. Les coins de la photo étaient cornés, craquelés et jaunis, percés de trous aussi, comme si J.T. la détachait souvent du tableau. Un petit garçon et son père, à la pêche, figés pour l'éternité.

Lucy sourit tristement à l'image de l'homme qu'elle avait aimé. Ils s'étaient rencontrés à l'université et mariés presque aussitôt. Ils étaient si jeunes. Elle regarda fixement le beau visage de son mari, son sourire, ses cheveux cuivrés toujours ébouriffés. C'était comme si elle avait continué son chemin, propulsée en avant par la vie et le temps qui passe, tandis qu'il restait le même, imperméable à la douleur et à la peur qu'elle connaissait depuis le jour où son beau-père avait frappé à sa porte pour lui annoncer que son fils était mort.

Le choc et la souffrance atroce des premiers jours s'étaient estompés. Lucy avait appris à vivre sans lui. Madison et J.T. aussi, à leur façon. Ils pouvaient parler de Colin en riant. Du moins, la plupart du temps.

— Tu n'auras qu'à mettre les affaires de dernière minute dans ton sac à dos, dit Lucy en s'arrachant à la contemplation de la photo. Quel livre lis-tu, en ce moment ?

— *La Guerre des Etoiles.*

— N'oublie pas de l'emporter.

Elle compta les T-shirts, les jeans, les chaussettes et les slips, et hésita à aller faire un tour au grenier et dans le garage. Mais c'était inutile. J.T. n'avait rien à voir avec la balle qu'elle avait trouvée sur le siège de la voiture.

Elle posa les vêtements sur le lit.

— Tu peux fourrer tout ça dans le sac de voyage ou tu veux que je t'aide ?

— Je peux me débrouiller, répondit le garçon.

— N'oublie pas ta brosse à dents.

Elle sortit dans le couloir et se dirigea vers la chambre de sa fille.

La porte était fermée et Madison écoutait de la musique, mais à un volume correct. Mieux valait la laisser tranquille. « Si elle a besoin de moi, elle viendra me trouver », se dit Lucy.

Sa chambre à elle était au rez-de-chaussée, et elle s'arrêta d'abord dans la cuisine pour se préparer une infusion. La cuisine était ancienne, avec des placards blancs, des comptoirs patinés par le temps et des murs peints en jaune soleil qui permettaient de compenser un peu les nuits noires et froides de l'hiver. C'était ce qui l'avait le plus surprise lorsqu'elle était arrivée dans le Vermont : l'obscurité totale des nuits.

Elle mit la bouilloire sur le feu et prit place à la table de pin. Puis elle laissa son regard errer du côté du jardin, tout en se demandant combien de fois Daisy avait fait la même chose durant ses soixante années de solitude : une tasse de thé, la grande maison silencieuse... La veuve Daisy. La veuve Swift.

La nuit était finalement tombée, après la longue journée d'été. Lucy sentait le silence s'installer et son isolement, sa solitude s'insinuer doucement en elle. En général, elle se tournait vers la télévision ou elle travaillait sur son ordinateur. Mais ce soir, elle devait encore préparer son sac. Seigneur ! Elle partait vraiment pour le Wyoming.

Elle prit sa tasse de camomille et quitta la cuisine lorsqu'un bruit — peut-être le vent — l'attira dans la salle à manger.

Elle n'avait pas encore touché à cette pièce : le lustre ancien, le tapis fané de Daisy, son papier peint vieux rose… tout était resté en l'état. Il y avait même un piano droit qui datait du début du siècle.

Un courant d'air donna la chair de poule à Lucy.

Quelqu'un avait ouvert une fenêtre. Encore !

Mais qui ? Et surtout, pourquoi ? Personne n'entrait jamais dans cette pièce. L'hiver, ils prenaient leurs repas dans la cuisine et, l'été, sous la véranda. Lucy avait l'intention d'y faire des travaux, mais elle n'avait pas encore eu le temps de s'en occuper. Les hautes fenêtres, notamment, fermaient mal, si bien qu'on les ouvrait très rarement.

Les sourcils froncés, elle actionna l'interrupteur. La lumière baigna la pièce et, comme toujours, Lucy se dit qu'elle serait belle, une fois qu'elle y aurait apporté quelques modifications. Elle commencerait par faire accorder le piano, nettoyer le tapis, poncer le parquet. Puis elle repeindrait le plafond, elle changerait le papier peint, elle ferait polir la table, et elle inviterait sa famille et des amis pour Thanksgiving.

Son regard s'arrêta sur un morceau du parquet qui brillait, sous une fenêtre. Elle s'approcha.

Des éclats de verre.

Elle écarquilla les yeux, stupéfaite. La fenêtre n'était pas ouverte mais brisée. Un morceau de verre en forme de triangle s'était fracassé sur le sol.

Lucy posa sa tasse sur la table et alla examiner la vitre.

Elle y découvrit un petit trou qui n'avait pas pu être fait par une balle de base-ball perdue ou quelque chose de ce genre. Non, il était trop petit.

Une pierre ?

Une balle de revolver ?

Elle pivota sur ses talons, le cœur battant. Aussitôt, elle vit la poussière de plâtre sur la chaise à côté du piano, directement en face de la fenêtre, et au-dessus un trou dans le mur.

Retenant son souffle, Lucy marcha vers la chaise et toucha le trou. Les contours du papier peint étaient durs sous ses doigts, et il n'y avait pas de balle à l'intérieur du trou.

Elle se mit à quatre pattes et inspecta le sol. Elle regarda sous le piano et retourna même les coins du tapis. Elle sentait la peur monter en elle ; elle la sentait pénétrer tous les pores de sa peau.

Elle s'assit à même le parquet et regarda autour d'elle en s'efforçant de respirer profondément. Bon. Voilà. Une espèce de salopard avait tiré une balle dans une fenêtre de sa salle à manger, puis il s'était glissé dans la maison, avait retiré la balle du mur et était reparti.

Quand ? Comment ? Pourquoi ?

Etait-il possible que Madison, J.T., Georgie, Rob, le facteur, elle-même, n'aient rien vu, rien entendu ?

A moins que ça ne se soit passé la veille au soir, pendant qu'elle était à Manchester avec les enfants et que la maison était vide…

Les fenêtres donnaient côté est : sur le jardin et le garage, l'étang et, plus loin, le ruisseau. Un chasseur se trouvant dans les bois aurait pu tirer une balle qui serait accidentellement venue se loger dans sa salle à manger. Pris de peur, il se serait glissé dans la maison pour la récupérer, puis serait reparti aussitôt…

Mais non, c'était un scénario tiré par les cheveux, et elle le savait bien.

En réalité, il ne s'agissait pas d'un accident.

Lucy se mit à trembler. Si elle appelait la police, elle devrait tout expliquer. A ses enfants, d'abord, puis à la police du Capitole qui ne manquerait pas d'intervenir afin de déterminer si oui ou non ces incidents avaient quelque chose à voir avec le sénateur Swift. Lequel serait prévenu, bien entendu.

Elle se redressa et prit son infusion. Etait-elle suffisamment aux abois pour demander son aide à Sebastian Redwing ?

Elle retourna dans la cuisine, vida sa tasse dans l'évier et verrouilla la porte. Puis elle se rendit dans sa chambre et fit ses bagages.

— Il nous faut un chien, marmonna-t-elle entre ses dents. Un gros chien à l'air effrayant, qui aboie très fort.

Sa décision était prise. Redwing ou pas Redwing, à son retour du Wyoming, elle allait acheter un chien.

2.

Sebastian descendit de cheval et se laissa choir à l'ombre d'un peuplier. Il était aux confins de sa propriété, là où nul ne pouvait l'atteindre. Malgré cela, ces enquiquineurs l'avaient trouvé. Ils étaient deux, à bord d'une jeep qui cahotait dans sa direction. Il aurait pu traverser la rivière à cheval, mais ces idiots l'auraient probablement suivi.

Il prit sa gourde et but une gorgée. Puis il ôta son chapeau et versa un peu d'eau sur sa tête. L'air était chaud, sec et chargé de poussière. Sebastian rêvait d'une bonne douche fraîche. Ses visiteurs avaient-ils de l'eau dans leur voiture ? Il l'espérait pour eux parce qu'il n'avait pas du tout l'intention de partager le contenu de sa gourde. S'ils n'avaient pas pris leurs précautions, ils n'auraient qu'à boire l'eau de la rivière.

La jeep continua de se rapprocher, et Sebastian se tourna vers son cheval.

— Tranquille ! dit-il à l'animal qui n'avait pas vraiment l'air inquiet.

Un homme bondit hors de la voiture, à une vingtaine de mètres de l'endroit où ils se trouvaient.

— Monsieur Redwing ?

Sebastian fit la grimace. Quand on lui donnait du « Monsieur », ce n'était jamais bon signe.

Il baissa son chapeau sur ses yeux et s'appuya contre le tronc de l'arbre.

— Quoi ?

— Monsieur Redwing, je suis Jim Charger. C'est M. Rabedeneira qui m'envoie.

— Et alors ?

Charger ne dit rien. C'était un nouveau : il attendait sans doute que Sebastian se lève et se comporte comme l'homme qui avait fondé Redwing Associates, l'une des meilleures agences internationales de sécurité et d'investigation. Mais il se contenta de pousser un soupir. Jim Charger n'avait pas bougé et paraissait attendre. Il n'irait nulle part tant qu'il n'aurait pas transmis son message. Or, Sebastian aimait bien Plato Rabedeneira. Ils étaient amis depuis des années. Il n'hésiterait pas à placer sa vie et celles de ses amis entre les mains de Plato. Pourtant, si Plato s'était trouvé dans la jeep à cet instant, il l'aurait attaché au peuplier et abandonné là, au milieu de nulle part.

— Très bien, monsieur Charger, dit-il en remontant son chapeau.

L'homme qui se tenait devant lui était grand, blond, mince mais musclé. Il arborait un costume extrêmement bien coupé et qui n'avait sans doute jamais été aussi poussiéreux. Probablement un ancien du FBI fraîchement débarqué de Washington.

— Que se passe-t-il ? reprit Sebastian.

— M. Rabedeneira m'a demandé de vous transmettre un message, reprit l'homme. Je cite : « Darren Mowery est de retour. »

Sebastian demeura impassible, mais le sang se mit à battre dans ses tempes. La dernière fois qu'il avait vu Mowery, il le croyait mort — abattu par ses soins.

— De retour où ça ? demanda-t-il sur un ton parfaitement neutre.

— Washington.

— Et que suis-je censé faire ?

— Je l'ignore. M. Rabedeneira m'a juste demandé de vous transmettre le message en précisant que c'était important.

Darren Mowery haïssait Sebastian. Et pourtant, autrefois, Sebastian avait une entière confiance en lui. Autrefois...

— Encore une chose, reprit Charger.

Sebastian eut un mince sourire.

— Ça, c'est ce que Plato vous a demandé d'ajouter si jamais je ne sautais pas dans la jeep avec vous ?

L'homme ne réagit pas et dit simplement :

— Mowery a pris contact avec une femme au bureau du sénateur Swift.

Jack Swift, sénateur de l'Etat du Rhode Island. Un gentleman politicien intègre et dévoué aux affaires publiques, qui n'était autre que le beau-père de Lucy Blacker Swift.

Merde ! songea Sebastian.

Lors de la réception qui avait suivi le mariage de Lucy Blacker et Colin Swift, ce dernier avait fait promettre à Sebastian de veiller sur Lucy si jamais il lui arrivait quelque chose.

— Indépendante comme elle l'est, elle ne te facilitera pas la tâche, mais tu comprends ce que je veux dire, avait ajouté Colin.

Sebastian n'en était pas sûr. Dans son entourage immédiat, il ne connaissait personne sur qui il aurait pu veiller : ses parents étaient morts, il était fils unique, il ne s'était jamais marié et n'avait pas d'enfant. Par contre, il ne faisait que ça professionnellement : garder ses clients en vie et s'assurer qu'on ne leur faisait pas les poches. Mais c'était différent d'une promesse faite à un ami qui allait mourir treize ans plus tard, à l'âge de trente-six ans.

Colin devait savoir. D'une manière ou d'une autre, il avait dû sentir ou deviner que sa vie serait courte et que sa femme et ses enfants devraient continuer sans lui.

Sebastian, en revanche, ne se doutait pas qu'il lui faudrait un jour honorer sa promesse.

— Que dois-je dire à M. Rabedeneira ? demanda Charger.

Sebastian ramena son chapeau sur ses yeux. Un an plus tôt, il avait tiré sur Darren Mowery, puis il était parti sans s'assurer qu'il l'avait bien tué. C'était pure négligence de sa part. Dans sa profession, ce genre d'erreur était inexcusable.

Autrefois, Darren avait été son mentor et son ami, puis Sebastian l'avait vu glisser sur la mauvaise pente, ce qui ne pouvait que le conduire directement en enfer... En tout cas, quand on tire sur quelqu'un, on est censé vérifier ensuite qu'il est bien mort : une règle simple et incontournable.

Mais tout ceci n'avait aucun rapport avec Lucy. Jack Swift était seul concerné. Plato allait devoir se coltiner Darren Mowery sans lui. Sebastian était déjà trop impliqué ; il ne ferait qu'aggraver la situation en intervenant.

— Rappelez à Plato que j'ai pris ma retraite, dit-il.

— Votre retraite ?

— Oui. Il est au courant.

Charger ne bougea pas.

Sebastian imagina Lucy sous la véranda de la maison de sa grand-mère. Il sentit presque la brise estivale du Vermont sur sa peau, il crut entendre le ruisseau qui coulait en contrebas de la propriété. Lucy avait besoin de quitter Washington et il avait réussi à l'en persuader. Il avait honoré sa promesse. Il ne devait plus rien à Colin.

Il chassa Lucy de ses pensées.

— J'ai bien capté le message, monsieur Charger, reprit-il. Allez transmettre le mien, maintenant.

— Oui, monsieur.

L'homme retourna dans la jeep. Sebastian se douta qu'il l'avait déçu, mais ce n'était pas bien grave. Il se décevait lui-même à longueur de temps. Tant pis. Il avait démissionné, renoncé, dit adieu à sa vie d'avant. Point barre.

Barbara Allen fourragea dans son sac à la recherche des clés de son appartement. Elle avait mal à l'estomac. La sueur trempait son chemisier et sa peau la démangeait, là où des douzaines de moustiques l'avaient piquée… Elle hésitait entre les larmes et une joie sauvage. Incroyable ! Elle était enfin passée à l'acte !

Elle déverrouilla sa porte, l'ouvrit et reçut une bouffée d'air brûlant en plein visage. Elle avait coupé la climatisation avant de partir pour le Vermont. Il faisait beaucoup plus frais là-bas, et elle avait presque oublié la chaleur oppressante qui régnait à Washington. Elle referma la porte et s'appuya au battant.

Elle n'éprouvait pas l'ombre d'un regret. C'était ce qui la surprenait le plus. Intellectuellement, elle savait qu'elle avait mal agi. Son obsession au sujet de Lucy Blacker Swift devait être maladive. Les gens normaux n'épient pas les autres ; ils ne s'amusent pas à les traquer, à les terroriser.

Mais c'était bien fait pour Lucy. Elle méritait de vivre dans la peur. Pour commencer, c'était une mère indigne : égoïste, impulsive, insouciante. Colin, de son vivant, par sa seule présence, palliait ses manques, mais depuis sa mort, plus personne n'était là pour assurer l'équilibre des enfants.

Depuis plusieurs mois, Barbara effectuait des voyages secrets dans le Vermont, chaque week-end, et elle y prenait de plus en plus de plaisir. Personne n'était au courant. Pas même le sénateur Jack Swift, dont elle était la confidente et l'assistante depuis vingt ans. Vingt années de sa vie qu'elle avait données sans compter, partageant les joies et les peines du sénateur, ses succès comme ses défaites. Elle avait participé à tous les événements, grands et petits, de sa carrière politique ; elle était présente lorsqu'il avait failli être assassiné ; elle avait vécu la longue, l'interminable agonie de sa femme, la mort brutale de son fils. Et finalement, la décision absurde de sa belle-fille qui était allée s'installer dans le Vermont.

Jack était scandalisé par la manière dont Lucy élevait ses enfants. Cette pauvre Madison rêvait d'une vraie vie d'adolescente, avec des sorties entre copains, des activités, toutes les choses auxquelles aspirent les jeunes filles de son âge. Quant à J.T., il devenait de plus en plus sauvage, à force de traîner dans les bois en compagnie de gamins tous plus dégoûtants les uns que les autres. Pourtant, Jack ne disait rien : il ne se permettrait jamais de faire le moindre commentaire, d'ébaucher le moindre geste pour forcer Lucy à se réveiller enfin et à voir tout le mal qu'elle était en train de faire à ses enfants.

Eh bien, Barbara avait agi à sa place, finalement. Finalement.

Les gens pouvaient bien continuer à la sous-estimer. Ils pouvaient bien la traiter comme si elle faisait partie du décor. Elle n'avait pas besoin d'égards. Elle savait, elle, ce qu'elle valait. Elle avait le courage et la discipline qui manquaient tant aux autres pour passer à l'acte.

Elle poussa son sac dans un coin, du bout du pied, en se disant qu'elle le viderait plus tard. Puis elle mit la climatisation en route avant de se rendre dans le living-room. Comme le reste de son appartement, il était décoré de manière simple et contemporaine. Barbara avait horreur des fanfreluches.

Elle s'installa dans un fauteuil et poussa un soupir. Elle

habitait un immeuble quelconque, sur le Potomac. Son appartement était l'un des plus petits et il ne bénéficiait d'aucune vue spectaculaire, mais cela lui importait peu. Barbara ne passait que peu de temps chez elle : elle était au bureau avant 8 heures et rentrait rarement avant 19 ou 20 heures.

Elle ferma les yeux, savourant la sensation de l'air frais qui pénétrait sa peau. Elle portait un chemisier à manches longues et un pantalon destinés à cacher ses piqûres de moustiques. Chacune d'elles méritait une petite médaille de bravoure. Car elle n'avait pas agi par faiblesse. Bien au contraire. C'était sa force intérieure, son courage et son intime conviction qui l'avaient poussée à agir.

Elle avait procédé de manière méticuleuse, en prenant bien son temps. Elle était descendue dans un hôtel discret, à Manchester, et s'était déplacée dans une voiture de location, prise à Washington. Surtout, elle avait une excuse toute prête, pour le cas où elle aurait été surprise.

« Oh, Lucy, je venais justement vous voir, vous et les enfants ! J'ai pris quelques jours de congé pour faire un peu de shopping et de la randonnée. Au fait, vous n'avez pas entendu un coup de feu ? J'ai vu quelqu'un avec un fusil sur le sentier près du ruisseau. Il devait s'exercer au tir… N'empêche que c'est drôlement près de chez vous, non ? »

Mais personne ne l'avait vue. Elle s'était livrée à une surveillance serrée de la maison et de ses occupants avant de mettre son plan à exécution. Et puis, Lucy était bien trop bête et surtout trop égocentrique pour la surprendre ou même la soupçonner.

Le coup de feu dans la fenêtre de la salle à manger était la cerise sur le gâteau, le point d'orgue de sa campagne d'intimidation. Un coup de génie — encore plus fort que la balle déposée sur le siège de la voiture.

Barbara avait attendu que Lucy et les enfants partent pour Manchester. Elle avait garé sa voiture au sommet du chemin, comme si elle s'apprêtait à aller voir la chute d'eau. Elle avait traversé le ruisseau en passant d'un rocher sur l'autre et avait gravi discrètement la pente boisée menant à la maison. Là, elle s'était allongée sur le ventre. Les moustiques bourdonnaient à ses oreilles et piquaient chaque centimètre de peau exposée. Mais elle n'avait pas bougé.

Si on l'avait surprise à ce moment-là, le fusil pointé sur la maison de Lucy, elle n'aurait su que dire. Mais le risque, précisément, était plus excitant que tout ce qu'elle avait pu imaginer.

Son père leur avait appris à tirer. Il n'avait jamais dit clairement qu'il aurait aimé avoir un fils, mais elle et ses deux sœurs le savaient. Barbara était la plus jeune : le dernier espoir… détruit. Elle visait bien. Personne au bureau de Jack ne lui connaissait ce talent. Jack lui-même l'ignorait. On ne connaissait d'elle que sa force de travail et son dévouement.

C'était seulement après avoir tiré dans la fenêtre, alors qu'elle était toujours allongée au milieu des bois, qu'elle avait décidé d'aller chercher la balle. Et ce n'était pas le souci de ne laisser aucune piste derrière elle qui l'avait poussée à franchir la couverture des arbres et à s'aventurer en terrain découvert, à travers le jardin, jusque dans la maison, non, c'était l'idée qu'elle se faisait de la terreur qu'éprouverait Lucy lorsqu'elle comprendrait que le tireur s'était introduit chez elle pour reprendre sa balle.

La porte de la cuisine n'était pas verrouillée. Lucy laissait souvent ses portes ouvertes. Encore une preuve de son inconscience ! Ça lui apprendrait, s'était dit Barbara.

Elle se sentait tellement mieux, maintenant qu'elle avait agi — plus légère, l'esprit plus clair. De nouveau, elle pouvait réfléchir posément.

— Alors, vous voilà de retour !

Elle sursauta, poussa un cri et se tourna en direction de la voix.

— Darren, Seigneur, vous m'avez fait peur ! Que faites-vous ici ?

L'homme marcha jusqu'au canapé et s'y installa tranquillement, comme s'il avait toujours habité là.

— Je vous attendais.

Barbara le considéra un instant, réfléchissant à toute vitesse. Le fait de fréquenter Darren Mowery représentait un risque, même s'il était calculé. Elle connaissait la rumeur qui courait sur son compte. Il avait mal tourné. Il avait perdu sa compagnie et était resté pour mort, quelque part en Amérique du Sud. C'était un type dangereux.

— Vous auriez pu allumer la climatisation, lui dit-elle avec un sourire forcé.

— Je n'en ai pas ressenti le besoin.

— Vous devez avoir du sang de lézard dans les veines.

Ils ne se connaissaient pas bien. Mowery l'avait abordée un soir, alors qu'elle rentrait chez elle, et il l'avait invitée à dîner. Ils s'étaient revus trois fois, depuis. Barbara ne le considérait pas comme un prétendant sérieux, et elle doutait qu'il s'intéressât sérieusement à elle, d'ailleurs. Elle ignorait totalement la direction que pouvait prendre leur relation, mais son instinct lui soufflait de l'entretenir. D'une manière ou d'une autre, Darren Mowery l'aiderait à sortir de l'engrenage fatal dans lequel elle se débattait. C'était peut-être même à cause de lui qu'elle avait finalement agi contre Lucy.

— Vous avez disparu pendant une semaine, dit-il.

— Je n'ai pas disparu. J'ai pris quelques jours de congé. Je vous avais prévenu.

— Où étiez-vous ?

Elle ne répondit pas immédiatement. Elle l'observait. Il était très beau : la cinquantaine, avec des cheveux d'argent et un physique de sportif remarquable. Il était mieux conservé que la plupart des hommes deux fois plus jeunes que lui. Darren était aussi le genre de personne à vouloir tout contrôler.

— J'ai fait une petite virée de shopping, dit-elle.

— Où ça ?

— Nouvelle-Angleterre, répondit-elle sur un ton évasif.

Barbara jouait une partie délicate et elle le savait : l'important était de faire comprendre à Darren qu'elle n'était pas une mauviette facile à intimider, tout en lui laissant l'illusion qu'il dominait quand même la situation.

Il se gratta distraitement la joue. Il avait toujours l'air parfaitement à l'aise. Pourtant, il voyait tout, remarquait tout. Barbara ne pouvait pas se permettre le moindre faux pas avec cet homme. Il avait même dû fouiller son appartement.

Non, elle ne se faisait aucune illusion. Elle ignorait encore la nature exacte de leur relation, mais une chose était sûre : Darren Mowery n'hésiterait pas à la tuer si jamais elle contrariait ses plans. Elle devait se montrer extrêmement prudente, et surtout plus finaude que lui.

— Je crois qu'on a suffisamment tourné l'un autour de l'autre, reprit-il. Mettons nos cartes sur la table. Je veux tout savoir. Et pas de surprise !

— D'accord, répondit Barbara en feignant la nonchalance. Je vous écoute.

Il la regarda fixement pendant un moment. Ses yeux étaient très bleus — un bleu froid et dur.

— Lucy Swift a pris l'avion pour le Wyoming, ce matin.

Barbara ne s'attendait pas du tout à ça. Malgré tout, elle s'appuya contre le dossier du fauteuil et bâilla. Elle était l'assistante personnelle d'un puissant sénateur des Etats-Unis, une professionnelle habituée à gérer l'inattendu. Elle était déjà au courant du départ de Lucy pour le Wyoming ; celle-ci avait appelé le bureau du sénateur pour le prévenir, comme elle le faisait généralement, afin qu'il ne s'inquiète pas. Son staff avait laissé un message de routine pour elle. L'élément inattendu, en l'occurrence, était le fait que Darren fût au courant.

— Oui, je sais, dit-elle. C'est pour son agence de voyages, je crois.

— Redwing Associates est basé dans le Wyoming.

— Ah, oui ! Sebastian Redwing a vendu sa maison du Vermont à Lucy. Elle appartenait à sa grand-mère. D'après ce que je sais, Redwing et Lucy ne sont pas ce que j'appellerais des amis intimes… Est-ce que Sebastian n'a pas travaillé pour vous, à une époque ? Son agence marche fort, d'après ce qu'on dit.

Cette petite pique était intentionnelle, mais Mowery demeura parfaitement impassible. Barbara savait que les deux hommes étaient à couteaux tirés : Mowery avait tout de même été le mentor de Redwing et, d'après la rumeur qui courait à Washington, il tenait ce dernier pour responsable de la faillite de son agence de sécurité et d'investigation, DM Consultants.

Bien sûr, il n'était pas impossible que Lucy aille se plaindre auprès de Redwing au sujet des incidents dont elle avait été victime, ces derniers jours. Barbara en doutait, cependant. Lucy tenait beaucoup à prouver qu'elle se débrouillait très bien toute seule — ce qui n'était qu'une illusion, évidemment. Barbara savait aussi que Lucy ne se tournerait pas vers Jack ou la police du Capitole. Elle préférait entretenir le moins de rapports possible avec les Swift.

— J'ai l'impression que vous n'aimez pas beaucoup Lucy Swift, reprit Darren.

— Je ne vois pas en quoi cela vous regarde.

Darren se pencha en avant, les coudes sur les genoux.

— Au contraire, Barbie. On a dit : « cartes sur table ». J'ai un compte à régler avec votre patron et je veux lui en faire voir. Pour ça, j'ai besoin de votre aide.

— Mon aide ?

— Je pense que vous savez quelque chose sur son compte, dit Mowery d'un air très sûr de lui.

— Vous vous trompez, affirma Barbara. Le sénateur Swift est un homme parfaitement intègre.

Mowery jeta la tête en arrière et éclata de rire.

— Je suis sérieuse, reprit Barbara.

— Ouais, moi aussi, Barbie ! La rumeur prétend que vous vous êtes jetée à son cou, il y a deux semaines, et qu'il vous a joliment éconduite.

Barbara eut un haut-le-cœur.

— C'est faux.

— Quoi donc ? Que vous vous soyez jetée à son cou ou qu'il vous a éconduite ?

— Je vous prie de partir.

— Mais non ! Vous voulez que je vous aide à régler votre compte avec lui. Vous voulez le voir souffrir un peu. Vous voulez le punir de vous avoir humiliée.

— Il… il n'était pas prêt, balbutia Barbara, totalement désarçonnée par le tour qu'avait pris la conversation. Il a eu peur.

— Peur, vraiment ?

— Il sait que j'ai toujours été là pour lui. Il sait aussi que ça ne changera jamais.

Mowery la regarda fixement.

— Que savez-vous sur lui ?

— Rien !

— Barbie, je vais m'occuper du sénateur. Je vais le saigner à blanc. Vous allez me regarder faire et vous adorerez ça.

Il tendit la main et effleura le genou de Barbara.

— La vengeance est douce, vous savez ?

Elle ne répondit rien et Mowery se renversa sur le dossier de son fauteuil en plissant les yeux.

— Mais la vengeance n'est pas ce que vous recherchez, n'est-ce pas ? Je comprends. Vous voulez que Jack reconnaisse son erreur et qu'il se tourne vers vous, la seule femme qui l'aime de manière inconditionnelle. C'est ça que vous voulez ?

— Mes motifs importent peu, répondit Barbara.

— Depuis vingt ans que vous travaillez à ses côtés, le sénateur ne vous a donc jamais fait la moindre proposition ?

— Jamais. Je vous rappelle que durant la majeure partie de cette période, il était marié.

Mowery repartit d'un grand rire.

— Décidément, ma chère, vous êtes impayable. Je sens que je vais bien m'amuser.

Barbara se leva, murmura quelques mots d'excuse et se dirigea vers la salle de bains. Là, une fois la porte fermée, elle vomit.

Ce monstre avait raison. Il l'avait parfaitement comprise. Il avait deviné ce qu'elle désirait plus que tout au monde :

renverser le jeu. Donner une deuxième chance au sénateur. Qui mieux qu'elle saurait le comprendre et le soutenir, lui offrir sa force et son réconfort ?

Lorsqu'elle lui avait déclaré son amour, Jack ne s'était pas fâché. Il n'avait trahi aucune passion, aucune chaleur, aucune émotion particulière. Il avait fait preuve de bonté et de sollicitude. Il lui avait même livré un discours prévisible sur le fait qu'il l'appréciait énormément, qu'il avait beaucoup d'affection pour elle et qu'il n'oubliait pas tout ce qu'ils avaient accompli ensemble, au cours des vingt dernières années, pour le bien des citoyens de leur grande nation.

Bla-bla-bla.

Pour finir, il avait eu la délicatesse de lui offrir une porte de sortie, histoire d'atténuer le camouflet. Concluant que la pression des dernières semaines les avait tous épuisés, il lui avait conseillé de prendre quelques jours de vacances.

Ce qu'elle avait fait. Elle s'était rendue dans le Vermont et avait harcelé Lucy dans l'espoir de soulager sa tension et le besoin violent qu'elle éprouvait de faire du mal à Jack. Ce passage à l'acte lui avait procuré une intense satisfaction, mais ça ne suffisait pas. Elle aimait Jack, et elle n'était pas du genre à renoncer facilement.

Elle se redressa, ouvrit le robinet d'eau froide pour se rincer la bouche et s'asperger le visage. Puis elle se regarda dans le miroir. Ses yeux gris étaient injectés de sang, ses cils tout collés par l'eau et les larmes. Elle avait tout juste quarante et un ans. Elle n'était pas vieille. Elle pouvait encore avoir des enfants. Elle connaissait plein de femmes qui étaient devenues mères à quarante ans et même plus.

Mais elle n'aurait pas d'enfant avec Jack Swift. Il ne voulait pas d'elle. Vingt ans de bons et loyaux services et qu'avait-elle reçu en retour ?

Lucy, elle, avait des enfants qui portaient le nom de Swift.

Barbara se sécha le visage. Elle aurait pu avoir Colin. Elle aurait pu avoir des enfants avec lui. Mais elle avait attendu Jack. Jack était l'homme qu'elle aimait.

Darren frappa un coup à la porte. Barbara posa la serviette et se redressa avant d'ouvrir la porte.

— Une légère indigestion, dit-elle. C'est sûrement la chaleur.

— Le chantage n'est pas une activité pour les gens qui manquent d'estomac, déclara Mowery avec un mince sourire.

Barbara passa devant lui et retourna s'asseoir dans le fauteuil qu'elle occupait un moment plus tôt.

Chantage ! Le mot était lâché. Ils tournaient autour depuis le début... Elle hocha la tête d'un air froid. Elle avait totalement repris le contrôle d'elle-même. Mowery la prenait peut-être pour une idiote, une bureaucrate qui ignorait tout des choses de la vie, mais il se trompait.

— J'ai eu une liaison avec Colin Swift, peu de temps avant sa mort, déclara-t-elle en croisant son regard. Jack n'est pas au courant. Lucy non plus. Personne ne le sait.

— Et alors ?

— J'ai des photos.

Mowery hocha la tête d'un air pensif.

— Des photos cochonnes ?

— Vous êtes répugnant.

— Ecoutez, s'il s'agit de photos qui vous montrent tous les deux en train de faire campagne pour le père…

— Quelqu'un comme vous considérerait sans doute les photos dont je parle comme « cochonnes », l'interrompit Barbara. Pour moi, elles sont un témoignage du lien physique et émotionnel qui fut le nôtre.

— Ouais.

— Vous voulez les voir ?

Mowery se gratta le menton.

— Ainsi, vous vous êtes envoyé le fils, et la veuve n'en sait rien.

Barbara garda un silence qu'elle voulait digne, et Mowery ricana.

— Pas la peine de prendre des grands airs ! Vous avez quand même eu une liaison avec le fils du patron avant de vous jeter au cou de ce même patron. Ce n'est pas bien joli.

Barbara ne disait toujours rien.

— Bon, ce n'est pas joli mais ça peut faire l'affaire, reprit Mowery.

— J'en suis sûre, dit Barbara. Jack paiera cher pour qu'une telle information ne s'ébruite pas.

Elle eut un haussement d'épaules.

— Si vous n'en êtes pas convaincu, repartez comme vous êtes venu, et j'oublierai que cette conversation a eu lieu.

Mowery éclata d'un rire bref, et Barbara dut se retenir

pour ne pas trembler. Elle avait la chair de poule. C'était l'air conditionné. Elle avait froid, maintenant. Et elle était déshydratée. Ce n'était pas la peur ni la nervosité. Non. Le moment était venu d'agir.

— Que les choses soient claires, Barbie, reprit Mowery. Une fois dans la combine, plus moyen de revenir en arrière. Je n'ai pas de temps à perdre avec des amateurs.

Barbara croisa son regard.

— Je n'ai peut-être pas beaucoup d'expérience dans ce domaine, mais je ne suis ni bête, ni faible, ni lâche.

Mowery la considéra un moment, et elle dut faire un effort monstrueux pour ne pas se gratter, tellement les piqûres que lui avaient infligées les moustiques la démangeaient.

Finalement, il reprit :

— Vous vous êtes vraiment tapé le fils ou vous avez inventé cette histoire parce que Jack n'a pas voulu de vous ?

Barbara serra les mâchoires.

— Les hommes comme vous ne peuvent pas comprendre les comportements inspirés par des sentiments aussi nobles que la loyauté ou le vrai dévouement.

— Comme vous dites ! riposta Mowery. Peu importe, d'ailleurs. Vous pouvez bien fantasmer autant que vous voulez.

— Je ne suis pas le genre de femme à fantasmer.

Et c'était vrai. Jamais elle n'aurait ouvert son cœur et son âme à Jack si elle n'avait pas été persuadée qu'il n'attendait que cela, après toutes ces années. Elle n'avait pas la moindre tendance à se raconter des histoires, surtout après deux décennies passées dans les couloirs de la politique, à Washington… Non, elle ne s'était pas leurrée. Simplement, Jack Swift n'était pas prêt à écouter son cœur. Il avait préféré la fuite. Maintenant, elle devait le remettre sur la bonne voie : elle devait le ramener vers elle.

Soudain, Darren bondit sur ses pieds et la saisit par les épaules, la forçant à se mettre debout. Ses mains étaient dures, ses doigts s'enfonçaient dans sa chair.

— Ça fait combien de temps que tu n'as pas couché avec un homme, Barbie ?

Il la ceintura, la serrant contre lui à l'étouffer.

— Colin Swift était le dernier ? Il y en a eu d'autres ? Ou personne, jamais ?

— Cela ne vous regarde pas, répondit Barbara en gardant son sang-froid. Notre relation est strictement professionnelle. Nous sommes complices, vous et moi, dans un plan qui vise à faire chanter un sénateur des Etats-Unis. Ça s'arrête là.

Mowery la serra plus fort encore.

— Pas de coups fourrés, Barbie. Tu m'entends ? Si tu veux que ça marche, tu ne dois rien me cacher.

— Je vous ai dit…

— Tu as vraiment eu une liaison avec Colin Swift ?

— Oui !

Barbara se dit qu'il la mettait à l'épreuve. Mais elle n'avait aucune idée de ce qu'elle devait faire pour réussir le test. S'enfuir en courant ? Le supplier de lui faire l'amour ? Le gifler ?

« Non, se dit-elle. Tiens-lui tête ! » Il pouvait toujours

la sous-estimer — ça valait peut-être même mieux pour elle, d'ailleurs —, mais il ne devait jamais s'imaginer qu'il pouvait la piétiner impunément.

— Pensez ce que vous voulez de moi, monsieur Mowery, déclara-t-elle d'un ton sec. Mais je ne suis pas une vieille fille desséchée en train de se languir pour un homme qu'elle ne peut pas avoir.

— Où étais-tu la semaine dernière ?

— En vacances. Je suis allée en Nouvelle-Angleterre pour faire du shopping chez les détaillants.

— Dans le Vermont, aussi ?

— Quoi ?

Il remonta légèrement ses mains et serra encore plus fort.

— Vous vous êtes rendue dans le Vermont ?

— Je ne peux pas respirer…

— Vous n'avez qu'à dire oui ou non.

Elle hocha la tête et répondit dans un râle :

— Oui.

— Vous avez vu Lucy Swift ?

Barbara secoua la tête mais ne dit rien.

— Elle a brusquement décidé de se rendre dans le Wyoming. Elle a acheté les billets au prix fort. Elle a emmené ses enfants. Je veux savoir pourquoi.

— Je ne peux… pas… respirer…

Il relâcha son étreinte, juste un peu, et dans sa hâte à vouloir respirer, Barbara s'étouffa et se mit à tousser.

— Espèce de…

— Parlez-moi de Lucy.

— Je n'ai rien à vous dire. Vous n'avez qu'à lui poser vos questions directement. Je suis allée faire quelques boutiques de détail à Manchester, un jour. C'est tout.

Barbara savait qu'elle courait un risque en lui mentant. Mais le risque serait sans doute encore plus grand si elle disait la vérité.

Mowery fit glisser ses pouces sous la ligne de son soutien-gorge. L'intérêt qu'il lui portait n'avait pourtant rien de sexuel. Il était entièrement concentré sur sa mission. Dans le fond, ce n'était pas un garçon très compliqué. Il était obsédé par Jack Swift. Pourquoi ? Voilà une question à laquelle elle avait intérêt à trouver une réponse.

Finalement, il la relâcha.

— Allez chercher de l'arnica, dit-il sur un ton neutre.

— Pardon ?

— C'est bon pour les bleus.

Elle l'ignora et se rassit dans son fauteuil.

Elle prenait un risque considérable en se lançant dans cette aventure. Elle pouvait tout perdre : une carrière stimulante, son appartement, ses amis… Il y avait des hommes qui lui tournaient autour. Des hommes bien, riches, qui avaient réussi.

Après sa scène humiliante avec Jack, elle avait appris qu'il sortait avec Sidney Greenburg, conservatrice au Smithsonian. Cinquante ans, jamais mariée, sans enfant. Barbara l'avait vue graviter dans l'entourage de Jack sans se douter de rien. La relation était récente et très peu de gens étaient au courant… Pourquoi cette Sidney Greenburg ? Pourquoi pas elle ?

C'était d'autant plus douloureux que Sidney était l'une des grandes amies de Lucy.

— Voici comment nous allons procéder, reprit Mowery. Je m'occupe d'aborder Jack et de lui coller la pression. Il ne prendra pas le risque de salir la mémoire de son fils ou sa réputation. Il paiera. Vous toucherez dix pour cent.

Barbara bondit sur ses pieds.

— Dix pour cent ? Hors de question ! Je vous rappelle que c'est moi qui détiens les photos. Et si vous essayez de me rouler, je raconte tout à la police.

— Vous ne le ferez pas, répliqua Darren sur un ton posé.

— Bien sûr que si ! Vous vous apprêtez à faire chanter un sénateur des Etats-Unis.

— Barbara, ma chère, un seul faux pas de votre part et je promets de m'occuper sérieusement de vous. A votre place, je ferais très attention.

Barbara sentit de nouveau son estomac se révulser.

— Espèce de salopard ! murmura-t-elle.

— Bingo. Cette fois, vous tapez en plein dans le mille ! lança Mowery en ricanant.

Barbara redressa le menton et fit appel à l'expérience qu'elle avait acquise durant les vingt années passées à côtoyer des politiciens arrogants.

— Sans moi, Jack ne survivrait pas une semaine dans cette ville, et il le sait. Il va se rendre à la raison et accepter enfin l'inévitable. Quand ça se produira, je vous conseille d'être aussi loin que vous le pourrez. Ce sera mon seul avertissement.

— Vraiment ? dit Mowery en arquant un sourcil.

Il approcha son visage de celui de Barbara et lui parla à l'oreille en détachant chaque syllabe.

— Contentez-vous de faire ce que je demande, au moment où je le demande, et n'essayez surtout pas de me doubler. Le reste, je m'en charge. Entendu ?

— Cinquante pour cent, répondit Barbara, luttant violemment contre la nausée.

Mowery se redressa et la considéra avec un petit sourire.

— Va pour vingt-cinq pour cent. Je me sens l'âme généreuse, aujourd'hui.

— Cinquante.

— Je vous aime bien, Barbie. Vous êtes acculée, mais vous continuez à vous démener comme un beau diable et à prétendre que vous avez les moyens de négocier. Vous ne manquez pas de cran. C'est bien.

— Cinquante pour cent, répéta Barbara, les dents serrées.

Mowery perdit son sourire.

— N'abusez quand même pas de ma patience. Je n'en ai que fort peu et, croyez-moi, vous n'aimeriez pas me voir de mauvaise humeur.

Barbara sentit la tête lui tourner. Qu'avait-elle fait ? Dans quelle situation venait-elle de se fourrer ? De toute façon, il était trop tard pour faire marche arrière…

— Vingt-cinq pour cent, dit-elle finalement, en s'efforçant de garder la tête haute.

C'était mieux que dix pour cent. Elle n'avait pas entièrement perdu la face.

Jack Swift se versa un deuxième verre de vin. C'était un vin sec de pommes et de poires issu de ses nouvelles vignes. Il trinqua avec Sidney Greenburg, qui sirotait encore son premier verre.

— Je bois aux vins du Rhode Island.

Sidney eut un rire.

— J'aime bien les vins de fruits, mais celui-ci est un véritable tord-boyaux.

Jack rit à son tour.

— Que veux-tu, je n'ai jamais été connaisseur en matière de vins. Un bon scotch, ça, c'est davantage mon rayon.

La soirée était chaude, humide, et ils étaient installés dans le petit patio de la maison du sénateur, en plein quartier de Georgetown. Le Rhode Island, l'Etat qu'il représentait depuis des années — d'abord à la Chambre des députés, puis au Sénat — paraissait bien loin, ce soir. C'était ici, à Washington, qu'il avait élevé son fils et veillé sur sa femme, durant son interminable bataille contre le cancer qui, finalement, l'avait emportée. Il avait été tenté, alors, de vendre la maison qu'ils avaient achetée ensemble, à son arrivée à Washington ; il n'aurait eu aucun mal à trouver un acheteur. Il avait même envisagé de démissionner de son poste de sénateur. Barbara Allen l'en avait dissuadé. Au cours de leurs vingt années de collaboration, Barbara l'avait plus d'une fois empêché de prendre certaines décisions hâtives et malheureuses.

— Je ne sais pas quoi faire, Sidney, reprit-il en contemplant le liquide clair dans son verre.

Ils avaient passé presque toute la soirée à discuter de son assistante.

— Elle travaille avec moi depuis son premier stage.

— Ne bouge pas. Ne change rien à ton comportement habituel.

— Je ne peux pas faire comme s'il ne s'était rien passé.

— Mais si ! Non seulement tu peux, mais en faisant ça, tu lui rendras un fier service.

Sidney posa son verre sur la table et Jack la contempla, émerveillé comme toujours qu'elle lui témoigne autant d'affection. Il n'était, après tout, qu'un vieux veuf bedonnant aux cheveux gris, qui ne s'était jamais pris pour quelqu'un d'important. Sidney était une femme remarquable, avec des yeux noirs et des cheveux bruns striés de fils d'argent qu'elle ne cherchait pas à cacher. Elle se maquillait peu et se plaignait parfois en riant d'avoir des hanches trop larges — ce que Jack n'avait pas remarqué.

Sidney était une femme intelligente, généreuse, sûre d'elle et bien dans sa peau. Elle avait travaillé pendant des années avec les Blacker, au Smithsonian, et elle connaissait Lucy depuis son enfance.

— Ecoute-moi, Jack, reprit-elle. Tu n'as pas à avoir pitié de Barbara sous prétexte qu'elle a quarante ans et qu'elle ne s'est jamais mariée. Si elle s'est consacrée à son travail au point de renoncer à toute vie privée, c'était son choix. Ne la prive pas de la dignité d'avoir fait ce choix. Et ne va pas t'imaginer qu'une femme célibataire et sans enfant est forcément malheureuse.

— Je n'ai jamais pensé une chose pareille…

— Bien sûr que si ! D'ailleurs, tu n'es pas le seul : c'est une idée reçue.

Sidney sourit.

— N'empêche que si Barbara se sent un peu gênée en ce moment, c'est normal. Accepte-le et donne-lui une chance de retomber sur ses pieds.

Jack poussa un soupir.

— Elle s'est pratiquement jetée à mon cou, Sidney !

— Et alors ? C'est la première fois que ça t'arrive ?

— Eh bien…

Il réprima un sourire.

— Pour être franche, reprit Sidney, je te trouve un peu coincé pour un homme qui doit convaincre les citoyens de voter pour lui. Enfin, Jack, Eleanor est morte depuis cinq ans : il ne me paraît pas indécent que cette femme te fasse une proposition. Je trouve même son initiative parfaitement… normale, conclut-elle avec un haussement d'épaules.

Jack but une autre gorgée de vin et se dit qu'ils avaient tous le même goût, qu'ils soient à base de pommes, de poires ou de raisin.

— Peut-être, murmura-t-il.

— Mais ?

— Je ne sais pas.

— Tu te demandes peut-être si cette quadragénaire célibataire n'est pas un peu… déséquilibrée ? Si elle ne vit pas seule au milieu d'une dizaine de chats, par exemple ?

— Je ne me suis pas vraiment posé cette question, mais j'avoue que le personnage m'intrigue.

— Si Barbara était mariée et qu'elle t'avait fait la même proposition, tu te serais senti flatté. Tu ne serais pas là, en train de te demander ce que tu vas bien pouvoir faire. Tu te dirais que c'est une initiative normale de la part d'une femme normale.

Elle se pencha en avant et prit la main du sénateur entre les siennes.

— Crois-moi, je sais de quoi je parle, Jack. Je suis passée par là.

— Personne ne pourrait te prendre pour une femme déséquilibrée.

Sidney sourit.

— J'ai deux chats. Et il m'est arrivé de leur donner à manger dans une assiette en porcelaine.

Jack vit la lueur dans les yeux de sa compagne, et il éclata de rire. C'était ce qu'il aimait le plus chez elle. Elle le faisait rire. Sidney était vive et irrévérencieuse ; elle avait du répondant et même du mordant. Surtout, elle ne prenait rien au sérieux.

Malgré tout, Jack ne parvenait pas à se départir d'un vague malaise.

— Tu auras beau dire, il y a quelque chose qui cloche chez Barbara. Je le sens.

— Dans ce cas, observe-la jusqu'à ce que tu aies

acquis une certitude. Mais par pitié, fais comme si de rien n'était !

— D'accord. Tu as raison.

— A la bonne heure !

Sidney s'abandonna contre le dossier de sa chaise, comme si cette discussion l'avait épuisée.

— Et maintenant, on peut changer de sujet ? enchaîna-t-elle.

— Avec plaisir, répondit Jack en souriant.

— Parlons de mes chats, suggéra Sidney d'un air espiègle.

Elle ne passa pas la nuit chez lui. Tous deux avaient des rendez-vous le samedi matin, mais ce n'était pas la vraie raison.

— Je ne suis pas encore prête à accrocher mes sous-vêtements dans la salle de bains d'un sénateur, déclara-t-elle en l'embrassant, au moment de s'en aller.

Le lendemain, Jack se rappela le conseil de son amie lorsqu'il arriva à son bureau et trouva Barbara Allen installée à sa place habituelle. Avant qu'il ait le temps de dire un mot, elle lui offrit un sourire radieux.

— Bonjour, sénateur.

— Bonjour, Barbara. Je vous croyais en vacances.

Elle eut un geste de la main.

— C'était juste une petite escapade de quelques jours, pas vraiment des vacances. J'ai toujours eu l'intention de revenir pour cette réunion, aujourd'hui. Elle est importante.

Jack sourit.

— Eh bien, comment était cette escapade ?

— Parfaite, répondit Barbara. Exactement ce dont j'avais besoin.

Elle fit pivoter son fauteuil et courir ses doigts sur le clavier de l'ordinateur. Elle semblait avoir retrouvé la forme, se dit le sénateur : elle était détendue, professionnelle, et n'arborait plus l'air désespéré qui les avait mis si mal à l'aise, la semaine précédente.

Une vague de soulagement le submergea. Quelques jours de congé avaient suffi. Il allait suivre le conseil de Sidney et se comporter comme s'il ne s'était rien passé. Ce faisant, il ne rendait pas seulement service à Barbara. En vérité, il avait besoin d'elle : de son efficacité, de ses connaissances, de sa compétence et de ses longues années d'expérience à ses côtés.

Il entra dans son bureau.

Dieu merci, Barbara était de nouveau elle-même.

3.

— Bastian Redwing a sauvé la vie de papa ?

Madison poussa un soupir et corrigea son frère.

— Ce n'est pas Bastian, J.T. C'est Sebastian ! Et il n'a pas seulement sauvé la vie de papa mais aussi celle de grand-père. C'est un autre type qui a sauvé le président.

J.T. fronça les sourcils.

— Comment ça se fait que je ne m'en souviens pas ?

— Tu n'étais pas encore né.

— Madison ne s'en souvient pas non plus, intervint Lucy. C'est arrivé avant notre mariage, à votre père et à moi.

— Mais j'ai lu les articles de journaux ! déclara Madison.

J.T. donna un coup de pied dans le siège de sa sœur. Ils avaient loué une voiture la veille, à leur arrivée à Jackson Hole, et ce matin, Lucy avait rencontré plusieurs guides de la région. Ils avaient tous été charmants, mais lui avaient clairement signifié qu'elle n'avait rien à faire par ici. Ce qui ne l'avait pas vraiment surprise.

Elle avait longuement hésité avant de remonter en voiture pour se rendre chez Redwing.

— C'était une tentative d'assassinat ? reprit J.T.

Madison poussa une exclamation horrifiée.

— Maman, comment connaît-il des expressions pareilles ? « Tentative d'assassinat » ne devrait pas faire partie du vocabulaire d'un gamin de douze ans !

— Ah ouais ! lança J.T., depuis la banquette arrière. Et comment je saurais ce qui est arrivé à Abraham Lincoln et à Martin Luther King ? Et au président Kennedy ? Et à Jules César ?

— Jules César ? Qu'est-ce que tu sais au sujet de Jules César ? lui demanda Madison.

— Il a été poignardé dans le dos, voilà !

— T'es malade !

— C'est toi qui es malade.

Lucy agrippa le volant. Ils roulaient sur une route droite pratiquement déserte, bordée de paysages magnifiques, mais elle avait beau essayer d'attirer l'attention de ses enfants sur les montagnes qui cernaient la vallée étroite, elle avait beau leur montrer la végétation alentour et leur parler de l'altitude et de la sécheresse de l'air, ils s'entêtaient à discuter de Sebastian Redwing et des circonstances au cours desquelles il avait sauvé la vie de leur père.

Elle finit par céder.

— Le président donnait un discours à Newport, dans le Rhode Island, leur expliqua-t-elle. Un type armé a commencé à tirer. Sebastian s'est jeté sur votre père et votre grand-père et les a plaqués au sol, pendant que l'homme pour qui il travaillait à l'époque, Darren Mowery, faisait la même chose avec le président.

— Il y a eu des blessés ? demanda J.T.

— Sebastian a remarqué qu'il y avait un deuxième tireur. Il s'est avéré par la suite que c'était lui qui avait permis au premier d'entrer dans la salle. Sebastian, votre père, et un troisième homme qui s'appelle Plato Rabedeneira, un parachutiste d'intervention qui devait recevoir une médaille, ce jour-là, se sont lancés à sa poursuite. L'homme a tiré une balle et Plato a été blessé à l'épaule, mais ce n'était pas trop grave.

— Qu'est-ce qui est arrivé aux assassins ?

— Mowery a pu immobiliser le premier, répondit Lucy.

— Et le deuxième ?

Lucy hésita avant de répondre :

— Sebastian Redwing l'a tué.

— Sebastian avait un revolver ? Pourquoi ? demanda J.T.

Comment expliquer Sebastian Redwing ? se demanda Lucy. Tout ce que J.T. savait de lui, pour le moment, c'était qu'il leur avait vendu la maison où ils vivaient.

Lucy ralentit.

— Sebastian travaillait pour l'agence de sécurité de Darren Mowery et ils poursuivaient justement le deuxième homme, mais pour autre chose. Ils ignoraient totalement qu'ils allaient se retrouver mêlés à une tentative d'assassinat contre le président des Etats-Unis.

— Papa, Plato et Sebastian sont devenus amis, ajouta Madison. Sebastian était le témoin de papa au mariage des parents.

J.T. avait l'air perplexe.

— Je ne comprends rien du tout.

— Qu'est-ce qu'il y a à comprendre ? demanda sa sœur.

— Sebastian a créé sa propre agence de sécurité et d'investigation, maintenant, reprit Lucy. Redwing Associates. Elle est basée ici, dans le Wyoming. Lui, Plato et papa étaient tellement pris par leur travail et leur vie qu'ils ne parvenaient pas à se voir aussi souvent qu'ils l'auraient souhaité.

Cette explication parut satisfaire J.T., qui hocha la tête.

— Au moins, Sebastian a été assez malin pour se tirer du Vermont ! fit remarquer Madison.

Ils arrivèrent devant un groupe de bâtiments en rondins éparpillés dans une clairière. Aucun panneau n'annonçait que ceci était le siège et le centre d'entraînement de Redwing Associates, une agence internationale de sécurité et d'investigation dont les clients étaient des hommes d'affaires, des politiciens, des stars de cinéma et des sportifs de haut niveau. Bon nombre d'entre eux venaient en séminaires afin d'apprendre à évaluer et à gérer les risques qu'ils couraient, qu'il s'agisse de kidnapping, de tentatives d'assassinat, d'espionnage industriel, de fans névropathes ou de fraude informatique…

La sécurité était subtile mais évidente, et Lucy déclina son nom à l'entrée avant de s'engager le long d'une allée sinueuse au bout de laquelle l'attendait un homme tout de jean vêtu.

— Bonjour, madame Swift. Je suis Jim Charger. Je m'occupe de votre voiture. M. Rabedeneira vous attend.

— Plato Rabedeneira ? demanda Lucy, surprise.

— Oui.

Que faisait-il ici ?

— Vos enfants peuvent rester dehors avec moi ou vous accompagner, reprit l'homme. C'est comme vous voulez.

— Ils vont venir avec moi, répondit Lucy.

Il lui fit signe d'entrer dans le vaste bâtiment principal, une construction rustique en rondins. L'intérieur, cependant, n'avait rien de rustique, songea Lucy en admirant le mobilier de bois, le cuir et les tissus dans des tons de terre. La vue était spectaculaire. Rien ici ne rappelait les racines de Sebastian dans le sud du Vermont.

Plato les rejoignit dans le living-room, devant une énorme cheminée de pierre. Il prit aussitôt les mains de Lucy entre les siennes, puis l'embrassa chaleureusement.

— Bonjour, Lucy. Je suis vraiment content de te voir. J'avais entendu dire que tu étais dans les parages.

— Tu dois avoir des espions à chaque coin de rue, ma parole !

— Pas à chaque coin de rue, répondit-il en riant.

Plato était un très bel homme aux cheveux et aux yeux noirs, qui avait travaillé très dur pour se sortir du mauvais quartier de Providence où il avait grandi. Ses efforts avaient payé : non seulement il excellait dans une profession éprouvante et dangereuse, mais il avait aussi permis à sa mère, qui l'avait élevé seule, de faire des études tardives.

Elle était maintenant professeur d'université publique, et l'une des électrices fidèles de Jack Swift.

Le regardant, Lucy se dit que la vie était étrange. Colin, qui n'avait jamais été tenté de sauter du haut d'un hélicoptère au beau milieu d'une tempête pour sauver des pêcheurs ou des plaisanciers, et qui se contentait de son travail au département d'Etat et d'un match de tennis amical de temps en temps, était aujourd'hui décédé, alors que Plato, qui risquait sa vie pratiquement chaque jour, était toujours là, bien vivant.

— Depuis quand travailles-tu pour Redwing Associates ? lui demanda-t-elle.

— Je me suis blessé en sautant, il y a dix-huit mois. Quand je me suis réveillé à l'hôpital, après mon opération, la proposition de Sebastian m'attendait.

Il se tourna vers Madison et J.T. qui étaient visiblement captivés.

— Eh bien, vous avez drôlement grandi, tous les deux ! Je suis très content de vous voir.

Il était toujours aussi charmeur et charmant, se dit Lucy. Avec lui, elle se sentirait toujours en sécurité, même si elle devait se retrouver suspendue à un hélicoptère au-dessus d'une mer déchaînée. C'était le genre d'homme que les gens apprécient instinctivement. Tout le contraire de Sebastian Redwing qui n'était ni poli ni charmant. Le bien-être des autres était le cadet de ses soucis. Il se contentait d'exceller dans son travail.

— Vous voulez visiter les lieux ? reprit Plato en s'adressant aux enfants. Retournez vers l'entrée : Jim va vous faire faire le tour du propriétaire.

Lucy les suivit des yeux. Elle se sentait mal à l'aise, tout à coup, et presque bête. Redwing Associates prenait en compte les menaces faites aux individus, les dangers réels comme le kidnapping, l'extorsion et les attaques terroristes, mais certainement pas les coups de fil anonymes ou les balles de revolver abandonnées sur les sièges des voitures.

— Tu as bonne mine, Lucy, reprit Plato.

— Merci.

— Comment trouves-tu la vie dans le Vermont ?

— Super. J'ai monté ma propre affaire : une agence de voyages spécialisée dans le tourisme sportif et l'aventure. Ça marche vraiment bien.

— Le tourisme sportif et l'aventure ? Je dois avouer que le concept me dépasse un peu.

— Forcément, répondit Lucy avec un sourire. Toi, tu interviens quand l'aventure a mal tourné. Sache quand même que la sécurité est notre plus grande priorité.

Il marcha vers l'un des fauteuils de cuir, et elle remarqua qu'il boitait légèrement. C'était la raison de son changement de carrière, bien sûr. Même ici, il ne pouvait sans doute exercer qu'un travail de bureau.

— Alors, quelle est la raison de ta visite ? demanda-t-il en lui faisant signe de s'asseoir.

— J'avais à faire à Jackson Hole et j'ai décidé de passer dire bonjour.

— Mais tu ne savais pas que je serais là ?

— Non, en effet, mais Sebastian…

— Voyons, Lucy, depuis quand est-ce que tu fais des détours pour venir dire bonjour à Sebastian ?

Elle étouffa un soupir. Elle aurait préféré s'asseoir tranquillement et bavarder du temps passé, plutôt que de parler de ses craintes à Plato. Mais, bien sûr, il n'aurait pas été dupe.

Lui, au moins, il avait envoyé des fleurs et un petit mot de condoléances à la mort de Colin. Il n'avait pas pu se libérer pour assister aux funérailles, mais elle était convaincue qu'il serait là pour elle, en cas de besoin. D'ailleurs, Colin l'appréciait beaucoup, lui aussi. Pourtant, peut-être à cause de la nature différente de leurs professions — ou de leurs personnalités —, c'était vers Sebastian et non vers Plato qu'il lui avait fait promettre de se tourner si elle avait besoin d'aide.

— Est-ce qu'il a changé ? demanda-t-elle.

— Ça dépend de quel point de vue on se place... Allons, Lucy, dis-moi ce qui se passe. Ensuite, on verra ce qu'on peut faire.

Autrement dit, il déciderait s'il fallait ou non porter l'affaire à la connaissance de Sebastian.

Lucy se sentait un peu gênée. Chez elle, dans le contexte de son travail, elle était toujours à l'aise et sûre d'elle. Ici, c'était tout à fait différent. Sebastian Redwing et Plato Rabedeneira étaient les amis de son époux. Colin et elle s'étaient mariés si vite — deux mois à peine après leur rencontre —, puis les enfants étaient nés et… Colin avait disparu. A cause de tout cela, elle n'avait pas eu beaucoup de temps pour les fréquenter. Et, finalement, elle les connaissait assez peu.

— Lucy ?

— C'est idiot. Je suis idiote, j'en suis consciente. Alors n'hésite pas à me tapoter l'épaule et à me renvoyer dans le Vermont.

Elle croisa son regard.

— Tu me rendrais un fier service, crois-moi.

— Eh bien, avant que je te tapote l'épaule, si tu me disais ce qui se passe ?

Lucy hocha la tête, prit une profonde inspiration et lui raconta tout. Elle s'exprima sur un ton neutre, objectif, et n'omit rien, à l'exception de ses propres réactions face à sa peur grandissante, presque palpable.

Lorsqu'elle eut terminé, elle força un sourire sur ses lèvres.

— Tu vois ? Ce sont des bêtises.

Plato fronça les sourcils.

— Tu ne veux pas t'adresser à la police du coin ?

— Ils alerteront Jack sur-le-champ.

Plato hocha la tête.

— Ce ne serait peut-être pas une mauvaise chose, justement.

— Ces incidents, quelle que soit leur raison d'être, n'ont rien à voir avec lui.

— Comment peux-tu en être sûre ?

Lucy passa une main dans ses cheveux. Elle avait la tête qui tournait et vaguement mal au cœur. Le changement d'heure, la sécheresse de l'air et l'altitude étaient sans doute responsables de cet état. Le rappel des événements de ces derniers jours également.

— Soit tous ces incidents n'ont aucun rapport l'un avec l'autre, soit quelqu'un essaie vraiment de me coller la trouille. Si je vais trouver la police, ça prouvera qu'ils ont gagné.

— Et s'ils n'obtiennent pas la réaction souhaitée, les incidents pourraient continuer, voire devenir plus graves.

— Mais qu'attendent-ils, justement ? s'exclama Lucy en bondissant sur ses pieds.

— Que te dit ton instinct ? demanda Plato avec douceur.

— Je n'en sais rien, répondit la jeune femme en faisant les cent pas. Plato, je ne suis pas n'importe quel quidam. Je suis la belle-fille d'un sénateur des Etats-Unis. Tu sais très bien que s'il apprend ce qui se passe, Jack m'enverra la police du Capitole.

— Lucy…

— Mais j'ai une vie à mener, moi ! J'ai une affaire à faire tourner, des enfants à élever. Merde, Madison et J.T. n'ont que moi. Je ne veux pas courir des risques inutiles mais je ne peux pas non plus…

Elle s'interrompit, respira profondément et reprit d'une voix plus calme :

— Plato, je préférerais éviter qu'une bande de fédéraux viennent fourrer leur nez dans mes affaires.

Plato se leva à son tour et passa un bras autour des épaules de Lucy.

— C'est bon. Je comprends. Ecoute, je dois me rendre à Francfort, cette semaine…

— Je ne m'attendais pas à ce que tu largues tout pour voler à mon secours, l'interrompit la jeune femme. Je voulais juste avoir l'opinion d'un expert. Le seul fait de parler m'a fait du bien, ajouta-t-elle avec un pauvre sourire.

— Tu n'es pas venue chercher mon opinion d'expert, dit Plato.

— Je l'aurais fait si j'avais su que tu étais là. Je préfère me confier à toi qu'à Sebastian, crois-moi.

Il eut un rire.

— Tu n'es pas la seule.

— Bon, que dois-je faire, alors ?

— Tu vas aller voir Sebastian et lui répéter tout ce que tu m'as dit.

Lucy se rassit dans son fauteuil.

— Il… il ne part pas pour Francfort, lui aussi ? demanda-t-elle.

— Non. Il est…

Plato parut hésiter, chercher ses mots.

— Il est en congé sabbatique, dit-il finalement.

— En congé sabbatique ? répéta Lucy. Tu veux rire ? Il n'est pas professeur, que je sache. Comment peut-il… ?

— Tu vas devoir te rendre jusqu'à son cabanon, l'interrompit Plato en se levant. Ce n'est pas loin. Je vais t'expliquer.

Mais Lucy ne bougea pas.

— Je n'ai pas envie de voir Sebastian, dit-elle.

— Il va t'aider, Lucy. Moi, je ne peux rien faire.

— Je t'ai déjà dit que je n'étais pas venue chercher de l'aide.

— Je sais bien pourquoi tu es venue, répliqua Plato en la regardant droit dans les yeux. Tu l'as promis à Colin.

Lucy sentit sa gorge se serrer.

— Colin avait raison, Lucy. Je suis un ancien parachutiste d'intervention et maintenant je m'occupe de faire tourner cette agence. Mais Sebastian, lui… il est peut-être mal embouché, n'empêche que, dans son domaine, il reste le meilleur.

Il se tut un instant et, voyant qu'elle hésitait encore, il conclut :

— Si tu ne lui parles pas de toi-même, je serai forcé de lui répéter ce que tu m'as dit, et ça reviendra au même.

Lucy eut un mince sourire.

— Soit. Au point où j'en suis, de toute façon…

Plato désigna à Lucy un chemin de terre, et lui dit de le suivre jusqu'au bout. Sebastian serait là.

La route était sinueuse, sèche, et la voiture soulevait un nuage de poussière en roulant. Le paysage était spectaculaire, même à travers ce nuage poudreux : des montagnes, une rivière qui courait sur des cailloux, des chevaux, des troupeaux de vaches et des fleurs sauvages. Manifestement, le ranch continuait de fonctionner.

J.T. était aux anges. Mais Madison souffrait, et pas vraiment en silence.

— On se croirait dans *Out of Africa* ! dit-elle sur un ton sarcastique. Sauf que j'ai envie de dormir, ce qui n'était pas le cas de Meryl Streep, dans le film.

— C'est sûrement l'altitude qui te rend somnolente, lui dit sa mère.

— Je ne suis pas somnolente, riposta l'adolescente. Je m'ennuie à mourir.

Lucy pinça les lèvres et ne dit rien. Après tout, elle aussi se demandait ce qu'ils faisaient là. Finalement, ils arrivèrent devant un petit cabanon branlant flanqué d'une dépendance, le tout niché dans l'ombre d'un bosquet de trembles et de sapins.

Lucy s'arrêta derrière un pick-up rouge particulièrement poussiéreux.

— Je crois que nous sommes arrivés, dit-elle.

— Berk ! dit Madison en regardant les bâtiments délabrés. On dirait le décor de *Impitoyable*, avec Clint Eastwood.

Lucy ne put s'empêcher de sourire. Pour Madison, la vie était une suite de films. En tout cas, les propriétaires du vidéo-club local l'adoraient, même si elle leur demandait constamment de dénicher des films que plus personne ne regardait. C'était sa passion : une passion que l'un de ses professeurs encourageait vivement, d'ailleurs.

Trois énormes chiens à l'air miteux bondirent hors de l'ombre et cernèrent la voiture en aboyant furieusement. J.T., qui avait défait sa ceinture de sécurité, s'avança sur la banquette, l'air inquiet :

— Tu crois qu'ils mordent ?

Lucy baissa sa vitre pour voir comment les chiens réagissaient. Ils ne lui sautèrent pas au visage, ce qui lui parut être bon signe.

— Bonjour ! cria-t-elle. Il y a quelqu'un ?

Les chiens se turent brusquement et le premier, un labrador jaune, bâilla et s'étira. Le berger allemand s'assit et entreprit de se gratter. Le plus petit des trois, un bâtard blanc et noir, marchait de long en large, la langue pendante.

— Vous avez entendu quelqu'un les appeler ? demanda Lucy aux enfants.

J.T. secoua la tête, les yeux écarquillés. Il ne s'attendait pas à pareille aventure : perdu au fin fond du Wyoming, avec trois chiens de mauvaise humeur et pas un être humain à la ronde.

— Non. Et toi ?

— Plato aurait dû nous faire accompagner par une escorte armée, commenta Madison.

Lucy poussa un soupir excédé.

— Madison, je te dispense de ce genre de remarque parfaitement inutile.

— Tu me fais peur, dit J.T.

— Bon, restez dans la voiture pendant que je vais voir si nous sommes au bon endroit, reprit Lucy en sortant du véhicule.

L'air paraissait encore plus chaud et sec, par ici. Les chiens ne lui accordèrent aucune attention.

— Tu vois ? dit Lucy en s'adressant à son fils. Tout va bien.

Il hocha la tête d'un air dubitatif.

Soudain, une voix masculine s'éleva, paraissant sortir de nulle part :

— Inutile de paniquer, Lucy ! Vous êtes au bon endroit.

— Là ! cria J.T. en pointant le doigt dans la direction du cabanon. Il y a quelqu'un dans la véranda.

— Ne bougez pas ! recommanda Lucy à ses enfants.

Elle gravit les deux marches de la véranda. Le bois craqua horriblement sous ses pas. Un vieux hamac était suspendu à deux crochets rouillés et un homme couvert de poussière y était étendu, la tête coiffée d'un chapeau de cow-boy qui, dans une autre vie, avait dû être blanc. Il était vêtu d'un jean, d'une chemise aux manches retroussées, et ses pieds étaient chaussés de bottes de cow-boys. Le tout usé jusqu'à la corde.

Lucy remarqua la longueur de ses jambes, son ventre plat, ses avant-bras musclés, bronzés, et ses mains calleuses. Sebastian Redwing avait toujours été un homme très... physique.

Le labrador, qui avait suivi la visiteuse, s'allongea pesamment sous le hamac.

— Sebastian ?

L'homme leva la tête, et Lucy découvrit son visage qui lui parut plus marqué, plus anguleux que dans son souvenir. Par contre, elle retrouva ses yeux gris — un gris inhabituel, étonnamment doux.

— Salut, Lucy.

Elle déglutit péniblement. Sa bouche était sèche.

— C'est Plato qui m'envoie.

— Ouais, je m'en doute.

— Je suis venue dans le Wyoming pour affaires. Les enfants sont avec moi. Madison et J.T.

Il ne dit rien. Il n'avait pas l'air disposé à bouger de son hamac.

— Maman ! J.T. saigne !

Madison, au comble de la panique, bondit hors de la voiture et tira son frère de la banquette arrière. J.T. avait les mains pressées sous son nez, et du sang coulait à travers ses doigts.

— C'est dégoûtant ! s'exclama Madison, reculant d'un pas et tirant un mouchoir en papier de sa poche.

Lucy courut vers eux.

— Mets la tête en arrière !

Le berger allemand aboya, et Sebastian lui donna un ordre à peine audible, depuis son hamac. Aussitôt, le chien s'éloigna.

J.T., luttant visiblement pour ne pas pleurer, gravit les marches de la véranda.

— J'ai mis du sang partout dans la voiture.

— C'est vrai ! renchérit Madison.

Soudain, Sebastian apparut à côté de Lucy. Elle avait oublié à quel point il était grand, et aussi le malaise qu'elle éprouvait toujours en sa présence. Ce n'était pas de la peur. Juste une sorte de malaise.

Il regarda J.T.

— Ce n'est rien. La sécheresse de l'air et la poussière.

Madison le dévisagea, bouche bée, et Lucy dut se retenir pour ne pas sourire.

— On peut utiliser ton évier ?

— Je n'en ai pas. Mais il y a une pompe, là-bas.

Il se tourna vers Madison.

— Tu es capable d'utiliser une pompe à eau ?

La jeune fille secoua la tête.

— Eh bien, il est temps d'apprendre ! déclara Sebastian. Lucy, emmène J.T. à l'intérieur. Madison et moi, on va chercher de l'eau et on revient.

La jeune fille recula imperceptiblement, les yeux écarquillés.

— C'est bon, Madison, lui dit Lucy d'un ton rassurant.

Sebastian arqua les sourcils, comme s'il avait du mal à comprendre ce qui inquiétait la jeune fille. Un grand type poussiéreux dans une cabane isolée, avec trois chiens et pas d'eau courante… il n'y avait pas de quoi s'affoler !

Il descendit les marches de la véranda et Madison le suivit, non sans jeter un coup d'œil à sa mère par-dessus son épaule.

Lucy entra dans la cabane avec J.T. et fut à peine surprise de découvrir qu'il n'y avait pas d'électricité non plus. Elle avait l'impression d'être catapultée au siècle précédent,

— C'est juste un petit saignement de nez, dit le garçon en pressant contre ses narines le mouchoir en papier que lui avait donné sa sœur. T'inquiète pas, m'man : je vais bien.

Lucy prit un torchon accroché à un clou, au-dessus d'un comptoir de bois. D'après les boîtes de flocons d'avoine, de café et de haricots, elle se trouvait dans la cuisine. Au milieu de cet assortiment sommaire de provisions, elle remarqua une bouteille de sirop d'érable du Vermont.

Quelques minutes plus tard, Madison poussa la porte de derrière en portant un seau en aluminium rempli d'eau. Lucy y trempa le torchon.

— Je crois que tu ne saignes plus, dit-elle à son fils. On va te nettoyer. Où est Sebastian ? ajouta-t-elle en s'adressant à sa fille.

— Je ne sais pas. Dehors, en train de dresser des chevaux sauvages ou de chasser le bison… Maman, tu te rends compte, il n'a même pas de salle de bains !

— C'est rustique, en effet.

— Tout à fait Clint Eastwood dans *Impitoyable* !

Sebastian entra à son tour.

— Comment se fait-il qu'elle voie des films interdits aux moins de dix-sept ans ? lança-t-il.

— Elle étudie le cinéma. J'ai regardé *Impitoyable* avec elle, justement parce que c'est un film violent.

— D'accord, mais je ne comprends pas la comparaison avec moi. Je ne suis pas violent !

Lucy l'avait toujours considéré comme un homme violent qui exerçait une profession violente tout en étant capable de se contrôler. Mais elle n'eut pas le temps de répondre : Madison la devança.

— N'empêche que vous vivez exactement comme Eastwood dans la première scène du film !

— Absolument pas. Je n'ai pas de cochons.

Pour lui, visiblement, cet argument suffisait à clore la

discussion, et Lucy fit signe à Madison de ne pas insister. Exceptionnellement, sa fille lui obéit.

— Comment va J.T. ? reprit Sebastian.

— C'est bon, il ne saigne plus, répondit Lucy.

J.T. gardait le torchon mouillé pressé contre son nez.

— Ça ne fait pas mal, dit-il.

— Tant mieux, reprit Sebastian qui n'avait pas du tout l'air inquiet. Si vous alliez voir mes chevaux à l'écurie, pendant que je parle avec votre mère ? Les chiens vous accompagneront.

— Allez, viens ! dit Madison en jouant à la grande sœur protectrice. L'écurie, ça ne peut pas être pire que cet endroit.

Les deux gamins sortirent et Sebastian secoua la tête.

— Elle a la langue drôlement bien pendue, dis donc !

— Ils sont formidables tous les deux, répondit Lucy.

Il se tourna vers elle et la regarda un instant. Jamais Lucy n'avait eu une telle conscience du silence autour d'elle : pas de bruit de fond, de ronronnement de ventilateur ou de moteur de voiture. Pas même un pépiement d'oiseau.

— Je n'en doute pas, répondit Sebastian.

— Plato dit que tu as pris une espèce de congé sabbatique ?

— Ah bon ? C'est ce qu'il raconte, maintenant ?

— Tu n'es pas… ? commença Lucy.

Mais quelque chose dans le regard gris de Sebastian l'empêcha de finir sa phrase. Elle pouvait compter sur les doigts d'une main le nombre de fois où elle s'était trouvée en sa présence. Mais elle se rappelait parfaitement sa capacité à lire en elle comme dans un livre ouvert. Ce talent l'aidait sûrement dans son travail, et elle se demanda furtivement si c'était la raison de sa réclusion. Il en avait peut-être trop vu. Il ne souhaitait peut-être plus fréquenter ses congénères.

— Qu'est-ce qui t'amène ? demanda-t-il.

— J'ai promis à Colin de...

Pourquoi diable la mettait-il aussi mal à l'aise ?

— Il m'avait fait promettre de venir te trouver si jamais j'avais besoin d'aide. Alors, voilà. Sauf que je n'ai pas véritablement besoin d'aide, tout compte fait.

— Non ?

— Non, non.

— Tant mieux. Parce que je n'aide personne.

Tout en prononçant ces derniers mots, il se détourna et repartit vers la véranda.

— Pardon ? interrogea Lucy, stupéfaite.

— Plato va vous donner de quoi vous restaurer, et ensuite il vous remettra sur la route avant la nuit tombée.

Lucy regarda le dos de Sebastian, tandis qu'il sortait. Dans la pénombre de la cabane, elle vit un lit en fer forgé dans un coin, une paire de baskets abandonnées par terre, un recueil de poèmes de Robert Penn Warren, un paquet de romans de James Bond et l'une des collections d'histoires de fantômes du Vermont par Joe Citro. Il y avait aussi une lampe à pétrole...

Elle ne s'attendait pas à ça. Ni à une telle réaction de la part de Sebastian. Il venait de l'éconduire purement et simplement. Sans explication.

Elle respira profondément et sortit à son tour.

— Tu me congédies comme ça, sans poser la moindre question ? lui demanda-t-elle sans pouvoir cacher son humiliation.

— Eh bien, oui ! Tu viens de me dire toi-même que tu n'as pas besoin d'aide. Tu dois le savoir mieux que personne, après tout. Tu es une femme intelligente !

Lucy serra les poings.

— Cette histoire de congé sabbatique est un mensonge, n'est-ce pas ? On dirait que Madison a vu juste, tout compte fait.

— Lucy, si je voulais te tenir au courant des péripéties de ma vie, je t'enverrais des cartes de vœux en fin d'année, riposta Sebastian en coiffant de nouveau son chapeau de cow-boy. Tu as déjà reçu une carte de vœux venant de moi ?

Lucy se détourna sans un mot.

— Je suis désolé, reprit-il alors d'une voix qui parut à la jeune femme différente, peut-être un peu plus douce. Les choses changent. Tu le sais mieux que personne.

Lucy crispa les mâchoires et descendit les marches. Elle était furieuse d'avoir fait un tel voyage pour rien. Quant à Plato… il devait bien se douter de la réception que lui réserverait Sebastian ! Malgré cela, il l'avait quand même poussée à venir le voir. Ce voyage était une perte de temps et d'argent. Un fiasco sur toute la ligne.

Plato attendit le lendemain matin pour venir affronter son ami. L'aube répandait une lumière rose à l'horizon et

Sebastian, après avoir pris soin de ses chevaux et de ses chiens, avait déjà rejoint sa place dans son hamac. Plato descendit de son pick-up et boita jusqu'à la cabane dont il gravit les marches d'un pas lourd.

— Tu as renvoyé Lucy ! lança-t-il sans préambule.

Sebastian remonta son éternel chapeau sur le haut de sa tête.

— Toi aussi.

— Elle n'était pas venue chercher mon aide mais la tienne.

— Elle me déteste et tu le sais très bien.

— Forcément ! s'exclama Plato avec un sourire. Tu es un malotru doublé d'un perdant.

Sebastian ne s'offusqua pas. Plato avait toujours exprimé à voix haute ce que d'autres pensaient tout bas.

— Son gamin s'est mis à saigner du nez. Comment veux-tu que je protège un gosse qui saigne du nez ? Et sa fille est une insolente. Elle m'a comparé à Clint Eastwood.

— Eastwood ? N'importe quoi ! Il est bien plus beau mec que toi.

Il y eut un silence, et Plato reprit :

— Tu ne lui as pas dit, hein ?

— Quoi ?

— Que tu avais renoncé à la violence.

— Ça ne la regarde absolument pas, répondit Sebastian d'un ton sec. Toi non plus, d'ailleurs.

Plato hocha la tête.

— Darren Mowery tourne autour de son beau-père, le sénateur.

— La ferme, Rabedeneira ! J'ai l'impression d'avoir affaire à un coq qui chante dans mes oreilles.

— Je te rappelle que nous sommes en train de parler de Lucy !

Sebastian se leva brusquement du hamac. C'était précisément ce qu'il s'était répété une bonne partie de la nuit. Il s'agissait de Lucy. Lucy Blacker, avec ses grands yeux noisette, son sourire soleil et sa langue acérée. Lucy, la veuve de Colin.

— Elle n'a qu'à s'adresser à la police, marmonna-t-il.

— Elle ne peut pas. Jack Swift interviendrait : il lui enverrait aussitôt la police du Capitole, et la presse s'emparerait de l'histoire…

Plato fronça les sourcils.

— Mais tu ne lui as même pas donné une chance de t'expliquer tout ça, je parie !

— Plato, sans blague, je voudrais que tu puisses encore sauter de tes hélicoptères. Je pourrais vendre la boîte et prendre ma retraite, au lieu de te voir jouer perpétuellement les mouches du coche.

— Autrement dit, tu ne sais même pas pourquoi elle est venue te trouver, reprit Plato. Tu devrais avoir honte.

— Elle t'a tout raconté, n'est-ce pas ? Ce n'était pas la peine de lui faire répéter la même histoire deux fois, répliqua Sebastian en descendant les marches de la véranda.

Il avait passé la nuit dans le hamac, si bien que son corps était raide et douloureux. Il avait besoin d'un bon café. Surtout, il avait besoin de ne plus penser à Lucy. Ça ne lui valait rien.

— Lucy mérite…

— Je me contrefiche de ce que Lucy mérite !

Sebastian sentait le regard de son ami dans son dos. Il savait même ce qu'il pensait.

— Foutaises ! lança Plato d'un air entendu. C'est bien là le problème. Ça fait seize ans que tu es amoureux d'elle.

Sebastian serra les dents et marcha vers son pick-up. La journée promettait d'être magnifique. Il pouvait partir à cheval ou courir avec ses chiens. Il pouvait aussi lire des histoires de fantômes dans son hamac.

La vérité était qu'il ne valait rien. Un an plus tôt, il avait tiré sur un ami qui avait mal tourné. Et qu'avait-il fait de bien, depuis tout ce temps ? Rien. Il avait renoncé à la violence mais pas au jeu. Il ignorait ses amis et il continuait à fuir ses responsabilités. Il ne se rasait pas assez souvent, et ne se lavait guère davantage. Il aurait pu s'offrir toute l'aide qu'il voulait, mais il aurait dû supporter la présence des autres, se montrer poli, aimable. Et c'était au-dessus de ses forces.

— Je ne peux pas aider Lucy, déclara-t-il. J'ai oublié la moitié de ce que je savais.

— Tu racontes des conneries, Redwing. Tu n'as rien oublié du tout.

Plato vint se planter à côté de lui.

— Même si tu es un peu rouillé, ce que je ne crois pas une seule seconde, tu as toujours ton instinct. Il fait partie de toi.

Dans ce cas, songea Sebastian, la violence aussi faisait encore partie de lui.

Il ouvrit la portière du pick-up à la volée.

— J'ai horreur des discours d'encouragement.

— Redwing, merde, qu'est-ce qui te prend, à la fin ? Tu n'es pas du genre à t'apitoyer sur ton sort, que je sache.

Sebastian leva les yeux vers la ligne d'horizon. Une seule fois dans sa vie, il avait éprouvé un profond sentiment de pitié pour lui-même : le jour où il avait regardé Lucy Blacker entrer dans l'église pour épouser un autre homme.

Il poussa un soupir.

— Dis-moi ce qui se passe.

Plato lui raconta les faits, à sa manière succincte et objective. Quand il eut terminé, Sebastian fronça les sourcils. Il n'aimait pas du tout cette histoire. Pourtant, il haussa les épaules et déclara :

— Ce sont sûrement les gosses qui font ça. Ou leurs amis.

— C'est Mowery, et tu le sais très bien.

— Mowery n'est pas mon problème.

— J'ai fait réviser ton avion et le plein est fait, déclara Plato. On ne t'a pas pris ta licence de pilote, hein ?

Sebastian donna un coup de poing sur le toit poussiéreux de son pick-up.

— J'aime encore mieux me retaper une formation de techniques de survie dans l'eau que m'envoler pour le Vermont.

— Tu n'as jamais fait de formation de techniques de survie dans l'eau. C'est moi, l'ancien parachutiste.

— Ah bon, tu crois ? dit Sebastian en souriant à son ami.

Plato lui rendit son sourire.

— Lucy est plus jolie que jamais, pas vrai ?

— La ferme, Rabedeneira, ou je te jette du haut d'un hélicoptère !

— Ne te donne pas cette peine : je l'ai déjà fait. Je dépêcherai quelqu'un pour s'occuper des chiens et des chevaux.

— Merde ! grommela Sebastian entre ses dents.

Mais il savait bien qu'il ne servait à rien de discuter. Plato avait raison. Que faisait-il, depuis hier, sinon retarder l'inévitable ?

Il se glissa derrière le volant et suivit son ami le long du chemin caillouteux.

4.

Jack savait qu'il aurait dû appeler la police du Capitole et leur demander d'arrêter Darren Mowery. Ce salaud assis en face de lui était en train de menacer un sénateur des Etats-Unis d'Amérique. C'était du chantage pur et simple.

Pourtant, il ne décrocha pas son téléphone et ne se leva pas non plus pour alerter son personnel. Paralysé par le choc, la colère et la stupéfaction, il fusilla simplement son interlocuteur du regard. Comme pratiquement tout Washington, Jack avait cru Darren Mowery mort, ou du moins hors du pays pour de bon. Mais il était là, tranquillement installé dans son bureau.

— Réfléchissez bien, sénateur, dit Mowery. Réfléchissez bien avant de parler.

Jack crispa les mâchoires, et Mowery reprit :

— Vous pouvez appeler la police du Capitole, si vous voulez. Ils ont l'air de s'ennuyer ferme, aujourd'hui. Passer les menottes à un maître chanteur les distrairait beaucoup, j'en suis certain.

— Je vous trouve bien sûr de vous, dit Jack.

Mowery haussa les épaules.

— Peu importe. C'est vous, sénateur, qui êtes sur la sellette.

Et il avait raison. La manière dont il allait réagir, maintenant, allait déterminer l'image et la réputation qu'il laisserait derrière lui. Ses trente années à Washington seraient jugées à partir de cet instant : comment il allait se comporter face au chantage.

Il embrassa la pièce du regard, s'attardant sur les photos encadrées, les lettres de remerciement, les décorations et honneurs reçus, toutes ces preuves d'une longue carrière politique aux plus hauts postes. Il n'était pas arrogant ni avide de pouvoir. Bien au contraire. Pour lui, la politique était une vocation honorable.

— Vous êtes en train de creuser votre propre tombe, Mowery, dit-il finalement, avec un calme qu'il était loin de ressentir. Faire chanter un sénateur des Etats-Unis, ce n'est pas bien malin.

— Je ne vois pas la situation sous cet angle. Je ne fais pas chanter un sénateur mais un père qui n'a pas envie que le monde entier sache que son fils baisait une femme qui n'était pas la sienne, deux semaines seulement avant de tomber raide mort sur un court de tennis.

Jack éprouva une douleur terrible en plein cœur, comme si chaque parole qu'il venait d'entendre l'avait transpercé de part en part.

— Je peux m'arranger pour vous faire parvenir des copies des photos, si vous le souhaitez, reprit Mowery.

Il se pencha en avant et considéra Swift d'un air froid et calculateur.

— Allez-y, sénateur, cédez à la tentation et décrochez votre téléphone !

Il se renversa dans son fauteuil pour ajouter :

— Sachez simplement que, s'il m'arrive quoi que ce soit, les photos seront aussitôt publiées.

— Je ne cèderai pas au chantage, déclara Jack d'un ton neutre.

— Ah bon ? dit Mowery en se levant.

Il était vêtu d'un costume gris, comme on en croisait des dizaines dans les couloirs des bureaux du Sénat. Le parfait Monsieur Tout-le-monde.

— Je vais donc envoyer un petit mailing aux différents journaux de la capitale. Bien sûr, vous pouvez compter sur moi pour informer en priorité Lucy Swift, la veuve bafouée.

Jack ne pouvait plus parler. Sa mâchoire était douloureuse à force d'être crispée. La douleur qui lui transperçait le ventre irradiait maintenant jusqu'à sa poitrine et il souhaita presque tomber mort, ici, maintenant. Il avait vu son fils mourir ainsi. Cela avait été si rapide, si inattendu… si facile, apparemment.

Colin. Dieu du ciel ! Quels étaient le devoir et la responsabilité d'un père face à la mémoire de son fils ? Que devait-il, lui, le sénateur Jack Swift, à la veuve et aux enfants de son fils ?

Et que devait-il aux électeurs de son Etat ? A lui-même ?

— Rappelez-vous, sénateur, reprit Mowery, que les scandales liés au sexe sont toujours d'actualité, surtout lorsqu'ils concernent des politiciens aussi puissants et moralisateurs que vous. Des politiciens qui ont une longue réputation d'intégrité. Comme c'est votre cas, je crois.

— Je ne vendrai pas ma voix, dit Jack. Jamais.

Darren éclata de rire.

— Que ferais-je de votre voix, mon bon sénateur ?

— Je ne trahirai pas mon pays non plus.

— Seigneur ! On se croirait dans un film sur la Seconde Guerre mondiale. Ce que vous êtes ringard ! Jack, je ne veux ni votre vote ni quelque secret d'Etat. Je veux du cash.

De l'argent liquide. Ça paraissait si simple.

— Combien ? demanda Jack.

— Dix mille dollars. Même pas de quoi intéresser le fisc.

Autrement dit, le chantage ne faisait que commencer. Dix mille dollars représentaient une somme dérisoire pour un homme comme Mowery.

Jack ne dit rien, et Darren jeta un morceau de papier sur le bureau.

— Voici les coordonnées du compte sur lequel vous devez transférer la somme. C'est on ne peut plus simple, avec internet. Ça ne vous prendra pas plus de deux minutes.

— Je vous connais, Mowery. Je peux vous retrouver.

— Je le sais parfaitement. Qu'est-ce que vous croyez ? J'ai bien envisagé d'agir anonymement : un coup de fil avec une voix transformée, en plein milieu de la nuit, pour vous ordonner de fourrer des billets de vingt dollars usagés dans un sac et de le déposer devant le monument des vétérans du Viêt Nam. Mais, finalement, j'ai trouvé ça trop compliqué.

Vous risquiez de me raccrocher au nez et de vous rendormir aussitôt. Alors qu'avec ma méthode transparente, au moins, vous savez à qui vous avez affaire.

— Un minable doublé d'un arrogant, qui a bradé sa réputation et sa carrière…

— Exactement, sénateur ! l'interrompit Mowery. Autrement dit, je n'ai rien à perdre. Si j'étais encore un honnête homme et que vous étiez mon client, je vous conseillerais de payer les dix mille dollars et de croiser les doigts.

Il pivota sur ses talons et se dirigea vers la porte.

— Je veux tous les négatifs, dit Jack en se levant.

Mowery se retourna.

— C'est un peu démodé, vous ne croyez pas ? Les photos sont peut-être déjà sur CD Rom, à l'heure qu'il est. A dire vrai, avec ce qu'on est capable de faire sur un ordinateur, de nos jours, les photos pourraient aussi bien être des faux.

Il fit tourner la poignée de la porte et adressa un clin d'œil au sénateur.

— Transférez l'argent sur mon compte.

Il sortit, et Jack se laissa retomber dans son fauteuil. Durant ses trente années de carrière, il avait toujours refusé de succomber au cynisme, au venin, à la tentation et à l'arrogance. Il avait fait de son mieux. Il était honnête avec lui-même et avec les gens qu'il représentait. C'était sa plus grande exigence.

Et voilà qu'il devait affronter un dilemme impossible.

Si Colin avait trompé Lucy, elle devait le savoir. Lucy Blacker était le genre de femme qui regardait la réalité en face. Elle avait très bien pu décider de garder le secret. Colin était mort et méritait de reposer en paix. Sa veuve et ses enfants méritaient de continuer à vivre leur vie. La liaison de son mari était peut-être la raison pour laquelle Lucy avait décidé d'aller s'installer dans le Vermont, après tout.

Mowery ne s'était pas adressé à Lucy parce qu'elle n'était pas sénateur ; elle n'avait pas le pouvoir et la réputation de Jack. Elle n'avait pas non plus son compte en banque.

Mais que voulait Darren Mowery, exactement ?

Certainement pas dix mille dollars. La somme était ridicule. Non, il voulait forcer Jack à céder au chantage. Pourquoi ?

Lorsque Darren Mowery passa devant son bureau, Barbara ne leva même pas les yeux. Elle n'osait pas croiser son regard. Il était tellement impudent ! Mais, après tout, il l'avait prévenue : il était partisan de l'attaque directe.

Ainsi, le mal était fait.

Barbara se força à respirer profondément, comme on le lui avait appris au cours de yoga. Elle n'était pas très douée. Même chez elle, les yeux fermés, à la lueur des bougies, elle avait autant de mal à se concentrer sur sa respiration qu'à contrôler le cours obsessionnel de ses pensées.

Elle ne devait pas chercher à entrer en contact avec Mowery. Il se manifesterait, lui, lorsqu'il le jugerait nécessaire. D'ailleurs, même si elle l'avait voulu, elle ignorait totalement comment le joindre. Mais ça n'avait pas d'importance. Elle n'avait pas accepté de tremper dans cette sordide histoire de chantage pour de l'argent. Non, ce qu'elle voulait, c'était voir Jack désespéré, effrayé, se tourner vers elle pour lui demander son aide. Elle voulait qu'il comprenne enfin ce qu'elle représentait pour lui. Et qu'il souffre pour l'avoir considérée si longtemps comme une pièce de mobilier, comme un élément immuable de son décor. Il avait mérité cette leçon.

Soudain, Barbara eut l'impression d'étouffer. Seigneur, elle voulait retrouver sa vie d'avant ! Redevenir elle-même. Si seulement elle ne s'était pas jetée à la tête de Jack ! Si seulement elle était restée chez elle, la semaine précédente, au lieu d'aller tourmenter Lucy dans le vain espoir de soulager un peu son mal-être.

Oh, mais ça lui avait fait du bien ! Et tant pis si Lucy allait pleurer sur l'épaule de Jack. Elle trouverait bien un moyen de transformer cela en une autre leçon pour le sénateur. Le cas échéant, le danger résiderait dans la possibilité que Darren l'apprenne…

— Ça alors ! s'exclama un membre du bureau du sénateur, en s'arrêtant devant son bureau. Je rêve où je viens de croiser Darren Mowery dans le couloir ? Qu'est-ce qu'il fait là ?

Barbara leva les yeux de son ordinateur et haussa les épaules.

— Tu connais le sénateur. Il est toujours prêt à donner quelques minutes de son temps.

Son collègue ne put réprimer un frisson. Il faisait partie de l'équipe de Jack Swift depuis pratiquement aussi longtemps que Barbara, mais il n'était pas indispensable, lui.

— Ce type me donne la chair de poule, dit-il.

Barbara se concentra de nouveau sur son travail. La tâche était routinière et n'avait rien de bien stimulant. Elle avait de grandes ambitions, autrefois : elle rêvait de devenir la secrétaire générale du sénateur, peut-être même son porte-parole. Elle avait même caressé le rêve secret de le voir briguer la présidence.

Mais ce rêve lui avait échappé, comme tous les autres. Et elle était en passe de devenir le genre de femmes qu'elle considérait avec un mélange d'horreur et de profond mépris : obsessionnelle, secrète, amoureuse du patron. En un mot, pitoyable.

Sauf qu'elle n'était rien de tout cela !

Son alliance avec Darren était une ruse, une manifestation de sa force et de son extraordinaire culot. C'était un pari formidable, et elle allait le gagner.

Lorsqu'il sortit de son bureau, une heure plus tard, Jack avait l'air parfaitement calme et normal. Mais il était toujours discret et bien élevé, contrairement à ces idéologues pompeux qui incitaient les autres à la révolte ou à la violence. Son attitude modérée donnait parfois l'impression qu'il manquait de convictions, mais rien n'était moins vrai. Et les décès prématurés de sa femme et de son fils n'avaient fait qu'ajouter à son charisme. C'était le dernier sénateur à Washington que l'on aurait pu soupçonner d'être victime d'un chantage.

Quand il s'approcha de son bureau, Barbara sentit son cœur bondir follement dans sa poitrine. Mais lorsqu'il s'exprima, sa voix ne trahissait ni la peur ni la moindre distraction.

— Barbara, j'ai décidé de passer le mois d'août dans le Vermont, avec Lucy et les enfants.

— Le mois entier ?

— Le trajet en voiture n'est pas bien long jusque dans le Rhode Island. Je ferai quelques allers et retours.

Barbara comprit alors qu'il était déstabilisé. Forcément : il venait de subir un choc terrible. Mais c'était un homme solide : il allait tout faire pour affronter la situation seul, sans se confier à qui que ce soit, même à elle. Cependant, Barbara ne s'attendait pas à ce qu'il aille s'enterrer dans le Vermont, et elle ne voyait pas cette décision d'un bon œil. Darren avait dû déclencher chez le sénateur un besoin soudain de voir ses petits-enfants.

— J.T. parle toujours de me montrer ses endroits préférés pour aller pêcher. Et Madison…

Il s'interrompit, respira profondément et hocha la tête.

— Oui, je vais passer le mois d'août dans le Vermont. Ça ne vous ennuie pas, j'espère ?

— Quoi donc ? demanda-t-elle.

Le sénateur passa une main dans ses cheveux gris, et cette fois Barbara, qui le connaissait bien, sentit son agitation.

— J'aimerais louer une maison là-bas, près de chez Lucy, reprit-il. Pourriez-vous faire le nécessaire ?

Barbara força un sourire sur ses lèvres. Les choses ne se déroulaient pas du tout comme elle l'avait prévu.

— Bien sûr, répondit-elle néanmoins.

— Mais n'en parlez pas encore, je vous prie. Je ne voudrais pas que Lucy et les enfants soient déçus si jamais, pour une raison ou pour une autre, le projet tombait à l'eau.

Une raison ou une autre ? Pensait-il au chantage ?

Barbara prit une liasse de papiers, comme si elle avait un million de choses à faire.

— Je comprends, dit-elle. Je vais passer quelques coups de fil immédiatement.

— Je pense qu'il serait préférable que vous vous rendiez personnellement dans le Vermont, dit-il.

— Quoi ?

Elle ne comprenait rien à sa manière de raisonner. Pourquoi ne l'appelait-il pas dans son bureau pour la supplier de l'aider dans cette histoire de chantage ?

— Il ne nous reste pas longtemps avant le mois d'août : il faudrait trouver une maison rapidement.

Il sourit.

— Saisissez donc cette occasion d'échapper à la chaleur caniculaire de Washington, Barbara !

Elle se força à rire.

— Bien sûr ! Je vais boucler les affaires courantes et attraper le premier avion. Si mes souvenirs sont bons, il y a plusieurs maisons de vacances près de chez Lucy : j'espère en trouver une encore libre pour le mois d'août.

Jack parut se détendre.

— Merci, Barbara. Je savais que je pouvais compter sur vous.

Vraiment ? songea Barbara. Etait-ce un pas dans la bonne

direction ou bien Jack cherchait-il à l'éloigner pendant qu'il gérait cette histoire de chantage ?

Hélas, elle s'était jetée à son cou et lui avait ouvert son âme. Ils se comportaient l'un et l'autre comme s'il ne s'était rien passé mais ils se rappelaient parfaitement cette scène pénible qui avait tout changé entre eux. En déclarant à haute voix ce qu'ils ressentaient tous les deux, elle avait brisé le lien de confiance qui les unissait. Ensuite, elle avait espéré que le chantage agirait sur lui comme un électrochoc et lui révélerait les sentiments qu'il éprouvait pour elle. « Barbara, je suis tellement désolé ! J'ai été si bête. Mais j'ai besoin de vous et vous le savez bien. »

Au lieu de ça, il l'expédiait dans le Vermont, sans savoir qu'il la renvoyait dans l'antre du lion.

Mais elle laisserait Lucy tranquille, cette fois. Il le fallait. Si Darren découvrait la vérité, il était capable de la tuer.

— Barbara ?

Elle sourit.

— Je me disais juste que Lucy n'avait pas fait un mauvais choix en allant s'installer dans le Vermont. Je me réjouis à l'idée d'y passer quelques jours. Je vous tiendrai au courant.

Avec un soupir de satisfaction, Lucy posa sur ses genoux une passoire remplie de haricots verts tout juste cueillis dans le potager. Deux jours sans le moindre incident. Deux journées parfaitement normales. Elle s'était rendue à la quincaillerie pour remplacer le carreau de la fenêtre de la salle à manger, et elle avait bouché le trou dans le mur. Elle avait aussi rassuré Rob Kiley sur le fait qu'elle n'avait trouvé aucune arme à feu dans les affaires de son fils. Rob l'avait rassuré à son tour : Georgie n'avait rien à se reprocher, lui non plus. Et après une journée bien remplie, elle avait cueilli des haricots verts avec Madison et J.T.

— A ton avis, est-ce que Daisy chargeait Sebastian de cueillir des haricots ? demanda Madison en rejoignant sa mère sous la véranda.

Lucy prit une poignée de haricots frais et tendres, et se mit à couper les bouts d'un geste sec.

— Je me demande si quelqu'un a jamais réussi à lui faire faire quoi que ce soit, répondit-elle.

— En tout cas, ses chevaux sont magnifiques.

— C'est vrai, concéda Lucy.

Des chevaux magnifiques, des chiens miteux, pas d'électricité et pas d'eau courante. Sebastian Redwing était un homme difficile à cerner. Heureusement, elle n'avait pas besoin de le cerner. Il était dans son hamac, en train de somnoler.

Pendant que Madison aidait sa mère à éplucher les haricots verts, J.T. s'était éclipsé. C'était une soirée d'été parfaite : chaude et parfumée. Dans un sens, la manière cavalière dont Sebastian l'avait renvoyée avait eu un effet cathartique sur Lucy. Cela lui avait fait comprendre qu'elle était vraiment seule et qu'elle devait puiser dans ses propres réserves.

Bien sûr, Colin ne pouvait pas savoir que Sebastian Redwing deviendrait ce malotru qu'elle avait découvert au fin fond du Wyoming…

— Maman ! cria J.T. Grand-père veut te parler !

— Apporte-moi le téléphone, chéri !

Madison déposa ses haricots dans la passoire.

— Je peux lui parler ?

— Bien sûr ! répondit Lucy.

J.T. sortit avec le téléphone sans fil, le posa sur les genoux de sa mère et bondit dans le jardin.

Lucy eut un sourire heureux : parler à Jack faisait toujours un bien fou aux enfants.

Elle savait qu'il ne laisserait jamais percer sa désapprobation au sujet de sa décision de quitter Washington pour le Vermont. Mais il avait sa manière à lui, douce et discrète, de le lui faire comprendre.

— Bonsoir, Jack ! Comment ça va ?

— Bien. Que faites-vous de beau, ces temps-ci ?

— Madison et moi, nous sommes en train d'éplucher des haricots verts sous la véranda.

— Tableau idyllique, s'il en fut jamais.

Lucy se mit à rire.

— Je ne sais pas si idyllique est le terme qui convient. Et vous ? Comment va Washington ?

— Moi, ça va. Washington subit la chaleur estivale, comme d'habitude. Est-ce que votre petite virée dans le Wyoming s'est bien passée ?

— Oui. Rapide mais intéressante.

— Vous avez rendu visite à Sebastian Redwing ?

Lucy marqua un temps d'arrêt. Jack était-il au courant de la promesse qu'elle avait faite à Colin ? Avait-il des raisons de penser que si elle rendait visite à Sebastian, c'est qu'elle avait des problèmes ?

— Oui, répondit-elle finalement. Les enfants ont trouvé l'excursion intéressante.

— Si je comprends bien, ils ne partent pas en camp de vacances, cet été.

L'année dernière non plus, songea Lucy.

— Je n'en vois pas la nécessité, compte tenu de l'endroit où nous vivons, répondit-elle.

Elle s'efforçait de rester calme et de ne pas réagir comme si elle était attaquée. Jack ne critiquerait jamais ouvertement la manière dont elle élevait ses enfants, mais il n'en pensait pas moins. Il ne voyait sans doute pas d'inconvénient à ce que Madison et J.T. fassent du canoë et de la randonnée, à ce qu'ils nagent et pêchent dans des rivières glacées, cueillent les légumes du jardin, grimpent aux arbres et gambadent dans les bois du Vermont, mais pendant ce temps-là, ils ne pratiquaient pas la voile, le golf et le tennis.

— Ils ont besoin d'avoir leur vie, dit Jack avec douceur.

Lucy demeura un instant sans voix, puis elle se força à rire.

— C'est exactement ce qu'ils me disent quand j'insiste pour qu'ils rangent leur chambre.

— Penses-tu que Colin aurait aimé qu'ils soient élevés dans le Vermont ? Le monde est rude, Lucy. Il faut les préparer à l'affronter.

— Colin n'est plus là, Jack. Et je fais de mon mieux.

— Bien sûr ! Je n'ai jamais prétendu le contraire, et tu le sais bien.

Il marqua une pause, avant de reprendre :

— Pardonne-moi.

Il était sans doute sincèrement désolé. N'empêche qu'il avait dit ce qu'il pensait. C'était un homme seul, sans épouse, sans fils, et Lucy avait emmené ses petits-enfants dans le Vermont. Elle ne les élevait pas de la même manière que lui et Eleanor avaient élevé Colin. Lucy comprenait tout cela, mais pourquoi ne pas admettre simplement à quel point ils lui manquaient, plutôt que d'insinuer qu'elle était une mauvaise mère ?

— Madison et J.T. aimeraient beaucoup vous voir, dit-elle. Pensez-vous nous rendre visite pendant les vacances ?

— Je l'espère.

— Nous aimerions aussi aller dans le Rhode Island, si vous êtes disponible. Et Madison se fait une véritable fête de vous rejoindre à Washington, cet automne.

Lucy leva les yeux vers sa fille qui écoutait la conversation avec le plus grand intérêt. Si elle pouvait se servir de Jack pour convaincre sa mère de la laisser vivre un semestre dans la capitale, elle sauterait sur l'occasion. Heureusement, Lucy était sûre que Jack ne ferait jamais rien pour miner son autorité auprès de ses enfants.

— Je sais qu'elle aimerait rester plus longtemps qu'un week-end, ajouta-t-elle. Vous voulez que je vous la passe ?

— Oui, merci. Je suis content d'avoir pu te parler, Lucy... Au fait, Sidney Greenburg t'envoie ses amitiés.

Lucy sourit. A sa manière pudique, Jack lui signifiait qu'il fréquentait toujours Sidney. Dans un sens, elle espérait qu'une relation entre eux apporterait un certain équilibre dans la vie du sénateur. Le cas échéant, il serait moins tenté de la juger, elle, dans son rôle de mère.

— Dites-lui que je l'embrasse, répondit-elle. Dites-lui aussi que le voyage au Costa Rica prend forme. Elle tient beaucoup à être parmi les premiers à le faire.

— Nous irons peut-être ensemble, dit Jack. En tout cas, Lucy, tu dois continuer à vivre ta vie. Je le sais bien.

— C'est bon, Jack. Vous nous manquez, vous savez ? A très bientôt, j'espère.

Madison prit le téléphone que sa mère lui tendait et disparut à l'intérieur de la maison.

Jack aimait les enfants, et ils le lui rendaient bien, songea Lucy. Mais si elle était restée à Washington, ils auraient continué à vivre dans l'univers de Colin, qui était aussi l'univers de Jack, et Lucy n'y aurait pas survécu. Elle avait un besoin vital de prendre un nouveau départ…

Rob la rejoignit et se laissa choir dans un fauteuil en rotin.

— Le voyage à Terre-Neuve est complet. On ouvre une liste d'attente ?

— Excellente idée.

— Et J.T. pense qu'il va nous accompagner pour la randonnée pères-fils, tout compte fait.

— Vraiment ? Tant mieux. J'espère qu'il le fera.

Ils parlèrent encore de leurs affaires, tandis que Lucy continuait d'éplucher ses haricots verts, tout en songeant qu'ils avaient une vie agréable, ici, et que cela comptait plus que la bénédiction de Jack — ou même celle de Colin.

Sebastian atterrit dans le sud du Vermont en fin d'après-midi. Il descendit aussitôt dans un petit motel propre et simple, sur le parcours historique à la sortie de Manchester. Ainsi, il se trouvait à une distance suffisante de Lucy, sans être trop loin, cependant.

Il avait fait un détour par Washington pour rencontrer Happy Ford, une ancienne des services secrets récemment engagée par Plato et chargée de surveiller Mowery. Apparemment, Mowery s'était rendu au bureau du sénateur Jack Swift ce matin-là. Puis il avait disparu.

Sebastian avait mis Happy Ford en garde contre Darren.

— Il est redoutable, lui avait-il dit. Ne le sous-estimez pas. Partez plutôt du principe qu'il est meilleur que vous dans tous les domaines.

— Pensez-vous qu'il sache que je le surveille ?

— Oh ! il le sait. C'est certain.

Sebastian sortit siroter son café sur la minuscule terrasse de sa chambre de motel, et s'assit sur une chaise en métal peinte en jaune. La chaise du patio voisin était lavande ; la suivante, rose ; celle d'après, bleu vif. C'était joli.

Il y avait des dépliants dans sa chambre, décrivant les sites touristiques de la région — des maisons anciennes, des ponts couverts, etc. Sebastian envisagea de louer un bateau et de se laisser flotter le long du Battenkill. Cela paraissait une meilleure idée que d'espionner Lucy.

Il ne s'était jamais beaucoup intéressé au tourisme ou à l'histoire. Pas davantage à l'Etat du Vermont. Pourtant, il était né ici, et il était issu de plusieurs générations de Vermontais. Daisy aimait raconter que l'un de ses ancêtres avait participé à la bataille de Bennington, qui s'était déroulée de l'autre côté de la frontière avec l'Etat de New York. Daisy aimait le sentiment d'avoir des racines qui s'enfonçaient loin dans la terre du Vermont.

Sebastian, lui, avait laissé ses bottes et son chapeau de cow-boy dans le Wyoming. Il était un outsider, là-bas, mais il s'en moquait éperdument.

Le fond de l'air était chaud, légèrement humide, mais agréable. Sebastian laissa son regard se perdre du côté des collines, tandis qu'il sirotait son café dans un gobelet de carton, et il lui sembla que le décor se refermait sur lui.

Ou étaient-ce les souvenirs ?

Il secoua la tête.

— Lucy, Lucy ! murmura-t-il pour lui-même.

Il avait fait pas mal de trucs idiots dans sa vie, mais tomber amoureux de Lucy Blacker le jour même où elle se mariait, c'était vraiment le plus idiot de tous. Ce voyage n'était pas bien malin non plus. Une balle abandonnée sur le siège de sa voiture… C'était sans doute une farce de gamins. Mowery n'avait rien à voir là-dedans.

Sebastian leva la tête et huma l'air. Il allait faire chaud, demain.

Il s'était débarrassé de ses armes à feu. Il n'en avait pas besoin : il ne chassait pas et il n'avait pas l'intention de tirer sur qui que ce fût. Les gens pensaient qu'il plaisantait lorsqu'il prétendait avoir renoncé à la violence. Ils avaient tort. Darren Mowery était la toute dernière victime de Sebastian Redwing ; il n'y en aurait jamais d'autre.

Un moustique se posa sur son bras et il le chassa d'une chiquenaude.

Un revolver pour quoi faire, de toute façon ? S'il voulait découvrir qui cherchait à intimider Lucy, une bombe insecticide ferait certainement l'affaire.

5.

Lucy prit ses jumelles, traversa le jardin, enjamba le muret de pierre et s'enfonça dans le champ. L'air était chaud et humide. Elle portait un short, un T-shirt et des baskets. Encore deux jours sans le moindre incident. Elle se sentait bien. En commençant sa journée très tôt, elle avait pu boucler son travail et se libérer pour emmener une famille de touristes en canoë sur le Battenkill, à la demande d'une auberge locale. Madison et J.T. avaient participé à la promenade et tout le monde avait passé un excellent moment. Lucy s'était sentie merveilleusement... normale.

A présent, Madison était au cinéma avec des amis, à Manchester, et J.T. passait la nuit chez les Kiley avec Georgie.

Lucy avait sa soirée libre.

L'herbe du champ était haute et étoilée de pâquerettes, d'épervières orangées, de rudbeckias et de carottes sauvages. Une ligne de nuages en provenance de l'ouest annonçait un orage prochain, et Lucy s'en réjouit. Une bonne pluie permettrait de chasser un peu la chaleur et l'humidité qui avaient régné toute la journée. Mieux valait, cependant, ne pas s'aventurer trop profondément dans les bois.

Le deuxième muret de pierre, plus haut que le premier, marquait les contours les plus éloignés du champ et de la propriété. Au-delà, ce n'était plus que bois de chênes, d'érables, de sapins et de hêtres.

Lucy passa de l'autre côté et se tint dans l'ombre d'un érable géant, ses jumelles accrochées autour du cou. L'arbre était parfait pour y grimper. Là-haut, elle jouirait d'une vue imprenable : elle pourrait observer les oiseaux et savourer sa solitude.

Elle tendit les mains et saisit la branche la plus basse. Enfant, déjà, en Virginie, elle adorait grimper aux arbres. Puis, à Washington, son travail avait consisté à organiser des voyages qui sortaient de l'ordinaire pour le compte d'un musée. La tâche représentait un compromis idéal entre sa formation d'anthropologue et son amour de la vie au grand air. Elle s'était découvert une passion et un véritable talent pour comprendre et deviner les rêves des gens et les transformer en expéditions, randonnées ou voyages auxquels ils ne pouvaient plus cesser de penser, une fois qu'ils avaient lu la brochure. Tout cela lui avait, d'ailleurs, beaucoup servi lorsqu'elle avait décidé de créer sa propre agence, et bon nombre de ses clients de Washington s'adressaient encore à elle au moment d'organiser leurs vacances.

Elle se hissa sur la branche et en saisit une autre, plus haute. L'écorce dure de l'érable lui mordait les mains. Elle faisait attention et se mouvait lentement ; elle n'avait pas envie de tomber d'un arbre, à son âge.

Enfin, elle trouva la branche idéale et s'y installa, laissant ses pieds se balancer dans le vide. Même sans les jumelles, la vue était spectaculaire — des bois, des champs, des murets de pierre, la rivière, sa grande maison jaune nichée sur son étendue de terre relativement plate. Non loin de là, Calvin Coolidge était enterré dans un cimetière sur une colline.

S'appuyant d'une main contre le tronc de l'arbre, Lucy porta les jumelles à ses yeux. Elle allait peut-être voir un faucon en train de voler dans le ciel voilé.

Au même instant, elle entendit un bruit dans les bois, derrière elle. Elle se figea. Ce n'était pas le bruit que ferait un écureuil ou même une biche. Un orignal ? Les incidents qui avaient précédé son départ pour le Wyoming lui revinrent à la mémoire, et ce qui ne l'aurait pas préoccupée plus d'une fraction de seconde en temps normal — un bruit dans les bois, la belle affaire ! — l'inquiéta suffisamment pour qu'elle se retourne sur sa branche et cherche à voir ce qu'il y avait en bas.

Des buissons…

Encore des arbres…

Et Sebastian Redwing !

Elle était tellement stupéfaite qu'elle en perdit l'équilibre. Ses jumelles lui échappèrent des mains alors qu'elle s'agrippait au tronc de l'arbre pour ne pas tomber, et passèrent à un centimètre de la tête de Sebastian.

Il les ramassa, puis leva les yeux et s'écria :

— Tu essaies de me tuer ?

— C'est une idée, riposta Lucy en tremblant de tous ses membres. Mince, Redwing, qu'est-ce que tu fiches là ?

— Tu avais besoin de mon aide, non ? Alors, me voilà !

Lucy fronça les sourcils. La chaleur et l'humidité avaient fini par lui monter à la tête. Elle devait avoir des visions. Sebastian n'était pas ici, dans le Vermont : c'était impossible. Il était sûrement vautré dans son hamac, au fin fond du Wyoming, avec ses chiens et ses chevaux.

Elle se suspendit à une branche et se laissa tomber au sol comme si elle avait de nouveau douze ans. Elle atterrit durement, et une douleur lui traversa la cheville. Son T-shirt remonta sur son ventre et elle poussa un juron.

Sebastian passa un bras autour de sa taille pour l'aider à reprendre pied. Elle sentit son avant-bras contre sa peau.

— Plus facile de monter que de descendre, hein ?

— Je grimpe aux arbres depuis que je suis gamine.

Sebastian sourit.

— Sans doute. Mais reconnais que tu as bien failli te fouler la cheville !

— Comme tu dis, j'ai « failli ». Ma cheville va très bien, merci.

Il hocha la tête.

— On peut savoir ce que tu fabriquais là-haut ?

— J'observais les oiseaux.

— Les oiseaux ont tous décampé avant que l'orage n'éclate.

Il avait toujours un bras autour de sa taille, et elle se dégagea.

— Tu peux me lâcher, maintenant.

Sebastian recula d'un pas. Il n'était pas couvert de poussière, aujourd'hui. Et il portait des vêtements plutôt sympas. Il était mince, bronzé et visiblement en pleine forme. Enfin, Lucy le sentait en état d'alerte optimale. Exactement comme la première fois qu'elle l'avait rencontré, bien des années auparavant.

Il était aussi perspicace qu'un agent de la CIA. D'ailleurs, peut-être avait-il travaillé pour la CIA, songea-t-elle aussitôt, s'avisant qu'elle ne savait presque rien de lui.

Elle tira sur son T-shirt.

— Tu n'avais pourtant pas l'air très intéressé par mes problèmes quand je suis venue te voir !

— Ça ne m'intéresse pas, en effet.

— Alors, retourne dans le Wyoming !

Elle passa par-dessus le muret de pierre, puis se tourna et le regarda droit dans les yeux :

— J'avais juste besoin de ton avis, rien de plus. Non seulement tu ne me l'as pas donné, mais tu as failli me faire tomber du haut d'un arbre, tellement tu m'as fait peur !

— Tu t'es fait peur toute seule, répliqua Sebastian en enjambant le muret à son tour. Et je te rappelle que tu m'as pratiquement assommé avec cet instrument !

— Je ne l'ai pas fait exprès.

Il lui tendit les jumelles.

— Je grimpais souvent à cet arbre quand j'étais gamin, reprit-il.

En entendant ces paroles, Lucy se rappela brusquement que Sebastian était le petit-fils de Daisy. Il lui avait vendu cette maison. Il était ici chez lui, bien plus qu'elle, même si son nom n'apparaissait plus sur l'acte de propriété.

Lucy s'engagea dans le champ car elle se sentait plus à l'aise à l'air libre que sous les arbres.

— Et ça te fait quelle impression d'être ici ?

Il eut un haussement d'épaules.

— J'avais oublié à quel point les moustiques étaient pénibles.

La jeune femme passa les jumelles autour de son cou.

— Je n'ai jamais eu l'intention de te faire venir jusqu'ici.

— Quelle était donc ton intention ?

— Je voulais juste une opinion avisée, savoir si je courais un danger.

— Et comment aurais-je pu te donner mon opinion sans me déplacer ?

— Je ne veux surtout pas que tu te donnes la moindre peine pour moi...

— Trop tard, déclara-t-il.

Lucy étouffa un grognement de frustration et traversa le champ à grandes enjambées, soucieuse de mettre le plus de distance possible entre elle et Sebastian Redwing.

Il ne dit pas un mot. Il ne la suivit pas non plus.

Soudain, elle s'arrêta brusquement et fit volte-face.

Il était à quelques mètres, aussi grand et immuable qu'un chêne. Et s'il était là, c'était à cause d'elle.

— Tu peux retourner dans le Wyoming, maintenant.

— Je ferai ce que bon me semblera.

— Laisse tomber. Je vis seule ici avec mes enfants depuis près de trois ans. Je ne suis pas du genre craintif.

— Et cette balle qui a traversé la fenêtre de ta salle à manger ?

— Ce n'était rien. Je me suis trompée. C'est fini.

Sebastian haussa les épaules.

— Peut-être. Peut-être pas. Il n'y a pas eu de nouvel incident depuis votre retour du Wyoming ?

— Non, aucun, répondit Lucy.

Curieusement, le calme imperturbable de Sebastian la rendait nerveuse.

— Tu es ici depuis combien de temps ? reprit-elle.

— Deux jours.

Elle serra les dents.

— Et tu es descendu où ?

— Un motel, dans le coin.

— Ainsi, tu m'espionnes depuis deux jours ?

Il sourit.

— Pourquoi veux-tu que je t'espionne ? Ce n'est pas toi qui as tiré une balle dans ta salle à manger, je suppose.

— Tu as très bien compris ce que je voulais dire.

Il se mit à marcher à travers le champ.

— Tu as une vie drôlement ennuyeuse.

— A tes yeux, sans doute, riposta Lucy en lui emboîtant le pas, ses jumelles se balançant à son cou. Tu nous as suivis sur la rivière, aussi ?

— Non. Je suis resté assis ici, à regarder les marmottes attaquer ton jardin.

— Ce n'est pas vrai.

— Va jeter un coup d'œil à tes haricots, et tu verras si ce n'est pas vrai.

— Je n'ai pas besoin d'un garde du corps.

— Ça tombe bien : je ne suis absolument pas doué pour ça. Je voulais juste me faire une petite idée de l'atmosphère qui règne ici et de la manière dont le temps s'écoule. Lucy va travailler dans son étable. Lucy cueille des haricots verts. Lucy s'occupe de ses enfants. Lucy fait ses courses. Lucy boit un verre de vin dans la véranda. Lucy fait une balade en canoë.

Il bâilla.

— Tu vois l'effet que ça me fait.

— En tout cas, ça vaut mieux que de passer ses journées au fond d'un hamac !

— Alors là, aucun doute !

Lucy était furieuse au point d'avoir envie de le frapper. Mais elle décida de prendre sur elle. L'orage grondait au loin. Le ciel devenait noir et le vent se levait. Il n'était pas question qu'elle se retrouve dehors avec Sebastian Redwing au moment où la pluie commencerait à tomber.

— Retourne dans le Wyoming, lui répéta-t-elle. Si je te revois sur ma propriété, j'appelle la police.

— Tu penses vraiment qu'ils m'arrêteront ?

— Bien sûr !

— Je suis le petit-fils de Daisy Wheaton, Lucy. Il suffira que je dise que je suis venu jeter un coup d'œil sur la demeure ancestrale. La ville organisera sans doute un barbecue en mon honneur.

Lucy s'arrêta et le regarda fixement.

— Est-ce que tu as toujours été aussi con ?

Il eut un large sourire.

— Nan ! Je suis bien pire qu'autrefois. Plato ne te l'a pas dit ?

Il lui fit un clin d'œil.

— A un de ces quatre, Lucy Blacker !

Lucy régla le robinet de la douche sur la température la plus chaude qu'elle pût tolérer. Puis elle se frotta le corps avec un gel parfumé à la lavande et préparé par une herboriste locale dont elle était certaine qu'elle ne faisait pas partie de la famille de Sebastian.

Daisy Wheaton aurait dû léguer sa maison à l'Office des eaux et forêts et non à son odieux petit-fils.

« Mais dans ce cas, je ne serais pas là, se dit la jeune femme. Je serais peut-être allée m'installer au Costa Rica avec mes parents. Ou bien je serais restée à Washington, au grand soulagement de mon beau-père. »

Enfin, Colin n'avait jamais dit que Sebastian était un gentleman ou même un type raisonnablement aimable. Il avait dit qu'il lui faisait entièrement confiance et qu'elle pouvait se tourner vers lui en cas de besoin. Il se trompait, manifestement, mais il ne pouvait pas le deviner.

Elle se sécha dans une grosse serviette bien douce et s'aspergea de talc également parfumé à la lavande.

L'orage était passé, mais elle entendait encore quelques grondements de tonnerre, vers l'est. L'air était plus frais, moins humide. Et surtout, elle se sentait plus calme. Sa rencontre avec Sebastian l'avait épuisée mais, paradoxalement, elle se sentait plus énergique, plus vivante qu'elle ne voulait bien l'admettre.

Elle repoussa cette pensée de son esprit et enfila un déshabillé qu'elle avait acheté dans une boutique de dégriffés, à Manchester : du satin noir avec des bordures en dentelles noires. Elle allait s'installer dans son lit et lire jusqu'au retour de Madison.

Elle allait quitter la salle de bains quand elle surprit son reflet dans le miroir au-dessus du lavabo. Elle le contempla un moment.

Depuis le décès de Colin, elle avait rarement pris le temps de penser à elle en tant que femme. Et pourtant, elle n'avait que trente-huit ans et elle était désirable…

— Seigneur ! murmura-t-elle dans un souffle. Qu'est-ce qui me prend ?

Cela ne pouvait pas, ne devait pas avoir le moindre rapport avec le fait qu'elle était tombée du haut d'un arbre aux pieds de Sebastian Redwing. Il faudrait qu'elle soit folle à lier pour se sentir attirée par un type pareil.

Elle secoua la tête et se rendit dans sa chambre.

Aussitôt, elle remarqua une chose noire au milieu de son lit. Clouée sur place, elle sentit ses genoux se dérober sous elle. Non !

Elle fit un effort surhumain pour s'approcher. La chose ne bougea pas. Ce n'était pas du plastique ni du caoutchouc. Plutôt quelque chose d'organique… Une chauve-souris !

Son estomac se souleva. Etait-elle vivante ?

Elle tira doucement sur le couvre-lit. La chauve-souris ne bougea pas.

Une sensation d'horreur la submergea d'un coup. Elle ne put la contrôler. Madison et J.T. n'étaient pas là, de toute façon ; elle n'était pas forcée de prendre sur elle. Elle serra les poings et se mit à hurler de colère et de dégoût.

— Merde, merde, merde ! Qui que vous soyez, je ne vous donnerai pas la satisfaction de craquer. Ni maintenant ni jamais !

Elle essuya les larmes qui avaient jailli de ses yeux et avala de grandes goulées d'air. Personne ne pouvait l'entendre. Elle était seule.

— Merde ! cria-t-elle encore. Je refuse d'avoir peur !

Elle fut prise d'une quinte de toux.

Une chauve-souris.

Sur son lit.

Elle se mit à fourrager dans sa chambre à la recherche d'un objet qui lui permettrait de se débarrasser de l'animal. Quelqu'un s'était encore introduit dans sa maison, cette fois pour déposer une chauve-souris morte sur son lit !

Elle voulait tout casser. Arracher les tiroirs, jeter les lampes, donner des coups de pied dans la porte jusqu'à la voir tomber en morceaux. Elle se retenait depuis trop longtemps. Elle n'en pouvait plus d'être toujours maîtresse d'elle-même.

Elle trouva une raquette de tennis au fond de son placard. Aussitôt, cette vision lui déchira le cœur. Elle n'avait plus joué au tennis depuis la mort de Colin.

Elle crispa les doigts sur le manche. Elle allait s'en servir pour ramasser la chauve-souris qu'elle jetterait ensuite de toutes ses forces dans les bois. Ce n'était pas une preuve. Juste une sale bestiole morte.

Elle fit volte-face, la raquette à la main, et se trouva nez à nez avec Sebastian.

Il fit un bond en arrière.

— Hé, là, doucement !

— Tu ne frappes jamais avant d'entrer chez les gens ? On dirait un fantôme, ma parole ! Je ne peux pas… je ne peux…

Elle s'interrompit et se força à respirer profondément.

— Je ne veux pas de toi chez moi.

— Je t'ai entendue crier comme si on t'égorgeait, expliqua-t-il sur un ton posé.

Ses cheveux et sa chemise paraissaient humides.

— J'ai appelé, depuis la porte de la cuisine. Comme tu ne répondais pas, je suis entré et je t'ai cherchée.

Elle tendit la raquette en direction de son lit.

— Il y a une chauve-souris, là.

— Oui, je vois. C'est charmant.

— Les chauves-souris n'ont pas pour habitude de venir mourir sur les lits des gens.

Il ne répondit rien.

— C'est Daisy qui a fabriqué ce quilt, reprit Lucy. Il était dans un vieux coffre, dans le grenier.

— Oui, je m'en souviens, dit-il doucement, sans la quitter des yeux.

Le souffle de Lucy redevint régulier, mais ses jambes tremblaient toujours, et elle se rappela brusquement son apparence : le déshabillé noir, ses cheveux humides après la douche, ses pieds nus, les traces de talc sur sa peau… Elle revoyait son reflet dans le miroir.

Sebastian lui prit la raquette des mains. Ses doigts la touchèrent et tout bascula. Lucy tomba contre lui. Leurs lèvres se joignirent. Avec son négligé soyeux, la jeune femme avait l'impression qu'elle ne portait rien du tout. Le corps de Sebastian était dur contre le sien, et une vague de désir brûlant et irrésistible la submergea. Il y avait si longtemps…

Mais elle se ressaisit rapidement et le repoussa. C'était la faute de cette saleté de chauve-souris. L'incident l'avait complètement déstabilisée.

— Eh bien, je ne veux même pas essayer de comprendre ce qui vient de se passer ! déclara-t-elle avec humeur.

Sebastian lui jeta un regard perçant.

— Cela me paraît pourtant évident.

— Ah oui ? Genre : la veuve esseulée trouve une chauve-souris sur son lit et se jette au cou de l'homme qui vient à sa rescousse ? Et puis quoi encore ?

Sebastian se pencha pour ramasser la raquette qui était tombée par terre.

— Il faut être deux pour ces choses-là.

— Quelles choses ? Le tennis ? Se débarrasser d'une chauve-souris ?

— Lucy !

Il voulait parler du baiser, bien sûr. Il fallait être deux pour faire ce qu'ils venaient de faire. Il ne l'avait pas forcée. Elle ne l'avait pas forcé non plus.

Lucy tressaillit. Elle sentait encore le goût des lèvres de Sebastian sur les siennes.

— Je suis un peu perturbée. Ne t'inquiète pas au sujet de la chauve-souris : je m'en débarrasserai.

— Je peux l'emmener en sortant.

Il s'en allait. Dieu merci !

— D'accord, répondit-elle. Mais dis-moi, tu n'as rien vu, rien remarqué d'anormal pendant tes deux jours d'observation ?

Sebastian secoua la tête. S'il s'en voulait de ne pas avoir pris le coupable la main dans le sac, son attitude ne le trahissait guère.

Lucy regarda fixement l'animal. Elle n'avait rien contre les chauves-souris, tant qu'elles étaient dehors. Dans sa maison, en revanche, c'était une autre histoire. Et pour commencer, ces bêtes-là pouvaient avoir la rage.

— C'est drôlement culotté, tu ne trouves pas, de se glisser comme ça chez moi, de déposer cette bestiole sur mon lit et de ressortir tout aussi discrètement ?

— Culotté, en effet, répondit Sebastian.

Il tapota le filet de la raquette avec le plat de la main. Lucy pouvait presque suivre le cours de ses réflexions. Il connaissait la manière dont opéraient les gens désireux d'intimider quelqu'un.

— Et pourtant, j'ai l'impression que ton harceleur ne prend que des risques extrêmement calculés.

— Tu veux dire qu'il planifie tout ? Qu'il est au courant de mes allées et venues ?

— Je vais fouiller le reste de la maison. Je doute de

trouver des indices, mais nous dormirons mieux, tous les deux, si nous sommes certains que personne ne se cache dans un placard. Je n'en ai pas pour longtemps.

— Je vais t'aider, déclara Lucy.

— Va plutôt te préparer une infusion et assieds-toi tranquillement dans la cuisine.

— Madison va arriver d'une minute à l'autre.

— Si je l'entends, je m'en irai aussitôt. Tes enfants n'ont pas besoin de savoir que je suis dans le Vermont.

Lucy passa une main dans ses cheveux, en un geste nerveux.

— Je n'aime pas ça.

— Je sais, répondit-il en ramassant la chauve-souris à l'aide de la raquette.

Il jeta un coup d'œil sous le lit, dans le placard, puis sortit dans le couloir.

Lucy le suivit.

— Que feras-tu si tu découvres quelqu'un dans la maison ? lui demanda-t-elle. Tu lui donneras des coups de raquette sur la tête ?

Il ouvrit le placard du vestibule. Lucy se rappela qu'il connaissait bien cette maison. Il y avait vécu pendant des années. Pourtant, elle avait beau essayer, elle n'arrivait pas à l'imaginer à douze ans — l'âge de J.T. — en train de déterrer des vers dans le jardin.

— Je pourrais lui faire bouffer sa chauve-souris, dit-il.

— Tu penses qu'elle est morte de mort naturelle ?

— Je n'ai pas l'intention de l'autopsier, répondit-il en s'éloignant.

Une fois de plus, Lucy lui emboîta le pas.

— Je trouverais affreux que l'on tue un animal dans le seul but de me terroriser, reprit-elle.

Sebastian s'arrêta brusquement et se tourna vers elle.

— Lucy…, commença-t-il.

— Quoi ? Je t'empêche de te concentrer ?

— Exactement.

Lucy faisait référence au fait qu'elle ne pouvait pas s'arrêter de parler, mais il avait manifestement autre chose en tête. Elle déglutit péniblement et ébaucha un geste en direction de la cuisine.

— Je vais suivre ton conseil et me préparer une infusion, murmura-t-elle. Fais ce que tu as à faire.

Il s'éloigna sans répondre.

Lorsqu'il la rejoignit dans la cuisine, dix minutes plus tard, il ne s'attarda pas davantage.

— Personne, dit-il avant d'ouvrir la porte de derrière. Je vais me débarrasser de la chauve-souris et je reviendrai déposer la raquette sur les marches.

Lucy était assise devant une tasse de camomille à laquelle elle n'avait pas encore touché. Les pensées se bousculaient dans son esprit : cette nouvelle mesure d'intimidation, le baiser brûlant qu'elle avait échangé avec Sebastian…

— D'accord, lui dit-elle. Merci.

Il la regarda un instant. Dans la lumière du soir, le gris de ses yeux paraissait plus inhabituel encore.

— Colin n'a pas été bien malin quand il t'a conseillé de venir me trouver, déclara-t-il d'une voix étrange.

— Il me l'avait fait promettre.

— Je sais.

Il marcha vers la porte, puis se retourna sur le seuil.

— Lucy, ne t'inquiète pas. Je ne te toucherai plus.

La jeune femme sourit et répéta les paroles qu'il avait lui-même prononcées, un moment plus tôt :

— Il faut être deux pour ces choses-là.

Il ne répondit rien, ne la regarda même pas. Il sortit simplement, avec le cadavre de la chauve-souris.

Quelques instants plus tard, il y eut un éclair, un grondement de tonnerre… et le ciel déversa un déluge d'été. Lucy se dit que Sebastian allait revenir se mettre à l'abri, mais il n'en fit rien.

Elle sortit sur les marches et fut aussitôt trempée de la tête aux pieds : son déshabillé lui collait à la peau, et ses seins pointaient sous le satin noir…

Comment avait-il disparu aussi vite ?

Elle rentra dans la maison, jeta le contenu de sa tasse dans l'évier et retourna dans sa chambre pour enfiler une chemise de nuit plus confortable. Elle s'assit sur son lit, prit son livre, mais elle était incapable de se concentrer suffisamment pour lire.

Un moment plus tard, une voiture s'arrêta dans l'allée, et Madison entra en trombe par la porte de la cuisine.

— Maman, je suis là ! cria-t-elle aussitôt. Hé, quelqu'un a laissé une raquette de tennis dehors !

Lucy retint son souffle. Sebastian avait rapporté la raquette.

Mais alors, il avait dû la voir sur les marches, pratiquement nue dans son négligé qui lui collait à la peau.

— C'est moi ! répondit-elle à sa fille.

Quand Madison apparut sur le seuil de la chambre, Lucy réussit à sourire. Elle était capable de tout pour protéger ses enfants, se dit-elle. Même d'accepter l'aide de Sebastian Redwing.

— Alors, ce film ? demanda-t-elle à Madison.

La chauve-souris n'était pas morte de mort naturelle. Nul besoin d'avoir des connaissances étendues sur cette espèce de mammifères volants pour s'en apercevoir, songea Sebastian en jetant la carcasse dans les bois. Mais ce n'était pas ce qui le préoccupait le plus, à cet instant. Comment avait-il pu abuser ainsi de la situation en embrassant Lucy à un moment où elle était visiblement en proie au désarroi ?

— Pas de quoi être fier, marmonna-t-il, un moment plus tard, en refermant la porte de sa chambre d'hôtel.

Il avait d'abord songé à faire le guet devant chez elle toute la nuit, puis il avait conclu que c'était inutile. La personne qui avait déposé cet étrange paquet sur le lit de Lucy avait accompli sa mission pour la journée. Mais qui pouvait bien s'amuser à ça ? Sebastian n'en avait pas la moindre idée : homme, femme, un groupe de conspirateurs ? En tout cas, il était beaucoup moins enclin à soupçonner les gamins.

Il ôta ses chaussures de randonnée et s'allongea sur le lit.

Qui avait commencé ? Lui ? Lucy ? Une seule chose était sûre : elle avait désiré ce baiser. Mais il fallait tenir compte du fait qu'elle était déstabilisée. On pouvait donc dire qu'il avait profité de la situation…

Cela dit, il n'avait pas le moindre regret. D'accord, ce n'était pas bien joli, mais il rêvait d'embrasser Lucy depuis plus de quinze ans. Maintenant qu'il l'avait fait, il se sentait mieux.

Il fronça les sourcils et secoua la tête. Il se sentait mieux, vraiment ? Qui croyait-il convaincre ?

Il la revit sur les marches à l'arrière de la maison, dans son déshabillé noir trempé de pluie… Il se leva alors brusquement, comme pour mieux échapper à ses pensées — ou à ses fantasmes.

Il appela Happy Ford à Washington, mais elle n'avait rien à lui rapporter au sujet de Darren Mowery.

— Je suis sur quelques pistes, mais rien de concret pour le moment, lui dit-elle.

— Faites gaffe !

— Toujours.

Sebastian ôta le film protecteur autour du sandwich qu'il avait acheté dans une station-service, en revenant au motel. Puis il alluma la télévision, ce qu'il n'avait pas fait depuis des mois. Il tomba sur une rediffusion de l'*Ile aux naufragés*, et s'installa confortablement pour suivre les aventures de Gilligan, Skipper et leurs amis, alors qu'ils essayaient de rentrer chez eux. Mais on ne revient pas en arrière, songeait-il en regardant défiler les images. Cette vérité si simple, si terrible, s'était incrustée dans son âme, durant ces deux derniers jours passés à se promener autour de la maison de Daisy. On ne revient pas en arrière.

Il éteignit la télévision.

Mowery était-il dans le Vermont ? Sebastian, en accourant, était-il tombé dans un piège que ce dernier lui tendait ? Mowery se servirait-il d'une jeune veuve pour attirer Sebastian là où il le voulait ?

Sebastian avait trop d'expérience pour mélanger les suppositions et les faits. Et la réapparition soudaine de Darren Mowery à Washington DC n'avait peut-être rien à voir avec l'épisode de la chauve-souris… Tout de même, la coïncidence était troublante.

— Ne commence jamais un boulot si tu n'as pas l'intention de le terminer, lui répétait régulièrement Daisy.

Lorsqu'il s'était lancé à la poursuite de Mowery, l'année précédente, Sebastian avait l'intention d'aller jusqu'au bout. Mais il ne l'avait pas fait. Et maintenant, il devait s'assurer que personne d'autre ne payait pour son erreur.

6.

La maison convenait parfaitement, songea Barbara, debout sur la terrasse qui surplombait le ruisseau Joshua. Construite au bout du sentier qui surplombait la propriété de Lucy, elle comprenait deux chambres à coucher, un living-room avec une cheminée, une cuisine équipée, un bureau, et des baies vitrées un peu partout. La véranda était grillagée afin de garder les moustiques à distance, et le mobilier tout à fait convenable si jamais le sénateur devait donner une conférence de presse impromptue. Seul l'extérieur était un peu trop boisé et broussailleux au goût de Barbara.

On apercevait le ruisseau à travers le talus abrupt et couvert de pins du Canada. Son eau claire et glacée courait sur un lit de rochers gris-argent.

Barbara ferma les yeux pour mieux entendre le bruit de l'eau. Une brise légère lui caressait le visage.

« Darren Mowery ignore que je suis ici. Devrais-je le lui dire ? »

Elle fronça les sourcils face à cette pensée inopportune. A croire qu'il la lui avait suggérée au moment même où elle se détendait un peu, alors qu'èlle allait oublier sa triste participation à une opération de chantage contre la personne d'un sénateur, l'homme qu'elle aimait depuis vingt ans.

Et si Mowery était là, dans les bois, en train de la surveiller ?

Elle frémit. Elle devenait paranoïaque. Mowery ne savait pas où elle se trouvait. Il ne savait pas non plus qu'elle était obsédée par Lucy. Car c'était de l'obsession : Barbara en était bien consciente.

Elle s'était pourtant promis de la laisser tranquille. Mais elle n'avait pas pu ; c'était plus fort qu'elle. Et elle ne comprenait pas pourquoi. Barbara se jugeait lucide. Elle savait qu'elle était dotée d'une grande force intérieure, d'une volonté de fer. Elle n'était ni faible ni stupide. Et elle ne manquait pas de discipline.

Elle s'installa dans un fauteuil en songeant que tout, y compris sa présence ici, était la faute de Lucy. Si celle-ci était restée à Washington, Jack n'aurait pas eu besoin d'envoyer son assistante louer une maison dans le Vermont, seul moyen pour lui de passer un peu de temps avec ses petits-enfants. Et Barbara n'aurait pas été tentée d'abandonner une chauve-souris sur le lit de leur ingrate de mère. Qui sait ? Peut-être même qu'elles auraient pu devenir amies ?

La sonnerie de son portable l'arracha à ses pensées.

— L'argent est sur mon compte, déclara Darren, sans préambule. J'arrive. Comment est le Vermont ?

Barbara écarquilla les yeux mais se garda bien de trahir

sa surprise ou son inquiétude. Comment diable était-il au courant de ce voyage ?

— Il y fait meilleur qu'à Washington, répondit-elle. Jack m'a demandé de louer une maison pour lui : il veut passer un peu de temps avec ses petits-enfants, au mois d'août.

— Le chantage a ce genre d'effet sur les gens.

— Il m'a encouragée à rester ici un ou deux jours de plus.

— Forcément ! Allons, Barbie, vous ne sentez pas le nœud se resserrer autour de votre cou ? Il vous indique la sortie de manière élégante. Vous n'allez même pas comprendre ce qui vous est arrivé.

Mowery se mit à rire.

— A mon avis, vous n'avez pas fini de regretter de vous être jetée à son cou.

— Vous dites n'importe quoi ! affirma Barbara. Jack ne m'indique pas du tout la sortie. Cette mission fait tout simplement partie de mon travail.

Elle prit une profonde inspiration, puis ajouta :

— Je vous interdis de m'appeler, à l'avenir.

— Je me contrefous de vos interdictions, Barbie. Tenez-vous à carreau, c'est tout ce que je vous demande. Je vous rappellerai.

Et il coupa la communication.

Barbara glissa son portable dans la pochette réservée à cet usage, dans son sac à main. Elle pouvait gérer Darren Mowery. Il aimait intimider les gens, jouer avec eux et leur montrer à quel point il était intelligent. Mais elle l'était davantage…

— Barbara ? C'est vous ?

Madison Swift était en train de monter le talus à toute allure.

— Mon amie Cindy m'a dit que sa mère avait fait visiter cette maison à une dame qui venait de Washington, et j'espérais...

L'adolescente eut un rire.

— Barbara, c'est moi, Madison Swift. La petite-fille du sénateur !

Barbara l'avait reconnue instantanément. Elle avait juste besoin d'une seconde pour se remettre du choc. A quelques minutes près, la jeune fille aurait pu surprendre sa conversation avec Mowery.

Madison bondit sur la terrasse. Son visage était constellé de taches de rousseur et ses longs cheveux auburn coiffés et attachés à la diable. Elle était habillée n'importe comment et ses genoux étaient maculés de boue.

Elle ressemblait tellement à Colin ! se dit Barbara. Avec une éducation un peu plus raffinée, Madison Swift représenterait un atout considérable dans le jeu de Jack : un hommage à la mémoire de son fils défunt.

Pour le moment, elle permettait surtout à Barbara de justifier sa campagne contre Lucy. Tout cela n'avait, dans le fond, strictement rien à voir avec Darren Mowery. Ce n'était pas non plus une conséquence de sa frustration vis-à-vis de Jack ou du refus de celui-ci d'admettre son amour pour elle. Il s'agissait, au contraire, d'un acte de courage. Quelqu'un se devait de secouer Lucy. Quelqu'un devait la forcer à assumer ses responsabilités vis-à-vis de ses enfants.

— Madison ! s'exclama-t-elle avec un large sourire. Comme tu as changé ! Te voilà devenue une véritable jeune fille. Comment vas-tu ?

— Oh ! bien. Sauf que je m'ennuie à mourir, répondit Madison sur un ton enjoué. Mais ce n'est pas grave : j'ai l'habitude… Alors, grand-père va vraiment venir, cet été ?

— C'est censé être un secret. Ton grand-père ne veut pas faire de remous, pour lui comme pour ta mère.

— Elle est au courant ?

— Non, répondit Barbara en secouant la tête. Il veut trouver une maison à louer avant de lui annoncer la nouvelle. Il craint trop de vous décevoir, si jamais ça ne se fait pas.

Les yeux brillants, Madison traça une croix sur son cœur du bout du doigt.

— Motus et bouche cousue.

— Alors, comment trouves-tu la maison ? demanda Barbara. Elle est belle, n'est-ce pas ?

— C'est celle que je préfère, par ici.

— Le cadre est magnifique.

— Oui, bien sûr, répondit Madison avec un haussement d'épaules. Mais le Vermont est magnifique, de toute façon. N'empêche que, au lieu de recevoir grand-père ici, je préférerais aller le voir à Washington. Enfin, je vais y passer un long week-end, à l'automne : c'est déjà ça.

— Je comprends, dit Barbara, tout en regardant du côté des bois en contrebas. Tu es seule ? J.T. n'est pas avec toi ?

— Non. Je me suis enfuie. Il voulait que je l'emmène pêcher avec son copain, mais j'ai refusé. J'ai horreur des asticots. J'aimais bien ça quand j'avais douze ans, mais c'est fini.

— Tu n'es pas une fille de la campagne, on dirait.

— En effet, dit Madison, prenant la remarque comme un compliment. Ce n'est pas que je déteste le Vermont, mais je préfère la ville… Vous restez longtemps ?

— Quelques jours. Je prends des vacances tout en préparant la maison pour ton grand-père. Je vais remplir le frigo, lui acheter de quoi lire, ce genre de choses.

— Il aurait pu habiter chez nous, fit remarquer Madison.

Pour se sentir aussi bienvenu qu'un cafard ! songea Barbara. Elle savait que Lucy ne se considérait plus comme une Swift. Pourtant, ses enfants étaient des Swift, que cela lui plaise ou non.

— Je pense qu'il sera bien ici, répondit Barbara sur un ton neutre.

Elle marqua une pause, hésita, puis reprit :

— S'il te plaît, ne dis pas à ta mère et à ton frère que je suis ici. Je n'aime pas beaucoup t'inciter à leur mentir, même par omission, mais ils auraient vite fait de tirer des conclusions.

— J.T., ça m'étonnerait. Mais maman comprendrait vite, en effet.

Elle se poserait peut-être même des questions dangereuses, surtout après l'épisode de la chauve-souris, songea Barbara.

— Ne vous inquiétez pas, dit la jeune fille avec un rire ravi. Ce sera notre secret. Je ne veux pas que vous ayez des problèmes avec grand-père à cause de moi.

— Oh, non, ce n'est pas pour ça ! Je ne veux pas gâcher sa surprise, voilà tout.

Madison hocha la tête.

— Oui, il aime bien nous faire des surprises.

Elle fit volte-face, brusquement.

— Vous avez vu la chute d'eau ?

— Non, répondit Barbara, qui s'y était pourtant rendue au cours de son illicite visite, la semaine précédente.

— Il faut y aller. Ce n'est pas loin. Vous avez le temps ? Je peux vous piloter.

— Je ne suis pas vraiment habillée pour faire de la randonnée, répondit Barbara en désignant ses vêtements.

Elle arborait une tenue classique, convenant parfaitement à un fonctionnaire au service d'un sénateur des Etats-Unis : pantalon sombre, chemisier blanc et mocassins.

— Il y a un sentier parallèle à la route, expliqua Madison. Il est un peu plus long que celui qui longe la rivière, mais plus facile.

Pauvre Madison ! songea Barbara. Elle s'ennuyait ferme dans cette campagne éloignée de tout. Dire qu'elle aurait pu être en camp de vacances ou en train d'étudier à l'étranger ! Barbara refoula sa colère. Si seulement elle arrivait à faire tomber le mur de déni qui empêchait Jack de voir ce qu'elle avait à lui offrir, elle pourrait l'influencer au sujet de ses petits-enfants.

Elle sourit à la jeune fille.

— Bon, allons-y ! lui dit-elle. Montre-moi le chemin.

Madison s'élança d'un air ravi, et Barbara la suivit plus posément.

Elles empruntèrent un sentier de gravier, puis le chemin de terre. Comme la maison était la dernière sur une voie sans issue, Barbara ne craignait pas trop de croiser une voiture. Elle prenait un risque, mais un risque tolérable. Et Madison avait besoin de rompre un peu avec sa routine.

Barbara connaissait le coin bien mieux qu'elle n'osait le laisser paraître. La nuit précédente, elle était retournée seule dans la maison qu'elle venait de louer pour le sénateur. Elle n'avait pas encore récupéré les clés, mais la porte moustiquaire n'était pas verrouillée. En se glissant à l'intérieur, elle s'était trouvée face à une chauve-souris qui battait des ailes.

Il était encore tôt pour les chauves-souris, et elle avait craint que celle-ci ne fût enragée.

Puis elle avait pensé à Lucy.

Barbara ne savait pratiquement rien au sujet de ces mammifères volants. Elle n'était pas non plus du genre à tuer des animaux sans défense. Mais une impulsion irrésistible avait pris possession d'elle et ne l'avait plus lâchée jusqu'à ce qu'elle trouve un bâton, qu'elle s'occupe du sort de la chauve-souris et qu'elle jette la carcasse dans un sachet en papier qui avait contenu son petit déjeuner.

Elle avait garé sa voiture sous un pin et rejoint son point d'observation, de l'autre côté du ruisseau. De là, elle avait vu Madison s'en aller avec des amis, puis J.T. partir à son tour avec son copain. Finalement, lorsque Lucy avait traversé le champ, une paire de jumelles autour du cou, Barbara s'était livrée à un rapide calcul : d'un côté, il y avait les risques qu'elle prenait et, de l'autre, le plaisir qu'elle éprouverait si elle réussissait à déposer la chauve-souris dans la maison et surtout, surtout, lorsqu'elle entendrait les cris de terreur de Lucy.

Le risque majeur était qu'elle la voie avec ses jumelles. Il fallait donc agir très vite.

Barbara avait rapidement concocté un scénario pour, le cas échéant, expliquer sa présence :

« Lucy ! Jack m'a demandé de lui louer une maison pour le mois d'août et je n'ai pas pu résister au désir de venir vous voir… »

Mais Lucy ne l'avait pas surprise. Elle avait trouvé la chauve-souris et poussé un hurlement que Barbara avait entendu alors qu'elle regagnait sa voiture. La satisfaction qu'elle avait ressentie alors était bien proche de la jouissance. Elle s'était encore fait dévorer par les moustiques, mais tant pis ; ce n'était jamais que des médailles d'honneur supplémentaires à ajouter à sa collection.

— Par ici ! dit Madison. On y est presque.

Elles venaient d'arriver devant un énorme sapin du Canada dont les racines rayonnaient au-dessus de la terre comme de grosses pattes d'araignée. La jeune fille s'engagea dans le sentier étroit, se retournant pour faire signe à Barbara de la suivre.

Oui, songea cette dernière. Les risques étaient nécessaires et elle avait eu le courage de les prendre. Les enfants de Colin — les petits-enfants de Jack — méritaient une existence meilleure.

Jack Swift s'installa sur une banquette, dans un coin tranquille de son restaurant préféré. Les derniers jours avaient été éprouvants. Il n'avait même pas proposé à Sidney de déjeuner avec lui. Ils s'étaient disputés, la veille, au téléphone. Elle sentait que quelque chose n'allait pas et elle lui avait posé des questions qu'il avait esquivées. Maintenant, il voulait juste un Martini, une assiette de beignets de crabe du Maryland, une bonne salade et, par-dessus tout, un peu de paix.

Il était au bord du gouffre. Victime d'un chantage odieux. Seigneur !

En plus, il n'arrêtait pas de se poser des questions sur Colin. Son seul enfant. Avait-il été le genre d'homme qui trompe son épouse ? Jack n'avait jamais rien soupçonné de tel, mais qui sait ce qui se passe au sein des couples ? D'ailleurs, la vérité importait peu. Il ne voulait pas voir de preuve. Il voulait juste que cette histoire sordide prenne fin.

— Sénateur Swift, quelle coïncidence ! s'exclama Darren Mowery, apparaissant brusquement devant lui avec un sourire faussement chaleureux.

Jack fit appel à toute sa maîtrise et arbora un sourire tout aussi hypocrite.

— Monsieur Mowery.

— Vous permettez que je me joigne à vous ?

Le restaurant était également le rendez-vous de nombreux

journalistes et membres du congrès, toujours à l'affût d'une bonne histoire. Jack ne pouvait pas congédier l'importun sans se faire remarquer — ce que Mowery savait pertinemment.

— Je vous en prie, répondit le sénateur, les mâchoires crispées.

Mowery se laissa choir sur la banquette de cuir rouge en face de Jack.

— Vous avez commandé les beignets au crabe ?

Jack hocha la tête. Mowery lui indiquait sans subtilité aucune qu'il était au courant de ses goûts et de ses moindres habitudes ; autrement dit, l'information qu'il prétendait détenir au sujet de Colin n'était qu'un début. C'était précisément ce que Jack craignait.

— J'ai fait ce que vous m'avez demandé, déclara-t-il à voix basse.

— En effet. Et sans délai. Je vous en remercie.

Le serveur apparut et Mowery commanda une bière. Il n'avait pas le temps de déjeuner.

Jack n'en conçut aucun soulagement.

— Voici une adresse et un mot de passe, reprit Mowery en lui tendant une carte de visite. Ils permettent d'accéder à un site internet sécurisé. Je suggère que vous y jetiez un coup d'œil.

Jack prit la carte et la glissa dans sa poche.

— Je vous préviens, Mowery, si vous avez publié des photos de mon fils sur internet…

— Du calme, sénateur ! Ce n'est pas si simple.

— On me pose déjà des questions au sujet de votre visite à mon bureau, l'autre jour.

Le serveur apporta la bière et Mowery but une gorgée.

— Et alors ? dit-il en reposant son verre.

— Alors, que voulez-vous ?

Mowery but une autre gorgée de bière.

— Allez visiter ce site internet. Ensuite, nous parlerons.

Lucy avait distribué des tâches à tout le monde, aujourd'hui, tout en demandant à ses enfants de ne pas s'éloigner de la maison. Après l'incident de la chauve-souris, la veille, elle voulait qu'ils restent dans les environs immédiats. C'est ainsi que J.T. et Georgie arrachaient les mauvaises herbes et que Madison lavait les kayaks, les canoës et les gilets de sauvetage.

Lucy n'avait pas encore décidé si elle devait ou non leur raconter ce qui se passait. Cela paraissait de plus en plus inévitable, mais en même temps elle ne voulait pas les effrayer.

Une ombre tomba sur elle, tandis qu'elle travaillait dans le jardin. Elle leva les yeux. Sebastian se tenait devant elle.

— Tu apparais et tu disparais à la manière d'un fantôme ! s'exclama-t-elle.

— Je suis passé par-derrière. Je ne pense pas qu'on m'ait vu. Je voudrais te parler.

— D'accord, répondit la jeune femme en se redressant.

Elle s'engouffra dans le garage et marcha jusqu'au fond de la grande pièce, lui faisant signe de la suivre. Une odeur de vieux bois et d'huile de moteur flottait dans l'air. Lucy n'avait touché à rien, et chaque objet, depuis l'ancienne brouette jusqu'aux outils accrochés à des clous ou alignés sur des étagères, se trouvait exactement là où Daisy l'avait laissé avant de quitter ce bas-monde.

Sebastian évoluait dans cet environnement comme un poisson dans l'eau, et Lucy se rappela qu'il avait grandi ici. Il connaissait les lieux et leur histoire bien mieux qu'elle.

— Que se passe-t-il ? lui demanda-t-elle.

— Est-ce que tu as autorisé Madison à se promener seule dans les bois ?

Lucy écarquilla les yeux.

— Non ! Je l'ai chargée de laver les canoës. Elle était derrière l'étable et…

— Eh bien, elle n'y est plus. Je viens de la voir dans les bois.

Lucy serra les mâchoires.

— Elle s'est éclipsée sans me prévenir.

— J'ai bien pensé à la rattraper, mais je préférais te consulter d'abord.

— Où est-elle ? demanda Lucy, furieuse contre sa fille.

— Sur le chemin du retour. Je l'ai devancée.

— Tu voulais t'assurer que je ne laissais pas mes enfants errer n'importe où alors qu'un semeur de chauve-souris me harcelait ? Je ne suis pas idiote, tu sais ?

— Je peux faire venir une équipe dès demain matin. Je suis sûr que Plato n'aura aucune difficulté à se passer de quelques hommes. Si quelqu'un surveille ta maison, ils le sauront.

— Allons !

— Lucy, la personne qui a posé cette chauve-souris sur ton lit savait que tu n'étais pas chez toi. Cela signifie que tu es surveillée.

La jeune femme croisa les bras et se mit à taper du pied nerveusement. Elle portait une petite robe d'été, des nu-pieds et des boucles d'oreilles en or. Ses cheveux étaient retenus par un bandana rouge. Une tenue charmante, songea Sebastian.

— Je n'aime pas ça, déclara-t-elle.

Il garda le silence.

— Accepter la présence d'une équipe de surveillance ou appeler la police du Capitole, ça revient à peu près au même, ajouta-t-elle. Même si tes hommes s'efforcent d'être discrets, les gens du coin les remarqueront, tu le sais bien.

— Alors c'est non ?

Elle ne répondit pas immédiatement. Après tout, elle s'était adressée à lui afin qu'il jauge la situation et qu'il lui donne un conseil. Elle n'y connaissait rien en surveillance, contre-surveillance et autres missions de ce genre.

Elle marcha vers l'entrée du garage, mais arrivée sur le seuil, elle se retourna.

— Par où Madison est-elle passée ?

— Le sentier qui longe le ruisseau.

— Je pars à sa rencontre. Elle va découvrir ce que nettoyer un kayak avec une brosse à dents signifie.

Sebastian sourit.

— A la bonne heure ! Je commençais à me demander si tu n'étais pas un peu trop indulgente avec ces enfants.

— Si je veux ton opinion, je te la demanderai, riposta Lucy.

— C'est précisément ce que tu as fait, je me permets de te le rappeler !

— Je te rappelle, moi, que tu m'as envoyée paître. Et que ça n'avait rien à voir avec l'éducation que je donne à mes enfants.

Il marcha vers elle, tout en veillant à rester dans l'ombre.

Lucy était en plein soleil et ne voyait pas ses yeux. Il avait l'air sérieux, et elle se demanda vaguement s'il lui arrivait de rire.

— Non, en effet, dit-il. Il était plutôt question de savoir qui serait susceptible de laisser une chauve-souris morte sur ton lit.

Lucy ne répondit rien. Pour une raison qu'elle ne s'expliquait pas bien, ce dernier épisode la tourmentait plus encore que le trou laissé dans le mur de sa salle à manger.

— Elle n'est pas morte naturellement, insista Sebastian.

— Sans blague ?

— Lucy…

La jeune femme jeta les épaules en arrière.

— Je ne veux pas d'équipe de surveillance.

— Je ne peux pas être partout, tu sais ?

Elle hocha la tête.

— Je comprends ça. Il faut que je réfléchisse. Donne-moi…

Elle s'interrompit et plissa les yeux. Elle sentait poindre une migraine.

— Je vais chercher ma fille.

— Reste avec J.T. et son copain. Je m'en charge.

— Madison n'est pas une gamine difficile, tu sais, Sebastian. Elle a quinze ans, voilà tout.

Mais il était déjà parti, et Lucy retourna dans le potager où elle trouva J.T. et Georgie en train d'arracher les mauvaises herbes qui encombraient les rangées de haricots. Les deux gamins avaient dû s'arrêter pendant tout le temps où elle ne les surveillait pas, car le travail n'avançait pas très vite.

Lucy se dirigea vers une rangée de petits potirons verts pendant au bout de leurs racines rampantes. Elle se mit à tirer violemment sur les mauvaises herbes, secouant la terre qui y restait accrochée.

— Maman, qu'est-ce qui t'arrive ? lui demanda J.T.

— Je suis furieuse contre Madison, répondit-elle sans cesser de travailler. Ne t'en mêle pas.

Il ne se le fit pas dire deux fois.

— Viens, Georgie, on va au ruisseau…

— Non !

Lucy se tourna vers les deux garçons, une poignée de mauvaises herbes dans la main.

— Pas maintenant ! Allez dans la cuisine : il y a des crèmes glacées.

— Super ! On y va !

Une minute plus tard, Madison remontait le chemin en provenance du ruisseau. Elle contourna l'étable, ne s'attendant manifestement pas au savon qu'elle allait essuyer.

Lucy abandonna son jardinage et se força à respirer profondément plusieurs fois avant d'affronter sa fille.

L'air était chaud, avec une légère brise. C'était une superbe journée d'été, et l'herbe était tendre sous les pieds. Lucy fit un effort pour remarquer ces détails sensoriels afin de n'être pas uniquement la proie de la colère, de la frustration et de la peur.

Madison était de bonne humeur.

— Salut, m'man. Encore deux canoës et j'ai fini.

— Où étais-tu ?

— Je me suis accordé une pause, après avoir terminé de nettoyer les kayaks. J'ai marché jusqu'à la cascade. Rassure-toi : je ne me suis pas trop approchée.

— Madison, je t'ai demandé de faire un travail et tu ne l'as pas fait.

Lucy prit une autre inspiration et s'efforça d'être directe, ferme et raisonnable.

— Si tu voulais aller te promener, tu aurais dû m'en parler.

— Mais enfin, maman, qu'est-ce qui te prend ? Ce n'est pas la première fois que je pars me promener seule dans les bois.

— Oui, mais aujourd'hui je t'avais demandé très clairement de…

— Je sais ! Et j'ai fait ce que tu me demandais ! Mais c'est ennuyeux comme la mort. Pour me changer un peu les idées, je suis allée me promener dans les bois. C'est la seule distraction qu'il y ait ici. Crois-moi, je préférerais faire du lèche-vitrines !

« Allons bon, elle va encore me sortir son refrain ! » songea Lucy en grinçant des dents.

— Tu n'es jamais contente ! conclut la jeune fille en tapant du pied.

Lucy leva les yeux vers le ciel, se demandant quoi faire. Enfermer sa fille dans sa chambre ? Lui parler des manœuvres d'intimidation dont elle était victime ? Elle ne savait pas. Elle voulait protéger ses enfants. Mais comment ?

Elle reporta son regard sur Madison et remarqua les écorchures et les traces de terre sur ses bras et ses genoux. Deux semaines plus tôt, elle se serait réjouie de constater que sa fille appréciait la nature…

— J'exige que tu me tiennes informée de tes déplacements, voilà tout, dit-elle finalement. Et durant les jours qui viennent, je vous interdis, à toi et à J.T., de vous aventurer seuls dans les bois.

— D'accord, c'est bon : je vais rester là et pourrir sur place.

— Madison !

Mais la jeune fille rentra dans la maison et claqua la porte moustiquaire derrière elle. En passant dans la cuisine, elle cria sur son frère et sur son ami. Puis, un moment plus tard, la musique dans sa chambre éclata à un volume tel que les murs en vibrèrent.

Lucy résista à l'envie d'aller baisser la chaîne stéréo. A quoi cela aurait-il servi, sinon à envenimer la situation ?

Elle marcha vers la maison tout en se demandant si Sebastian avait assisté à la scène.

Au même moment, la vieille voiture de Rob et Patti Kiley s'arrêta au bout de l'allée et Patti bondit hors de l'habitacle, lui faisant signe d'un air joyeux. C'était une femme active, énergique, avec des cheveux grisonnants et un sourire qui avait le don de rasséréner les esprits les plus tourmentés.

— On a apporté le dîner ! annonça-t-elle. Pique-nique dans la véranda et balade jusqu'à la cascade, ça te dit ? Si on se sent d'humeur, on pourra même faire un petit plongeon.

Lucy ne put dissimuler son soulagement.

— Quelle bonne idée ! lança-t-elle.

Rob descendit de voiture à son tour et fit un signe du menton en direction de la chambre de Madison. La maison tremblait pratiquement tant la musique était forte.

— Tu veux que j'aille la voir pour la conforter dans la conviction que sa mère est une emmerdeuse qui ne la comprend pas ?

— Rob ! s'exclama Patti en le fusillant du regard.

Il sourit.

— Ben quoi ? Ce n'est pas ce que tous les adolescents pensent de leur mère ?

— Non ! affirma Patti.

— Ah bon ! dit-il avec un haussement d'épaules.

Il était souvent impossible de déterminer s'il était sérieux ou non.

— Alors, je vais lui proposer de m'emmener faire un tour en voiture… si sa mère est d'accord, bien entendu.

Lucy eut un grand sourire.

— Excellente initiative, Rob ! J'ai vraiment de la chance de pouvoir compter sur des amis tels que vous.

7.

Le sentier qui longeait le ruisseau n'avait guère changé depuis l'enfance de Sebastian. Chaque fois qu'il rendait visite à sa grand-mère, les dernières années qui avaient précédé son décès, il allait se promener du côté des chutes d'eau. Daisy ne l'accompagnait jamais. Pour elle, les lieux étaient synonymes de tragédie et de deuil, non de beauté et d'aventure.

Lors du dernier séjour de Sebastian dans le Vermont, elle lui avait déclaré :

— J'aurais dû y retourner aussitôt après la mort de Joshua. J'ai attendu trop longtemps. Soixante ans.

— Tu as eu une bonne vie, mamie, lui avait répondu Sebastian.

— C'est vrai.

Mais elle ne s'était jamais remariée, songea-t-il en passant sous la branche basse d'un sapin. Elle avait juste voulu lui dire — mais il était bien trop bouché pour le comprendre, à l'époque — qu'en refusant de retourner auprès de la cascade, elle s'était octroyé le droit d'arrêter le temps. Elle avait, en quelque sorte, refusé d'admettre que son mari était mort en cette journée pluvieuse de mars où il avait sauvé un garçon et son chien de la noyade. Joshua était resté le jeune homme qu'elle avait épousé, et elle n'avait jamais véritablement accepté son statut de veuve — même soixante ans plus tard.

Le sentier devenait étroit et disparaissait presque dans une montée abrupte. Sebastian dut s'accrocher à des troncs d'arbres et prendre appui sur des rochers ou des racines exposées. Après les pluies de la veille, le ruisseau roulait vite et fort sur son lit de pierres grises. Sebastian était juste sous les chutes, maintenant.

Il était parti après que Madison eut rejoint sa mère, et il avait eu le temps de remarquer la démarche dansante et l'air enchanté de la jeune fille. Il se demandait quelle pouvait en être la cause. Un garçon ? Des amis ? Une gosse de quinze ans pouvait faire bien des bêtises dans les bois.

L'air était beaucoup plus sec que la veille, même au bord de l'eau. Sebastian dépassa un énorme rocher presque aussi haut que lui. Il était tout près des chutes, maintenant. Un autre rocher lui en bloquait la vue, mais il entendait l'eau qui cascadait juste en dessous.

Ces chutes étaient très belles, presque intimes, ainsi nichées dans leur écrin d'arbres. Et elles n'en étaient que plus dangereuses.

Sebastian acheva son ascension de la colline et se glissa jusqu'au bord du mur de granite. Au-dessus de lui, le ruisseau entamait sa chute soudaine en traversant un énorme rocher qu'il avait sculpté au fil du temps, créant des toboggans et des cascades qui tombaient dans une série de plans d'eau.

Le premier, juste en dessous de Sebastian, creusé dans la roche, était profond et inaccessible, à moins d'effectuer un périlleux plongeon. Et pourtant, Sebastian n'avait aucun mal à imaginer l'attrait que pouvait exercer cette nappe transparente et glacée, en dépit du danger.

Le ruisseau continuait sa course jusqu'à une autre chute qui, en contrebas, formait un deuxième plan d'eau, plus petit et moins profond que le premier. Finalement, il cascadait encore vers une dernière piscine beaucoup plus large et dont le niveau pouvait atteindre un mètre, à cette époque de l'année. Là, les nageurs ne risquaient pas d'être emportés par le courant ou projetés contre un rocher. Une vraie piscine naturelle. Après quoi le ruisseau reprenait son cours tranquille en passant devant la ferme Wheaton — ou plutôt la ferme de Lucy, songea Sebastian.

Il passa sous un sapin du Canada dont la moitié des racines jaillissaient du sol et restaient suspendues dans le vide. Puis, regardant vers le bas, il imagina son grand-père, soixante ans plus tôt. Avec la fonte des neiges, l'eau devait être profonde et bouillonnante. Joshua Whcaton avait-il seulement remarqué la puissance et la beauté de la cascade ? Etait-il le genre d'homme à s'y arrêter ?

Sebastian avait vivement souhaité être aussi brave et héroïque que son grand-père. Mais l'était-il vraiment ?

Un bruit…

Des graviers, des pierres, du sable… un mouvement. Sebastian réagit instinctivement, mais il savait déjà qu'il était trop tard… Il avait laissé son esprit vagabonder et il n'avait plus le temps de prendre pied… Il n'avait pas la place de manœuvrer pour éviter l'éboulement qui lui tombait droit dessus.

Il s'agrippa au sapin, mais une pierre qui pouvait avoir la taille d'une balle le frappa durement à l'arrière du genou droit. Sebastian crut entendre un grognement au-dessus de lui. Puis une autre pierre le frappa au bas du dos, achevant de le déséquilibrer.

Il se sentit partir en avant. L'espace d'une fraction de seconde, il se retrouva suspendu dans les airs. Tout à coup, il était ce grand-père qu'il n'avait jamais connu, sur le point de culbuter vers une mort certaine.

Heureusement, sa formation et son expérience lui permirent de rester lucide et de gérer au mieux la situation. Il rentra le menton afin de protéger sa tête et de laisser le bas de son corps et ses épaules supporter et amortir l'impact de la chute. Il tomba sur la pierre, rebondit, toucha encore la pierre, et finit sa course dans l'eau, en un plongeon brutal qui lui coupa le souffle. L'eau était glacée et il eut une brève pensée pour Plato dont ce genre d'acrobatie était le métier, et qui aurait sans doute un commentaire tout prêt, si toutefois Sebastian était encore là pour l'entendre.

Son élan le propulsa loin au fond de l'eau et il s'efforça de ne pas boire la tasse. Il heurta le fond tapissé de graviers et s'écorcha le visage et les genoux. Puis il prit pied, poussa de toutes ses forces et, jaillissant de nouveau à la surface, avala un grand bol d'air.

L'éboulement tomba à son tour dans le plan d'eau — des cailloux, des aiguilles de pin, de la terre noire. Sebastian n'attendit pas de voir une autre pierre voler dans sa direction : il se hissa sur le toboggan rocheux, le visage dégoulinant d'eau et de sang. Il avait la tête qui tournait. La chute de dix mètres vers la deuxième piscine était juste en dessous de lui.

Si l'eau avait été plus haute, le courant plus fort, il serait passé par-dessus la cascade. Alors que, là, il avait une chance de s'en sortir.

Il se rappela le grognement au-dessus de lui. Quelqu'un lui avait jeté des pierres. Quelqu'un l'avait fait tomber. Ce n'était pas des gamins. Ce n'était pas non plus un accident ou un tour du destin. C'était un acte délibéré, criminel. Or, il était encore exposé, encore dans la ligne de tir de son assaillant. Un caillou lancé d'une main experte pouvait l'achever.

Dire qu'il n'avait strictement rien vu ! Il s'était laissé distraire par l'évocation du passé. Lucy, ses propres souvenirs… la combinaison était toxique. Encore une preuve qu'il n'aurait jamais dû revenir ici. Il aurait mieux fait d'envoyer Plato ou Jim Charger, ou encore Happy Ford. Officiellement, il était toujours le patron de Redwing Associates, même si Plato faisait tourner la boîte depuis un an.

Tout en maudissant son inattention, il cherchait des points de soutien le long du rocher. Il réussit à se réfugier dans l'ombre de plusieurs arbres et saisit à deux mains les racines d'un sapin maigrelet. Sa tête explosait de douleur. Il devait se hisser hors de là du premier coup, sinon il était sûr de retomber dans l'eau — si toutefois le sapin ne cédait pas sous son poids.

Ignorant sa souffrance, il banda ses muscles et, alors

même qu'il sortait le corps de l'eau, il sentit les racines s'arracher du sol. Aussitôt, il en agrippa une partie plus épaisse et, parvenant à se projeter par-dessus le rocher, il atterrit sur la terre sèche et meuble.

Ses mains et ses bras étaient à vif et il sentait le sang couler le long de ses tempes. Il avait horriblement mal au dos, aussi.

Il poussa un juron.

Puis il entendit des voix au-dessous de lui, du côté du troisième plan d'eau, celui qui était au pied de la cascade et ne présentait aucun danger.

Des gosses ? Des touristes ? Lucy ?

Comme il n'en savait rien, il préféra se plaquer contre le tapis d'aiguilles de pin. Tant pis. Il n'avait pas la force de bouger, de toute façon. S'il était découvert, il trouverait bien une excuse pour expliquer sa présence…

— Je reviens tout de suite, dit une voix de femme, non loin de lui.

Lucy !

C'était comme s'il avait imaginé sa voix, comme si elle avait été irréelle.

— Je vous dis que j'ai entendu quelque chose, reprit-elle.

Mais non, il ne l'avait pas imaginée. Elle était bien là. Elle avait entendu un bruit et fonçait tête baissée pour en avoir le cœur net. Pas étonnant qu'on puisse tirer des balles dans les fenêtres de sa salle à manger : elle ne se méfiait pas suffisamment.

Sebastian entendait des éclats de voix et des rires juvéniles par-dessus le grondement de la cascade. Au moins, elle n'avait pas laissé ses enfants seuls.

— C'était sûrement un écureuil, dit une voix d'homme.

— Sans doute. Je suis juste curieuse.

Sebastian frissonna de froid et il se demanda brusquement si c'était ce qui avait tué son grand-père. Joshua avait atterri dans la chute d'eau au mois de mars, et non au beau milieu de l'été.

Un gros moustique atterrit sur son bras écorché, et il n'eut même pas la force de le chasser. Il le regarda juste se déplacer au milieu de son sang et poussa un autre juron, à voix basse, cette fois.

Il entendait Lucy se frayer un chemin à travers le passage escarpé et encombré de broussailles. Si elle continuait sur sa lancée, elle allait passer le long de la saillie à un mètre environ au-dessus de lui. S'il restait silencieux, elle ne le verrait pas. Elle finirait par se dire que son ami avait raison, qu'elle avait juste entendu un écureuil, et elle redescendrait vers le point d'eau.

Mais il devrait alors trouver un moyen de regagner seul son motel. Sa voiture était garée à l'abri des regards, plus loin sur le chemin — autant dire très loin, pour quelqu'un dans son état. Il risquait de perdre conscience avant d'y arriver. Et pendant ce temps, celui ou celle qui avait provoqué l'éboulement et qui lui avait jeté des cailloux pourrait revenir et l'achever tranquillement. Il suffisait de pas grand-chose et il l'aurait bien mérité... Seulement, dans ce cas-là, Lucy se retrouverait seule.

Soudain, elle fut là, debout sur le sentier juste au-dessus de lui. Elle n'avait qu'à baisser les yeux, regarder à travers les arbres, et elle le verrait.

Bon sang, pourquoi n'avait-il pas suivi son instinct ? Pourquoi n'était-il pas resté dans le Wyoming, à monter ses chevaux, dormir dans son hamac, jouer au solitaire et lire ses recueils de poésie ?

Il poussa un soupir. Même ses yeux lui faisaient mal.

— Salut, Lucy !

Elle sursauta — et encore, pas autant qu'il s'y attendait. Petit à petit, elle devait s'habituer à sa présence.

— Sebastian ? Qu'est-ce que… Seigneur !

Sans hésiter, elle se laissa glisser sur les fesses le long de la pente et vint s'accroupir près de lui.

Sebastian s'efforça de faire aussi bonne figure que possible, mais ce n'était guère facile dans l'état où il se trouvait.

— J'enfilerais bien quelques vêtements secs, dit-il.

— Ce qu'il te faut, c'est une ambulance, répondit Lucy. Que s'est-il passé ?

— Un éboulement. Je suis tombé.

Elle plissa les yeux, et il vit passer le doute et la peur dans son regard.

— Tu as besoin de voir un médecin, reprit-elle. Tu souffres peut-être d'une commotion cérébrale.

— Mais non !

Lucy le considéra un instant, les sourcils froncés.

— Un éboulement, hein ?

— Ouais.

— Ce n'était pas un accident.

— Qui sait ?

Elle hocha la tête.

— Sebastian, dis-moi : dois-je appeler une ambulance ?

Il secoua la tête. Grosse erreur. La seule chose qui le retint de vomir fut la pensée qu'il le ferait sur ses genoux à elle.

Il ferma les yeux jusqu'à ce que le monde cesse de tourner autour de lui.

— Non, répondit-il. Ça va aller.

— Et la police ?

— Je ne pourrais rien leur dire. Je n'ai rien vu.

— Ça me rappelle quelque chose, murmura Lucy.

— J'ai juste besoin d'un peu d'eau et de quelques pansements.

— Foutaises !

— Lucy ! lança une voix d'homme, en contrebas. Tu as trouvé quelque chose ?

La jeune femme se leva et se tourna vers la chute d'eau.

— J'arrive !

Puis elle s'accroupit de nouveau près de Sebastian.

— C'est Rob. Un ami. Il est encore plus calé que moi en matière de secourisme. Je vais lui demander…

— Non.

— Qu'est-ce que tu peux être têtu ! D'accord. Je vais inventer une histoire pour leur fausser compagnie. Ensuite, je t'aiderai à marcher jusque chez moi. Tu crois que tu y arriveras ? Je te préviens : si tu tombes dans les pommes, j'appelle immédiatement les secours.

Sebastian fit la grimace.

— Je vais me débrouiller. Je n'ai pas besoin de ton aide.

Elle se mit à rire et le prit par le bras.

Ils empruntèrent un sentier plus long mais plus facile, le long du ruisseau, et entrèrent dans la maison par la porte de derrière. Madison, J.T. et les Kiley étaient déjà là et jouaient au volley dans le jardin.

Lucy savait qu'elle devrait expliquer la présence de Sebastian à un moment ou à un autre. Mais pas maintenant.

Sebastian s'affaissa contre le comptoir de la cuisine, les yeux fermés. Il était d'une pâleur de cendres. Le sang avait séché et formait une grosse croûte au-dessus de son œil droit. Il avait vraiment une sale mine et Lucy se demanda si elle ne devrait pas passer outre ses objections et appeler police secours.

— Tu as la tête qui tourne ? lui demanda-t-elle.

— J'essaie juste de reprendre mon souffle.

— Allez, appuie-toi sur moi avant de tomber raide. Je ne crois pas que j'aurais la force de te traîner par les pieds.

— Où allons-nous ?

— Dans ma chambre.

Sebastian esquissa un sourire ironique, et Lucy glissa un bras autour de lui. Elle le vit tressaillir de douleur. Il était couvert de bleus et d'écorchures. Il avait peut-être même une ou deux côtes fêlées.

Elle l'aida à franchir la courte distance qui séparait la cuisine de sa chambre. Ils venaient juste de passer le seuil, lorsqu'il tomba à genoux sur le tapis.

— Allons, Sebastian, dit-elle en lui prenant un bras et en tentant de le tirer dans la pièce.

— Je suis bien ici, dit-il en achevant de s'affaler sur le ventre. Ça va aller. Tu peux me laisser.

Et il ne bougea plus.

Lucy, épuisée et en nage, s'accroupit près de lui, se demandant s'il dormait ou s'il avait perdu conscience.

— Sebastian ?

— Je ne suis pas encore mort.

Elle étouffa un soupir et se rendit à la fenêtre qui donnait sur le côté de la maison où était installé le filet de volley-ball.

— Salut la compagnie ! lança-t-elle. Je vous rejoins dans une minute.

Elle avait pris congé de ses amis sous prétexte de changer de vêtements parce qu'elle avait malencontreusement glissé sur un rocher. Elle s'avisait, d'ailleurs, que son mensonge était devenu vérité : non seulement ses vêtements étaient mouillés mais ils étaient couverts de sang.

— Laisse tomber, maman ! répondit Madison. Les moustiques sont en train de nous dévorer.

Lucy retourna près de Sebastian.

— Tu es toujours conscient ?

— Malheureusement, répondit-il.

— Je reviens tout de suite. N'essaie pas de te lever sans moi.

— Aucun risque.

Elle l'enjamba, ôta son T-shirt, en attrapa un autre dans un tiroir et l'enfila. Dès qu'elle sentit le tissu propre et sec contre sa peau, elle se sentit mieux.

Lorsqu'elle sortit, Rob et Patti avaient déjà emballé les restes du pique-nique dans la glacière.

— Merci pour le dîner, dit Lucy. A charge de revanche.

— Ça va ? demanda Rob en la regardant avec insistance.

— Oui, bien sûr, répondit la jeune femme.

Elle s'en voulait de mentir ainsi à ses amis, mais elle n'avait pas le choix.

— Rentrons, dit Pat en prenant son mari par le bras. Lucy, tu nous appelles si tu as besoin de quoi que ce soit, n'est-ce pas ?

Ils montèrent en voiture avec Georgie et s'éloignèrent dans l'allée. Lucy agita la main pour leur dire au revoir, puis elle rejoignit ses enfants dans la véranda.

J.T. monopolisait le petit canapé en rotin, et Madison était affalée dans un fauteuil, les jambes pendant sur un accoudoir. Ils avaient l'air épuisé, tous les deux.

Tant mieux, se dit Lucy. Au moins, ils dormiront bien, ce soir.

— J'ai quelque chose à vous dire, leur avoua-t-elle. Sebastian Redwing est ici.

Madison faillit tomber de son fauteuil.

— Quoi ?

J.T. écarquilla les yeux.

— Ah bon ? Où ça ?

— Le bruit que j'ai entendu près de la cascade, c'était lui. Il a fait une mauvaise chute et je l'ai aidé à venir jusqu'ici. Il ne veut pas que la nouvelle de sa présence ici se répande en ville. C'est pour cette raison que je n'ai rien dit à Rob et à Patti.

Elle songea alors qu'elle aurait mieux fait de tout leur raconter car J.T. n'arriverait jamais à tenir sa langue.

— Pourquoi est-ce qu'il faut garder le secret ? demanda Madison.

— Parce qu'il est originaire du Vermont.

— Oh ! Alors ça, je peux comprendre, commenta la jeune fille.

— Il va lui falloir un jour ou deux pour récupérer, continua Lucy. Si vous voulez bien faire le lit dans la chambre d'amis, à l'étage, je m'y installerai. Il faut que je retourne près de lui. Vous saurez vous débrouiller ?

— Mais oui ! répondit Madison, déjà debout. Dis-nous si tu as besoin qu'on fasse autre chose.

Dans l'univers un peu trop balisé de l'adolescente, l'apparition soudaine de Sebastian Redwing représentait une distraction.

— Merci, chérie, lui dit Lucy.

Elle retourna dans sa chambre et trouva Sebastian sur pieds, torse nu. Son jean tombait bas sur ses hanches étroites, et ses bras, ses épaules, son dos et sa poitrine étaient à vif et marbrés d'hématomes naissants. Malgré cela, Lucy ne put s'empêcher d'admirer son corps éblouissant. Cet homme-là ne devait pas passer tout son temps dans un hamac.

— Tu vas dormir ici, ce soir, lui dit-elle. Je mettrai tes vêtements dans la machine à laver et on pourra toujours faire un saut à ton motel, demain, pour prendre des affaires de rechange.

— Je peux rentrer ce soir.

— Ne commence pas à me contredire, je te prie. Je ne suis pas d'humeur.

Il eut un pâle sourire.

— Bien, madame.

— Et assieds-toi donc, avant de te casser la figure.

Elle sortit la boîte à chaussures qui lui servait de trousse de premiers secours et la posa sur le lit.

— Tu as besoin d'aide pour retirer ton pantalon ?

— Non. Pas besoin d'aide.

Quelque chose, dans la voix de Sebastian, fit courir un frisson le long de la colonne vertébrale de Lucy, mais elle l'ignora et se concentra sur le contenu de sa boîte en carton. Elle avait des bases de secourisme : dans sa profession, c'était indispensable. Mais Rob était beaucoup plus qualifié qu'elle. Malheureusement, elle l'avait renvoyé chez lui.

Elle prit un tube de crème antibiotique et son manuel à l'usage des amateurs d'aventures en plein air.

Sebastian s'était glissé sous le quilt que sa grand-mère avait confectionné. Son jean était posé au pied du lit.

— Il va sécher, déclara-t-il en le désignant du doigt. Je t'interdis de l'emporter.

— Je peux le passer dans la machine en un rien de temps…

— A condition que j'en aie un autre sous la main. Mais je ne vois personne dans cette maison susceptible de porter des jeans à ma taille.

Lucy haussa les épaules.

— Comme tu voudras.

— C'est quoi, ce livre ?

— Mon manuel de secourisme. Je veux m'assurer que je te prodigue bien les soins appropriés.

— Lucy, tu ne vas me prodiguer absolument aucun soin ! déclara Sebastian en fixant sur elle un regard noir.

Mais la jeune femme l'ignora et chercha la page consacrée aux chutes dans les rochers.

— Pour commencer, nous devons nous assurer que tu ne saignes plus et que tu n'as rien de cassé.

— C'est fait. Ensuite ?

— Ta tête. Tu souffres peut-être d'une commotion cérébrale.

— Si c'est le cas, elle est sans gravité et il n'y a rien à faire, décréta Sebastian sur un ton sans appel.

Il changea de position et le mouvement lui arracha une grimace de douleur.

— Bon, tu as fait ton devoir de boy-scout. Tu peux décamper, maintenant.

— J'aurais pu t'abandonner aux moustiques, tu sais ?

— Et tu penses que mon sort aurait été pire ?

— Si tu te taisais et me laissais faire ? Tu n'es pas fatigué de jouer les matamores ? Ça m'épuise, moi. J'ai mon brevet de secourisme, et même si je n'ai pas eu beaucoup d'occasions de m'en servir, excepté pour quelques piqûres de guêpes ou des bobos sans gravité, c'est mieux que rien. Tu ne veux vraiment pas que je t'examine ?

— La rapidité d'intervention est une condition importante au moment de prodiguer des soins, tu sais, Lucy ?

— Tu es sûr de ne pas avoir un poumon perforé ou quelques côtes brisées ?

— Les côtes vont bien. Les poumons aussi.

Il avait beau être agaçant, Lucy voyait bien l'effort qu'il fournissait pour continuer à parler. Elle considéra la blessure au-dessus de son œil ; c'était celle qui lui paraissait la plus vilaine.

— Tu aurais besoin d'au moins deux points de suture, déclara-t-elle.

Mais il ne répondit rien, et elle en déduisit que le sujet était clos.

— Il faut que je nettoie tes plaies.

— Le ruisseau s'en est chargé.

— L'eau du ruisseau ne possède pas de vertus désinfectantes.

Le regard gris de Sebastian exprima alors sans erreur possible l'impatience qui le gagnait. Cet homme-là ne supportait pas de se retrouver à la merci de qui que ce fût.

Lucy décida de lui faire confiance au sujet des côtes et des poumons, mais il n'était pas question de le quitter sans avoir désinfecté ses plaies.

— Je vais juste prendre des compresses stériles, dit-elle.

Elle se tourna vers sa boîte à chaussures, une seconde à peine, et lorsqu'elle regarda de nouveau Sebastian, il dormait. A moins qu'il n'eût perdu connaissance.

— Sebastian ?

Elle s'assit au bord du lit et se pencha sur lui. Il respirait normalement. Il avait dû s'assoupir, ce qui n'était pas plus mal. Essayant de travailler vite et efficacement, la jeune femme trempa des compresses dans une solution désinfectante et nettoya la plaie au-dessus de l'œil et aussi les écorchures qui lui paraissaient les plus inquiétantes. Puis elle étala de la crème antibiotique sur son front, avec des gestes aussi délicats que possible.

Lorsqu'elle eut terminé, il ouvrit les yeux.

— Infirmière Lucy, dit-il.

— Tu ne dormais pas ?

— Je me suis dit que si je faisais semblant de dormir, ce serait plus facile pour nous deux : tu serais moins nerveuse et ça durerait moins longtemps.

Lucy se raidit.

— Tu ne me rends pas nerveuse, Redwing, dit-elle.

— Sans blague ? répliqua-t-il, l'air amusé.

— En tout cas, cette chute ne semble pas avoir anéanti le crétin qui vit en toi.

Elle se releva.

— Tu veux un analgésique ou monsieur le macho préfère souffrir en serrant les dents ?

— Du moment que je connais la marque de l'analgésique.

— Pourquoi ? Tu penses que je t'ai criblé de cailloux,

puis précipité dans la cascade ? demanda-t-elle en lui apportant une boîte de comprimés.

Sebastian en prit deux et garda le silence.

Lucy se dit que c'était à cause de ses blessures. Il avait beau être cynique et paranoïaque, il ne pouvait pas la croire capable de chercher à tuer un être humain.

— Tu ne penses pas que c'était un accident ? reprit-elle, la gorge serrée.

— Non.

— Mais tu n'en es pas sûr à cent pour cent ? Est-ce qu'il ne pourrait pas s'agir d'un jeu entre gamins ou encore d'un glissement de terrain naturel ?

— Possible.

Mais il ne le croyait pas. C'était clair.

— Autrement dit, tu penses qu'on a essayé de te tuer ? insista la jeune femme.

Sebastian battit des paupières, comme s'il ne pouvait plus fournir l'effort nécessaire pour garder les yeux ouverts. Lucy n'insista pas et se contenta de le regarder. Les hématomes apparaissaient sous sa peau, mais son état ne semblait pas alarmant.

Lorsqu'il parut endormi, la jeune femme se leva, actionna le ventilateur du plafond et sortit en refermant la porte derrière elle. Elle colla l'oreille au battant pour s'assurer que Sebastian n'avait pas bougé. S'il essayait de se lever et qu'il tombait de nouveau, elle serait obligée de le laisser par terre parce qu'elle n'aurait pas la force de le soulever pour le remettre sur le lit.

Elle se mordit la lèvre, repensant brusquement au baiser

brûlant qu'ils avaient échangé la veille. Voilà qui n'était plus à l'ordre du jour, songea-t-elle aussitôt avec une grimace : le pauvre ne tenait même pas debout.

Lucy monta à l'étage et découvrit que Madison et J.T. avaient fait le lit dans la chambre d'amis. La pièce était petite et meublée simplement, avec une lucarne qui donnait sur le jardin à l'avant de la maison.

— Comment va-t-il ? demanda Madison.

— Ça ira, je pense, répondit Lucy. Mais il a fait une mauvaise chute.

Elle tira la chaise cannée devant la vieille machine à coudre de Daisy et s'assit lourdement.

— Madison, tu as vu quelqu'un dans les bois, cet après-midi, en te promenant ?

La jeune fille secoua la tête.

— Non.

Lucy la regarda fixement. Son instinct lui criait que sa fille lui cachait quelque chose.

— Tu es sûre ?

— Oui, évidemment !

— Pas même des estivants ?

— J'ai vu l'ophtalmo dans sa voiture..., commença l'adolescente.

C'était le propriétaire d'une des maisons longeant le chemin de terre sur le faîte de la colline.

— Moi et Georgie, on a vu un camion faire demi-tour dans l'allée ! intervint J.T.

Mais Lucy continua de regarder sa fille.

— Si jamais tu te rappelles autre chose, surtout, viens me le dire.

Madison hocha la tête. Elle ne discuta pas, n'émit aucun sarcasme. Surtout, elle ne trahit aucune impatience face à cet interrogatoire. Etrange. Soit elle cherchait à ménager sa mère parce qu'elle percevait son épuisement, soit elle lui mentait.

— Ecoutez-moi bien, tous les deux, reprit Lucy. J'ai beaucoup de soucis et j'ai besoin de votre coopération à tous les deux. Sebastian a été emporté par un glissement de terrain, tout à l'heure. Je vous demande de ne pas aller vous promener seuls dans les bois, jusqu'à nouvel ordre.

— M'man, j'ai quinze ans…

— Ne discute pas, Madison. C'est comme ça.

Lucy envisagea un instant de leur parler de la série d'incidents qui s'étaient produits récemment, mais elle ne voulait pas les effrayer. C'était son fardeau, non le leur. L'important, pour le moment, était de leur en dire juste assez pour qu'ils ne courent aucun risque.

— Tu aimes bien Sebastian, m'man ? demanda J.T.

Lucy regarda son fils.

— Je ne sais pas. Je ne me suis pas posé la question. Il s'est blessé et j'essaie de lui venir en aide.

— Est-ce qu'il se la joue encore Clint Eastwood ? demanda Madison.

— Je ne pense pas qu'il se la jouait. En tout cas, il ne porte ni ses bottes ni son chapeau de cow-boy.

— Je peux aller le voir ? demanda J.T.

— Demain matin, répondit Lucy en se levant. C'est

l'heure de la douche, maintenant, et après il faut se coucher. Il est tard.

Elle les embrassa tous les deux et, en dépit de sa fatigue, retourna près de Sebastian.

— Tu dors ? chuchota-t-elle depuis le seuil de la chambre.

— Non.

— Tu as besoin de quelque chose ?

Elle sentit son regard sur elle. Il se redressa légèrement, son visage perdu dans les ombres de la nuit tombante. Le ventilateur tournait au plafond.

— Ton instinct était juste. Il se passe des choses, par ici.

Il retomba sur les oreillers.

— Tu devrais appeler Plato.

— Que pourrait-il faire de plus que toi ? Je t'ai déjà dit que je ne tenais pas à appeler la cavalerie si ce n'était pas absolument nécessaire.

— Plato a d'autres qualités que moi. Il peut encore porter une arme.

Sebastian ne poursuivit pas tout de suite. Quand il le fit, sa voix n'était qu'un chuchotement.

— Moi, pas.

— Sebastian, nous n'en sommes pas là !

— De toute façon, j'en ai terminé avec la violence, Lucy.

Elle le regarda fixement.

— Qu'est-ce que tu veux dire par là ?

— L'année dernière, j'ai été forcé de tirer sur un homme

que j'avais autrefois considéré comme un ami. J'avais l'intention de le tuer. Je pensais l'avoir fait.

Il s'interrompit encore, une fraction de seconde.

— Après ça, j'ai confié les rênes de Redwing Associates à Plato et j'ai tout arrêté. C'est pour toi que j'ai quitté ma retraite, Lucy. Mais je ne tuerai plus jamais personne.

Lucy s'efforça de chasser l'impression de tristesse qui l'avait brusquement enveloppée.

— Seigneur, Madison a raison ! Tu es vraiment comme Clint Eastwood dans *Impitoyable*.

Elle crut voir l'ombre d'un sourire passer sur les lèvres de Sebastian, mais il faisait sombre et elle ne pouvait en être sûre.

— Je n'ai jamais été un soûlard, dit-il.

— Repose-toi. On parlera de tout ça demain matin..

Jack Swift tapa l'information inscrite sur la carte que Mowery lui avait donnée, au restaurant. Il était tard et il se trouvait seul dans son bureau, à l'étage de sa maison. L'unique lumière était celle que diffusait sa lampe en bronze, sur la table.

Il attendit que les images apparaissent sur l'écran. Son ordinateur était vieux et lent, mais le sénateur appartenait à une génération qui n'acquiert de nouveau matériel que lorsque l'ancien a cessé de fonctionner, qu'il s'agisse d'un grille-pain ou d'un ordinateur. Il trouvait déjà drôlement moderne de posséder un tel engin chez lui.

L'image apparut lentement, du haut vers le bas, et il respira profondément, s'attendant à des photos illicites et pornographiques de son fils en compagnie d'une autre femme que son épouse.

Mais c'est Lucy qui apparut.

Jack se redressa brusquement. Une douleur aiguë lui traversait la poitrine.

— Seigneur ! fit-il d'une voix rauque.

Elle se tenait devant l'étable, dans sa maison du Vermont, vêtue d'un short et d'un T-shirt. Il y avait des fleurs dans le jardin. La photo semblait récente.

Puis une autre image apparut. Madison et J.T. Ses petits-enfants en compagnie de leur mère. Aucun doute : le cliché était récent. Il avait très bien pu être pris la semaine précédente.

— Le salaud ! marmonna Jack.

Au bas de l'écran, en gros caractères noirs, s'étalaient les mots : « La charmante famille du sénateur des Etats-Unis, Jack Swift. »

Avec ces deux photos, Mowery indiquait clairement qu'il pouvait s'en prendre à la famille de Jack — s'il ne l'avait pas déjà fait.

Jack éteignit l'ordinateur. Il attendit quelques secondes que la douleur qui lui serrait la poitrine se calme. S'il tombait raide, terrassé par une crise cardiaque, Mowery abandonnerait-il son odieux chantage ? Ou bien s'en prendrait-il quand même à Lucy et aux enfants, poussé par la frustration et le désir de vengeance ?

Le sénateur prit son visage entre ses mains. Il ne pouvait pas appeler la police du Capitole. Il était trop tard, maintenant, pour emprunter les voies officielles. Il aurait dû le faire dès le départ.

Lentement, et au prix d'un véritable effort, Jack se calma. Puis il tendit la main vers son agenda et chercha un numéro. Lorsqu'il l'eut trouvé, il le composa.

— Redwing Associates, répondit une voix, à l'autre bout du fil.

— Jack Swift, à l'appareil. Je voudrais parler à Sebastian Redwing.

8.

Barbara avait la nausée. C'était la peur, a posteriori, et le dégoût.

Sebastian Redwing ne l'avait pas vue, elle en était certaine. Mais s'il n'avait pas perdu l'équilibre, s'il n'était pas tombé, il se serait lancé à sa poursuite. Elle avait quand même dû le bombarder de cailloux pour arriver à le faire tomber dans l'eau.

Elle l'avait échappé belle.

Redwing essayait désespérément de sortir de l'eau lorsqu'elle avait entendu Lucy, les enfants et leurs amis, au pied des chutes. Elle s'était accroupie dans les buissons et avait attendu que la voie fût de nouveau libre…

Oui, elle l'avait échappé belle, songea-t-elle encore, tout en faisant les cents pas sur la terrasse de la maison qu'elle avait louée pour le sénateur. En y repensant, elle se demandait même comment elle avait pu se laisser aller à prendre de tels risques. Elle était une femme intelligente, calculatrice, absolument pas du genre à céder à des impulsions. Si ses amis et ses collègues à Washington découvraient son obsession et ses escapades récentes, ils seraient tous stupéfaits et choqués. Ils ne comprendraient pas.

Elle-même ne comprenait pas. Elle imaginait ce qu'une jeune fille boulimique pouvait ressentir : le besoin irrépressible de manger, manger, manger avant d'aller se faire vomir en secret. Une compulsion suivie aussitôt par un dégoût de soi.

« Mais je ne souffre pas de troubles psychiques, moi ! » se dit Barbara en s'appuyant sur la rambarde et en écoutant le chant du ruisseau, en contrebas.

Elle avait fait un excellent choix. L'endroit était vraiment magnifique. Jack allait passer un bon moment, ici, même s'il devait pour cela renoncer à visiter ses électeurs du Rhode Island.

Et si Sebastian Redwing était mort ? Si tu l'avais tué ?

Les questions jaillirent de nouveau dans son esprit, inopportunes, malvenues.

A la seconde où elle l'avait vu en train de rôder dans les bois, Barbara avait compris que Lucy s'était rendue dans le Wyoming pour l'appeler à l'aide. Elle était allée pleurnicher sur son épaule.

Barbara eut une grimace de dégoût. Elle avait horreur des pleurnicheurs. Et puis, Sebastian était l'ami de Colin, pas celui de Lucy. De quel droit allait-elle lui demander son aide, maintenant ?

Enfin, Redwing avait survécu. Lucy l'avait aidé à se traîner jusque chez elle. Barbara les avait vus, tandis qu'elle se cachait désespérément dans les bois.

La question était de savoir si Madison révélerait leur petite entrevue.

Quand bien même elle le ferait, ça n'avait aucune importance. Personne n'établirait jamais de lien entre l'accident de Redwing à la cascade et la présence de Barbara Allen dans le Vermont.

Elle respira profondément et se rappela qu'elle était la seule à savoir, la seule même à pouvoir s'imaginer en train de faire une chose pareille. Pour le reste du monde, elle était l'assistante d'un sénateur des Etats-Unis : une employée efficace, compétente et très professionnelle.

Barbara poussa un profond soupir. Elle se sentait mieux, plus calme. Sebastian Redwing était ici, dans le Vermont. Elle devrait peut-être en avertir Darren Mowery.

Oui, peut-être, mais elle n'en ferait rien.

Sebastian fut réveillé par les cris de sioux de J.T. et son copain qui étaient en train de jouer à *La Guerre des Etoiles*, juste devant la fenêtre. Sans bouger, sans même ouvrir les yeux, il gémit :

— Je hais les enfants !

Le bruit semblait indiquer que les garçons se jetaient des choses à la figure — sans doute des tomates vertes, songea Sebastian —, comme s'il s'agissait de bombes. Tout cela était accompagné, bien sûr, des bruitages et effets sonores appropriés. Sebastian se rappelait avoir joué à des jeux similaires avec les tomates vertes de sa grand-mère.

— Eh là, qu'est-ce que vous faites à mes tomates ? cria brusquement Lucy.

Suivirent toutes sortes d'explications. C'étaient les mauvaises tomates. Elles étaient déjà tombées, etc.

— Tombées ou pas, laissez-les tranquilles ! déclara Lucy sur un ton ferme. Si vous alliez plutôt cueillir des mûres ? Je ferais une tourte.

— C'est quoi une tourte ? demanda J.T.

Après une explication succincte, ils décampèrent, et un silence bienfaisant s'ensuivit.

Sebastian se leva lentement, péniblement. La nuit avait été horrible. En plus de la douleur qui lui martelait tout le corps, il avait dû gérer les souvenirs que son brusque retour dans la maison de sa grand-mère faisait surgir du fond de sa mémoire.

La tête lui tourna et il tituba. Il s'accrocha à l'une des colonnes du lit pour ne pas tomber.

— Maman ! Sebastian est en train de mourir !

Deux jeunes visages apparurent à la fenêtre. Ces petits chenapans l'espionnaient. Sebastian frappa du plat de la main sur l'écran moustiquaire, comme s'ils n'avaient été que des insectes agaçants Les deux gamins écarquillèrent les yeux et déguerpirent aussitôt.

Lucy fit alors irruption dans la pièce et le trouva, en caleçon, accroché à la colonne du lit.

— Oh ! dit-elle en se figeant. J'ai cru... J.T...

Sebastian sourit.

— Encore heureux que j'aie gardé mon caleçon ! dit-il. Ces gamins ont besoin d'apprendre quelques manières.

— Oh ! ils les connaissent. Ils ne les montrent pas toujours, voilà tout. J'aurais dû penser à baisser les stores.

— J'aurais dû y penser aussi.

— Ça va ?

— Un litre de café et un tube d'aspirine seraient les bienvenus.

Elle hocha la tête et quitta la pièce en refermant la porte. Sebastian se laissa choir sur le lit. Il n'attraperait aucun méchant, aujourd'hui. Il avait mal partout et se sentait d'une humeur massacrante.

Il tendit la main pour prendre son pantalon et s'aperçut aussitôt qu'il était propre. Quant à sa chemise, elle était pliée, juste à côté. Lucy avait réussi à entrer au moins deux fois dans la chambre sans qu'il s'en aperçoive. Cette constatation n'améliora pas son état d'esprit général.

Il se leva et se rendit dans la salle de bains. A l'exception de la peinture et des serviettes de couleurs vives, la pièce n'avait pas changé depuis l'époque de Daisy.

Apercevant son reflet dans le miroir, Sebastian comprit aussitôt pourquoi J.T. et son ami avaient cru qu'il était sur le point de mourir et pourquoi ils s'étaient enfuis aussi vite. Son visage était couvert de sang séché, de plaies à vif et d'hématomes mauve et jaune.

Et il avait besoin de se raser. Il regarda autour de lui et ne trouva qu'un rasoir jetable rose. Il décida d'attendre.

Il boita péniblement jusqu'à la cuisine où il trouva Lucy en train de travailler sur son ordinateur portable. Elle était vêtue d'un short et d'un débardeur blancs — simple et sexy.

— Le café est prêt, dit-elle sans même lever les yeux.

— Merci.

Il marcha lentement vers le comptoir.

— Tu as volé mon pantalon au milieu de la nuit.

— En vérité, il était 9 heures du soir. Tu n'as pas bronché.

— Et si des méchants avaient pris la maison d'assaut ?

— Je suis aussi capable que toi d'appeler police secours.

Sebastian trouva les tasses à café dans le placard où Daisy les rangeait déjà. Il en prit une et la remplit du breuvage noir et fumant.

— Je n'aime pas poursuivre des malfrats en caleçon, reprit-il. Il me faut un pantalon. C'est une règle incontournable.

Il revint vers elle et s'appuya au comptoir.

— Lucy Blacker, tu ne te moquerais pas de moi, par hasard ?

— Moi ? Jamais de la vie ! répondit la jeune femme en continuant de taper sur le clavier de son ordinateur. De toute façon, tu as renoncé à la violence. Tu ne risques pas de courir après des malfrats, en admettant que tu sois physiquement en état de le faire.

Le café était chaud et fort, et Sebastian se sentit presque humain de nouveau. Il remarqua les bras et les jambes nus de Lucy, le jeu de ses muscles longs sous sa peau galbée. Elle était en pleine forme. Pas étonnant qu'elle ait réussi à pratiquement le porter depuis les chutes d'eau.

— Au fait, reprit-elle, as-tu renoncé à toutes les formes de violence ou seulement à la violence meurtrière ?

— Je ne possède plus d'arme à feu. Quand j'en avais encore une, je ne l'utilisais qu'en cas d'absolue nécessité.

Il but une autre gorgée de café.

— On ne tire pas pour blesser l'autre. On tire pour le tuer.

Lucy ne put retenir un frisson et Sebastian enchaîna :

— Oui. Quand on est armé, on a tendance à considérer l'utilisation de son revolver comme la seule option possible.

— Mais que ferais-tu, maintenant, pour te défendre ? Tu taperais ?

— Genre donner la fessée ou casser la figure ? demanda-t-il avec un sourire qui, aussitôt, lui arracha une grimace de douleur.

Lucy eut un haussement d'épaules.

— Qu'aurais-tu fait si tu avais attrapé la personne qui t'a catapulté dans la cascade, hier ?

— Je ne suis pas quelqu'un qui formule des hypothèses, répondit Sebastian en s'asseyant sur une chaise. J'ai assez tué : c'est la seule chose à retenir.

Lucy hocha la tête.

— Je comprends.

— Oh ! non, tu ne comprends pas du tout. C'est préférable, d'ailleurs. Tu veux bien me montrer où je peux trouver de quoi manger ?

— Je peux même te préparer un petit déjeuner.

— Tu m'as sauvé la vie et tu as lavé mes vêtements. Ça suffit.

Lucy se leva et ouvrit la porte du réfrigérateur.

— Je n'ai pas envie que tu t'écroules au milieu de ma cuisine. Une omelette au fromage, ça te va ?

— Parfait. Merci.

Une bonne odeur d'œufs, de fromage du Vermont et de toasts grillés emplit bientôt la cuisine. Sebastian se revit brusquement en compagnie de sa grand-mère, ici même, un matin d'été.

Dans le Wyoming, durant l'année qui venait de s'écouler, alors qu'il montait à cheval, qu'il promenait ses chiens et qu'il faisait la sieste dans son hamac, les souvenirs de son enfance dans le Vermont l'avaient souvent assailli : des images, des odeurs, les espoirs et les rêves du garçon un peu introverti qu'il était. Il avait attribué cela au fait que Lucy se trouvait dans la maison… A présent, il n'en était plus si sûr.

Il se versa un deuxième café et prit le flacon d'analgésiques.

Lucy fit glisser une omelette bien dorée sur une assiette.

— Pourquoi n'es-tu pas venu aux funérailles ? demanda-t-elle doucement.

Sebastian crut d'abord qu'elle parlait de Daisy. Il lui fallut quelques secondes pour s'arracher au passé et comprendre qu'elle faisait allusion à Colin.

— J'étais à Bogota. Une affaire de kidnapping.

— Tu n'as pas appelé, pas écrit, pas même envoyé un bouquet…

— Tu te serais sentie mieux si je l'avais fait ?

— Là n'est pas la question, répondit Lucy, tout en beurrant un toast sans regarder Sebastian.

Il le savait bien.

Elle posa l'assiette devant lui et sortit de la cuisine, le laissant seul avec son petit déjeuner.

Et son ordinateur portable.

Sebastian fit glisser l'appareil vers lui et, tout en mangeant, il se promena à travers les fichiers de la jeune femme. Lucy Blacker Swift était drôlement occupée. Son agence de voyages proposait des formules qui combinaient habilement les sports en plein air, la culture et la détente. Il consulta le brouillon de sa prochaine brochure : des escapades en canoë avec haltes nocturnes dans des auberges de caractère, du kayak de mer sur la côte du Maine, une randonnée mariant nature et histoire à Terre-Neuve, etc. Chaque expédition était décrite avec une profusion de détails et Sebastian s'avisa brusquement qu'il n'avait guère voyagé pour le plaisir. Traquer des kidnappeurs en Colombie n'était pas la même chose que se plonger dans la culture et les paysages fascinants d'un pays.

Madison se laissa tomber sur une chaise en face de lui.

— Vous espionnez ma mère ?

Pas de bonjour. Pas de question polie sur son état de santé. Sebastian leva les yeux et la regarda par-dessus l'écran de l'ordinateur.

— Je consulte mes e-mails.

— Ce n'est pas vrai. Le modem n'est pas branché.

— D'accord. J'espionne ta mère.

Elle le regarda droit dans les yeux.

— Pourquoi ?

— Tu as quinze ans, non ? Comment se fait-il que tu n'aies pas un boulot pendant l'été ?

— J'ai un boulot. Je travaille pour l'agence de ma mère.

— Ce n'est pas un boulot, ça. Ça s'appelle donner un coup de main à sa mère.

Madison fit la grimace et parut ravaler une riposte. Soit elle avait pitié de son état, soit elle craignait une réaction dangereuse de sa part. En tout cas, elle ne manquait ni d'esprit ni de toupet.

Sebastian ferma le fichier. Lucy ne jugeait visiblement pas nécessaire de protéger ses documents avec des mots de passe.

— Je suppose que tu pourrais me conduire à mon motel. J'ai besoin de prendre quelques affaires.

— Qui ? Moi ?

— Oui, toi. Tu sais conduire, non ?

— J'ai mon permis de débutante. Je ne peux pas conduire sans un adulte…

— Je suis un adulte.

Madison se tut.

— Va demander la permission à ta mère pendant que je termine mon petit déjeuner.

La jeune fille avait l'air stupéfait.

— Vous êtes sérieux ?

— Je n'en ai pas l'air ? demanda Sebastian avec un

soupir. J'ai fait une saleté de mauvaise chute, hier soir. Je ne suis pas d'humeur à plaisanter.

Madison marmonna quelque chose entre ses dents et quitta la cuisine. Sebastian songea que, au pire, il lui avait donné une bonne excuse pour s'enfuir.

Mais elle revint quelques minutes plus tard.

— Maman dit que c'est hors de question.

— Ah bon ? Pourquoi ? demanda Sebastian.

Elle haussa les épaules mais ne répondit rien. C'était une jolie fille ; elle ressemblait beaucoup à son père.

Sebastian sourit.

— Tu n'as pas insisté ? Je croyais que tous les gamins de quinze ans sautaient sur la moindre occasion de conduire ?

— J'ai des choses à faire, déclara-t-elle d'un ton bref, avant de disparaître de nouveau.

Une adolescente qui ne voulait pas conduire ? Il devait vraiment avoir une sale tête.

Au moins, son esprit redevenait clair. Il se sentait mieux, aussi, après avoir mangé. Il lava son assiette et son couvert et se versa un troisième café.

Des oiseaux gazouillaient dans le jardin, et on entendait les abeilles bourdonner dans l'air immobile. Un scarabée se promenait sur le rebord de la fenêtre.

Tout était différent, ici — la lumière, la végétation, les odeurs. C'était comme un rêve. Les souvenirs étaient insaisissables.

— De quoi as-tu besoin, à ton motel ? demanda Lucy en entrant dans la cuisine.

Sebastian se força à revenir dans le présent. Cette maison n'était plus celle de Daisy mais celle de Lucy. Et Lucy avait des ennuis d'un genre qu'il avait encore du mal à cerner.

Il pivota lentement, évitant tout mouvement brusque qui risquait de lui faire tourner la tête.

— Je veux prendre mes affaires et payer la note.

— Pour repartir dans le Wyoming ?

— Pour venir m'installer ici pendant quelques jours.

Elle hocha la tête lentement.

— Tu sais, j'ai réfléchi… Si ta chute n'était pas un accident…

— Ce dont nous ne sommes pas sûrs.

— Certes. Mais s'il s'agit d'un acte délibéré, pourquoi toi ? Pourquoi pas Rob, Patti ou moi ?

— Deux possibilités, répondit Sebastian. Primo, notre ami m'a vu traîner dans le coin. Il ignore qui je suis et il a eu peur que je lui gâche son plaisir, alors il a décidé de se débarrasser de moi. Secundo, notre ami m'a reconnu.

— Comment ?

— J'ai grandi ici, Lucy. Et je ne me suis pas fait que des amis dans l'exercice de ma profession.

— Mais ta profession n'a strictement rien à voir avec moi, dit Lucy.

Sebastian choisit de ne pas révéler à la jeune femme que Darren Mowery était entré en contact avec le sénateur.

— Pourrait-il s'agir d'une personne que je connais ? lui demanda-t-elle.

— Possible.

— Mais qui ?

— Si je le savais, nous ne serions pas là, en train de faire des hypothèses.

Lucy poussa un soupir.

— Cette histoire me rendra folle. Bon, je vais chercher tes affaires et payer ta note d'hôtel. Tu peux rester dans ma chambre. Je suis très bien à l'étage.

— Non, non, je vais prendre la chambre d'amis.

— Ecoute, si quelqu'un s'amuse encore à laisser un animal mort sur mon lit, je préfère que ce soit toi qui le trouves.

Elle prit un trousseau de clés accroché à un clou, sur le mur.

— Je te laisse les enfants. Rob va confier du travail à Madison, ce matin. Et J.T. est dehors avec son copain Georgie. Je leur ai donné de quoi s'occuper dans le jardin.

— Ça me rappelle mon enfance ! dit Sebastian sur un ton légèrement sarcastique.

Lucy lui lança un sourire par-dessus son épaule.

Quelques jours de vie normale : ça ne peut te faire que du bien.

Elle ouvrit l'écran moustiquaire et sentit l'air matinal qui, déjà, se réchauffait.

— Je n'aime pas beaucoup l'idée que tu te rendes seule au motel, dit Sebastian.

— C'est sûr que tu me serais d'un grand secours, dans ton état ! riposta la jeune femme, juste comme l'écran moustiquaire claquait derrière elle. Je ne veux pas te vexer, Redwing, mais tu as l'air d'un type qui est tombé la tête la première dans une chute d'eau. Je sais que, même à moitié mort, tu peux régler leur compte à la plupart des hommes de la planète, mais…

Elle s'interrompit et lui offrit un autre sourire.

— J'ai mon portable. J'appellerai police secours, si jamais j'ai un problème.

— Demande au réceptionniste du motel de t'accompagner dans la chambre.

— Pourquoi ? cria Lucy en dévalant les marches de la véranda. Si quelqu'un se cache sous ton lit, je ne voudrais pas que ce pauvre réceptionniste coure le moindre danger par ma faute. Et, dans le cas contraire, à quoi bon le déranger ?

Sebastian marcha jusqu'à la porte.

— Lucy !

Elle se tourna vers lui une dernière fois.

— Ça ira, Sebastian. Je reviens dans une heure… Oh ! attends une seconde, dit-elle brusquement en fronçant les sourcils.

L'espace d'un instant, il crut qu'elle avait changé d'avis et qu'elle allait lui demander de l'accompagner. Mais elle retourna dans la cuisine, prit son ordinateur portable et, passant devant lui, ajouta simplement :

— Inutile de te tenter !

Elle n'était pas partie depuis deux minutes que J.T. et Georgie entraient dans la cuisine avec des airs curieux. Ils gardèrent leur distance, regardant Sebastian par en dessous, à la fois fascinés et mal à l'aise.

— Il fait peur, chuchota Georgie à son ami.

J.T. s'humecta les lèvres et demanda poliment :

— Comment vous vous sentez, ce matin ?

— Moyen, répondit Sebastian. A tout prendre, je préférerais être dans le Wyoming. Et vous, qu'est-ce que vous faites ? Je croyais que vous aviez du travail dans le jardin.

— On a fini, déclara J.T.

— Sans blague ? Allons vérifier qu'il n'y a pas de mauvaises herbes qui traînent quelque part.

L'idée ne les enchantait pas, manifestement, mais ils n'auraient jamais osé le lui dire.

Ils sortirent aussitôt de la cuisine et Sebastian les suivit, plus lentement. Son corps le faisait souffrir horriblement. En même temps, il se disait qu'il avait eu de la chance de n'être pas blessé plus grièvement. Il ne pouvait plus se permettre la moindre distraction.

Pourtant, à la seconde où il arriva dans le jardin de Lucy, il eut l'impression que le passé l'attrapait par la gorge. La sensation de la terre chaude sous ses pieds nus, les pépiements des oiseaux, les parfums mêlés des fleurs, des légumes et de l'herbe tondue, tout concourait à lui faire faire un bond de plusieurs années en arrière.

Les haricots verts, fins et longs, pendaient au milieu de leurs plantes grimpantes, et les tomates vertes mûrissaient lentement au soleil. Cinq variétés de laitues poussaient côte à côte, chacune à un stade de croissance différent, tandis que concombres, courges, courgettes et autres potirons rampaient sur leurs plans surélevés.

Daisy n'avait jamais eu de plans surélevés ou de sentiers de paillis. Mais son jardin était bien plus qu'un passe-temps pour elle : c'était un mode de vie. Ce qu'elle n'utilisait pas, elle le donnait. Et elle avait toujours des tâches de jardinage à confier à Sebastian.

L'idée qu'il ne veuille pas de sa propriété ne l'avait jamais effleurée. A la toute fin de sa vie, alors que Sebastian venait d'acheter un ranch dans le Wyoming pour y implanter son entreprise naissante, elle lui avait dit :

— A ma mort, tu hériteras de la ferme.

— Je n'en veux pas, avait-il répondu.

— Et alors ? Une fois qu'elle sera à toi, tu en feras ce que tu voudras. A qui d'autre voudrais-tu que je la lègue ?

— Pourquoi n'en fais-tu pas don à l'association pour la Protection de la nature et de l'environnement ?

Elle s'était esclaffée.

— Si jamais tu te fais tuer avant que je meure paisiblement au milieu de mon sommeil, j'envisagerai d'en faire don, comme tu dis. Mais tant que tu vivras, c'est hors de question. J'ai travaillé trop dur pour garder cette maison. Si j'avais voulu la donner, je l'aurais fait il y a cinquante ans.

Sebastian n'avait pas essayé de discuter. Daisy Wheaton avait des idées bien arrêtées, et elle ferait ce que bon lui semblerait. Elle avait perdu son mari et sa fille unique, et elle avait continué à vivre sans eux, à sa manière.

— Tu sauras quoi en faire, Sebastian, lui avait-elle dit plus tard, alors qu'elle se déplaçait avec une canne et ne pouvait plus s'occuper de son jardin.

Il avait vendu la propriété à Lucy.

— Est-ce qu'on peut aller pêcher ? demanda J.T.

Sebastian revint dans le présent. Voilà pourquoi il s'était débarrassé de cette fichue propriété. Elle lui volait ses pensées, son esprit, elle envahissait ses sens.

— Non, on ne peut pas. Otez les mauvaises herbes sur les plans de courges.

— Maman n'a jamais dit qu'on devait…

— C'est moi qui le dis.

J.T. fronça les sourcils.

— C'est pas vous qui commandez !

Sebastian sourit.

— Arrachez quand même les mauvaises herbes. Je vais m'asseoir sur les marches, là, et vous regarder.

— Maman nous fait confiance.

— Tant mieux pour elle. Ce n'est pas mon cas. Si je ne vous surveille pas, à la première occasion, vous allez partir du côté du ruisseau. Est-ce qu'elle vous a dit de ne pas aller pêcher sans être accompagnés d'un adulte ?

Les garçons gardèrent le silence, confirmant les doutes de Sebastian.

C'est bien ce que je pensais, reprit-il en allant s'asseoir sur une marche.

Madison poussa l'écran moustiquaire.

— Sebastian, un appel pour vous ! Votre ami Plato Rabe… Je n'arrive pas à prononcer son nom de famille.

— Rabedeneira, dit Sebastian.

— Il appelait pour maman, mais je lui ai dit que vous étiez là et il demande à vous parler.

Elle le regarda avec l'air d'attendre une explication, mais Sebastian prit le téléphone sans dire un mot.

En digne fille de sa mère, Madison resta sur le seuil. Il la regarda de nouveau.

— Tu as l'intention d'écouter ma conversation ?

— Je ne..., commença-t-elle en rougissant.

— Je croyais que tu travaillais avec Rob, ce matin ?

— Il m'a donné la permission d'aller prendre l'air.

— Eh bien, tu n'as qu'à aider ton frère et son ami à désherber.

— Désherber, c'est pas mon job, déclara la jeune fille. Mais bon... je vais quand même le faire, aujourd'hui. Et pourtant, j'ai déjà cueilli les haricots verts, l'autre soir.

— L'autre soir, c'était l'autre soir, déclara Sebastian. Aujourd'hui, les mauvaises herbes attendent.

Puis, comme elle se dirigeait vers les garçons, il porta le combiné à son oreille.

— Je t'écoute.

— Je ne veux même pas savoir de quoi il était question ! lança Plato.

— Tant mieux ! De toute façon, tu ne comprendrais pas ! riposta Sebastian. Que se passe-t-il ?

— Jack Swift a essayé de te joindre.

Sebastian garda le silence.

— Chantage, ajouta Plato, à l'autre bout du fil.

— Mowery.

— Il ne m'a pas donné de détails. Il dit seulement que quelqu'un le fait chanter. Il veut te parler.

— Tu lui as dit où j'étais ?

— Non.

La question était stupide. Plato ne commettrait jamais une indiscrétion pareille.

— Et il ne t'a rien dit ?

— Rien d'autre que ce que je viens de te rapporter.

Qu'est-ce que Darren Mowery pouvait bien avoir trouvé pour inquiéter un sénateur aussi honnête et incorruptible que Jack Swift ?

— La gosse vient de me dire que tu étais tombé dans une chute d'eau ? reprit Plato.

Sebastian soupira. Il n'y avait pas moyen de garder un secret, dans cette famille.

— Je m'en suis sorti. Pas de problème.

— Dis-moi si tu as besoin d'aide. Je dois quitter Francfort demain matin, mais je peux me débrouiller pour partir ce soir.

— D'accord. Merci, Plato.

— Happy Ford n'a pas retrouvé la piste de Mowery. Je lui ai demandé de surveiller Swift.

Sebastian hocha la tête.

— Nous ne trouverons Mowery que si c'est ce qu'il souhaite.

— Tu l'as bien trouvé, toi, l'année dernière !

— Oui. Et je n'ai pas fini le boulot.

Lucy se gara devant le motel et entra avec la clé de Sebastian. La pièce était plongée dans l'obscurité et il y régnait une chaleur étouffante. L'espace d'un instant, la jeune femme eut l'impression qu'elle venait retrouver un amant. Cette pensée la fit sourire : comme si Sebastian était en état de donner des rendez-vous galants !

Elle tira les rideaux et entreprit de réunir les affaires de son invité. Les vêtements et objets personnels de Sebastian étaient simples, fonctionnels et plutôt coûteux. C'était un homme habitué à voyager. Il n'y avait rien d'inutile : juste ce dont il avait besoin pour quelques jours, peut-être même quelques semaines.

Lucy ne trouva rien non plus pour renforcer ses soupçons concernant les véritables raisons pour lesquelles Sebastian était venu dans le Vermont. Elle n'aurait su dire exactement à quel moment le doute lui avait traversé l'esprit, mais il ne la quittait plus. Et puis, il y avait autre chose. Sebastian ne lui disait pas tout. Mais que pouvait-il bien avoir à lui cacher ? Certainement pas des affaires d'assassinats, d'attentats à la bombe, de kidnappings ou d'extorsions. Non, elle, elle avait juste des démêlés avec une personne qui essayait manifestement de lui faire peur.

Chassant les questions qui la taraudaient, la jeune femme finit de jeter les affaires de toilette de Sebastian dans un sac, tout en se demandant s'il avait songé au caractère intime de cette expédition dont elle s'était chargée. Il était peut-être trop distrait par la souffrance et ce qui lui était arrivé la veille.

— Sebastian n'est jamais trop distrait, dit-elle aussitôt, à voix haute.

Son boulot exigeait une extrême vigilance. Il était toujours à l'affût, attentif. Même s'il avait réussi à tomber la tête la première dans les chutes de Joshua.

Lucy porta le sac de voyage dans sa voiture et se rendit vers le petit bâtiment qui abritait la réception. Une dame d'une soixantaine d'années se trouvait derrière le comptoir, et Lucy se dit qu'elle ne lui aurait pas été d'un grand secours si quelque malfrat s'était dissimulé sous le lit de Sebastian.

La femme se plaignit de douleurs au genou, tandis qu'elle cherchait la fiche de son client.

— Je me suis blessée, cet hiver, en nettoyant le grenier de ma mère. Elle est morte depuis an, mais je n'avais pas encore eu le courage de le faire.

Elle trouva la fiche et la posa sur le comptoir, tout en ajustant ses lunettes.

— Le propriétaire du motel ne cesse de dire qu'il va informatiser le système, mais je n'en vois pas du tout la nécessité… Ça alors ! Sebastian Redwing. Le petit-fils de Daisy Wheaton ?

— En effet, répondit Lucy. Vous le connaissez ?

— Je ne l'ai pas vu depuis des années ; c'était encore un adolescent. S'il apparaissait devant moi, je ne le reconnaîtrais peut-être même pas. Il est venu vivre avec Daisy après la mort de ses parents… C'était horrible. Vraiment horrible. Je ne l'oublierai jamais.

Elle tressaillit.

— J'étais juste une gamine quand Joshua Wheaton est mort, et pourtant j'ai toujours eu peur des cascades. Je ne suis jamais allée voir les chutes de Joshua.

— Vraiment ? Elles sont très belles.

— Je trouve morbide qu'on les appelle comme ça. Si je

me fais renverser par un camion, je n'ai pas envie qu'on donne mon nom au camion !

Lucy sourit.

— Je crois que c'était une manière d'honorer sa mémoire, parce qu'il avait sauvé un enfant de la noyade.

— Il a été imprudent. Il n'a pensé ni à sa femme ni à sa fille.

— Peut-être, mais sait-on comment on réagirait en pareilles circonstances ? Il nous serait probablement difficile de ne pas chercher à intervenir. Joshua a dû croire qu'il était capable de sauver le garçon et de s'en tirer.

La dame hocha la tête.

— Les gens ont toujours dit que Joshua savait ce qu'il faisait, que c'était juste un de ces malheurs que nul ne peut expliquer. Les conditions devaient être pires que ce qu'il avait imaginé et, une fois dedans, il n'a pas pu s'en sortir.

— Oui, répondit Lucy d'un air distrait, tout en se demandant si une telle explication pouvait convenir à sa situation avec Sebastian.

— C'est une triste histoire, reprit la réceptionniste. Maman disait que Daisy ne s'était jamais vraiment remise de la mort de Joshua.

— Elles étaient amies ? demanda Lucy.

Elle était curieuse au sujet de Daisy. Mais elle n'avait jamais posé beaucoup de questions à son sujet, de peur de paraître indiscrète auprès des habitants de la région. Et, bien sûr, elle n'avait jamais envisagé de poser la moindre question à Sebastian.

— Elles faisaient partie du club de patchwork, répondit la femme avec un soupir lourd, les yeux brillants de larmes. Mais cela remonte à longtemps. Maman avait quatre-vingt-douze ans quand elle est morte.

Et sa fille la regrettait terriblement, songea Lucy avec émotion. Elle se demanda si ses enfants regretteraient encore leur père quand ils auraient la soixantaine, après toutes ces années vécues sans lui.

— Qu'avez-vous fait des quilts de votre mère ? demanda-t-elle brusquement.

— Je les ai gardés, bien sûr. J'en ai donné un à chacun de mes enfants et aussi à mes petits-enfants. Que pouvais-je faire d'autre ?

« Les vendre avec la maison de votre mère, comme l'a fait Sebastian », songea Lucy. Elle doutait fort qu'il eût gardé un seul des patchworks de Daisy.

Elle s'avisait brusquement que le retour de Sebastian dans ce petit coin du monde auquel étaient rattachés tant de souvenirs et de tragédies l'avait peut-être troublé au point que, dans un moment de distraction, il avait été surpris par un glissement de terrain. C'était peut-être un accident, après tout.

Lucy paya la note et remercia la réceptionniste.

— Au fait, je suis Lucy Swift ! J'ai acheté la maison de Daisy à Sebastian, son petit-fils, il y a quelques années.

— Oh oui ! J'ai entendu parler de vous. Vous avez une agence de voyages, c'est ça ?

— En effet. J'espère que vous passerez un jour. J'ai trouvé

une série de quilts dans la maison. J'aimerais beaucoup que vous me racontiez leur histoire.

— Avec plaisir. Mon nom est Eileen. Eileen O'Reilly. Je passerai vous voir.

— Alors, à bientôt, j'espère !

Lucy rentra directement chez elle. Lorsqu'elle bifurqua dans l'allée menant à la maison, elle s'arrêta pour prendre son courrier dans la boîte aux lettres et regarda le ruisseau, en contrebas. Il était large et tranquille, par ici ; ses eaux, claires et transparentes. Pourtant, un peu plus en amont, ces mêmes eaux avaient fauché la vie de Joshua Wheaton, faisant une veuve. La veuve Daisy.

La veuve Swift, songea Lucy.

Elle déposa le sac de Sebastian dans sa chambre, puis ressortit et le trouva allongé sur une couverture, dans le jardin, à l'ombre d'un vieux pommier. J.T. et Georgie jouaient aux dames sur un coin de la même couverture.

— Les garçons, vous voulez bien aller me chercher une boisson fraîche dans le frigo ?

— On peut avoir à boire, nous aussi ? demanda J.T.

— Bien sûr !

— Des milk-shakes ?

— Pas à cette heure-ci. Prenez autre chose.

Ils s'élancèrent, et Sebastian se redressa sur un coude.

— Madison est retournée auprès de Rob. Elle est fâchée contre moi. Maintenant, elle dit que je suis plutôt comme Humphrey Bogart dans *African Queen*. A ton avis, je suis plutôt Bogie ou plutôt Eastwood ?

— Je pense que ma fille a beaucoup d'imagination.

Il s'assit, sans pouvoir retenir un tressaillement de douleur. Dans la pleine lumière de midi, Lucy put constater que ses blessures, bien que visiblement douloureuses, n'en étaient pas moins superficielles. Il guérirait vite.

Sebastian plissa les yeux et l'enveloppa de ce regard pénétrant qui donnait toujours à la jeune femme l'impression qu'il voyait jusqu'au fond de son âme.

— A quoi penses-tu, Lucy Blacker ?

Il l'appelait toujours ainsi, depuis le premier jour où ils s'étaient rencontrés.

— Rien, répondit-elle.

Elle s'aperçut qu'elle faisait les cent pas devant lui, et s'arrêta. Elle regarda son jardin. Il était luxuriant et bien entretenu. Il portait sa signature. Et pourtant, elle avait encore l'impression d'être dans le jardin de Daisy. Les gens, en ville, pensaient qu'elle avait pris la place de Daisy, qu'une veuve était venue en remplacer une autre. Etait-ce également l'opinion de Sebastian ?

Lucy éprouva des difficultés à respirer, tout à coup. Et Sebastian continuait de la regarder, essayant de lire dans ses pensées, y arrivant peut-être.

Elle se tourna vers lui.

— Daisy est-elle jamais retournée près des chutes ?

Elle vit tout de suite qu'il comprenait ce qu'elle lui demandait.

Il ne réagit pas de manière ostensible. Au contraire, il parut glisser encore plus profondément en lui. La vie avait dû lui enseigner cela : l'art de garder toujours le contrôle de soi, d'enfouir soigneusement ses sentiments pour n'exprimer que ceux que l'on choisit de laisser paraître.

— Non, jamais, répondit-il finalement.

— Les chutes ne doivent pas être un endroit où tu aimes aller.

— Mon grand-père est mort des années avant ma naissance. Daisy n'aimait pas que j'aille me promener de ce côté-là, mais elle ne me l'a jamais interdit. Sauf l'hiver.

Il continua de la regarder de ses yeux gris. S'il pouvait lire dans ses pensées, Lucy n'avait pas la moindre idée de ce qui se passait dans son esprit à lui. Elle n'était même pas sûre de souhaiter le savoir.

— C'est un coin magnifique, ajouta-t-il d'un air énigmatique.

— Tu n'étais pas distrait, hier ?

Sebastian eut un haussement d'épaules.

— Si.

— Et ?

— Et quoi ?

Elle ne put retenir un grognement d'impatience.

— Tu sais très bien ce que je veux dire.

— Du tout. A quoi penses-tu ?

— Tu n'es pas venu ici à cause de moi, hein ? Tu avais d'autres raisons.

— Lesquelles ?

— Pourquoi veux-tu me forcer à deviner alors qu'il te suffit de me le dire ? s'exclama Lucy avec impatience.

Il eut un sourire.

— Je ne sais pas. Disons que je suis curieux de voir jusqu'où tes suppositions ont le pouvoir de t'emmener.

— Est-ce une manière détournée de me répondre que, en effet, tu as d'autres raisons d'être ici ?

— Tu réfléchis trop.

Lucy serra les dents et croisa les bras.

— Ecoute-moi bien, monsieur l'énigmatique. A partir de maintenant, j'exige d'être informée de ce qui se passe, de tes plans et de ce que tu fais. Tu es dans ma maison, au sein de ma famille. C'est ma vie. Entendu ?

— Certainement, Lucy.

Il croisa ses mains derrière la tête et s'allongea de nouveau sur la couverture, bâillant et fermant les yeux.

— Au fait, ton fils triche aux dames. Le jour où Georgie s'en apercevra, ça va chauffer.

9.

Sidney pressa ses deux mains sur les épaules de Jack pour l'empêcher de se lever.

— Reste assis ! lui dit-elle. Je vais préparer les Martini.

Il lui sourit, heureux de respirer son parfum. Elle était si belle, si généreuse.

— Tu n'as pas besoin de me servir, tu sais ?

— Qui parle de servir qui que ce soit ? répliqua Sidney en se dirigeant vers la cuisine. Je t'oblige à sortir un peu de ta morosité. Tu as une seule chance, le temps d'un Martini. Après ça, je repars et tu pourras recommencer à broyer du noir.

Une minute plus tard, Jack l'entendit chantonner, tandis qu'elle sortait des verres. Ses yeux s'emplirent de larmes. Quelle femme merveilleuse : intelligente, honnête, bien dans sa peau. Si seulement il avait le courage de lui parler du chantage de Mowery, de Colin, de la manière sournoise dont il critiquait sa belle-fille, Lucy, comme si elle avait été la cause du chantage dont il était la victime. La cause de sa solitude, aussi.

Mais il n'en était pas capable. Il ne pouvait se confier à personne. A croire que le seul fait d'aborder certains sujets à voix haute, de prononcer certains mots risquait de leur donner vie, de les rendre dangereux. Sans doute nageait-il dans le déni, comme on dit dans le jargon des psys. Cependant, son silence le rongeait lentement, de l'intérieur. Exception faite du jour où il s'était penché sur le corps sans vie de son fils, au milieu du court de tennis, Jack ne s'était jamais senti aussi seul, aussi impuissant.

Sidney mettait sa triste humeur sur le compte du travail. Son emploi du temps était rempli de rendez-vous de dernière minute avant les vacances parlementaires du mois d'août. Il utilisait toutes les tactiques politiques possibles pour essayer de faire passer une loi qu'il soutenait, avec deux autres sénateurs.

Tant d'efforts pour que ça se termine aussi piteusement ! songea-t-il.

Il essayait d'être optimiste. Il voulait vraiment, vraiment, croire que Darren Mowery renoncerait à poursuivre cette campagne de chantage avant de l'avoir saigné à blanc ou avant d'en arriver à lui demander de trahir son serment d'entrée en fonction. Jack ne pouvait pas prélever beaucoup plus que vingt ou trente mille dollars de son compte sans que son banquier ou son comptable ne remarque le manège et ne parle. La rumeur aurait vite fait de circuler et les questions commenceraient à fuser. Quels secrets le sénateur Swift dissimulait-il ? Ses ennemis politiques s'empresseraient d'exploiter ce filon. Les médias se jetteraient sur l'affaire et vérité et ragots se mêleraient jusqu'à créer un imbroglio duquel il serait vite impossible de discerner le vrai du faux.

Et c'était là le scénario le moins catastrophique. Si Mowery le forçait à trahir son serment d'entrée en fonction et les principes moraux qu'il s'appliquait à respecter depuis toujours, qui sait ce qui arriverait ?

Il était véritablement seul. Sebastian Redwing ne l'avait pas rappelé et Jack regrettait, maintenant, d'avoir cherché à le joindre. Plato l'avait averti que Redwing ne se manifesterait sans doute pas, si lui, Jack, ne leur fournissait pas davantage d'informations.

— Rappelez-moi si vous voulez me transmettre d'autres détails, avait-il dit. Je ferai suivre aussitôt.

Il avait refusé de lui dire où se trouvait Sebastian et finalement Jack avait raccroché, au comble de la frustration. Le seul fait d'admettre qu'il était victime d'un chantage l'avait rendu physiquement malade. A quoi bon connaître les détails ? Mowery était le maître chanteur. Sebastian connaissait ses méthodes : il avait été un ami de Colin. La ligne de conduite honorable aurait été de saisir à la gorge ce salopard de Mowery sans chercher à finasser.

Jack en était donc là. Dans l'attente de... Il ne savait même pas ce qu'il attendait.

Sidney revint avec deux Martini, et il se força à lui sourire.

— Je m'occuperai de la deuxième tournée.

— Ça marche, répondit-elle.

Elle s'assit et goûta son cocktail.

— Merveilleux, si je puis me permettre.

Elle leva son verre.

— Je bois à l'amour, à l'amitié, au Sénat, et surtout à l'espoir de quitter un jour cette ville en un seul morceau.

Jack eut un rire.

— Amen.

Il goûta le Martini et hocha la tête. Il était excellent, en effet.

— Imagine que dans quelques jours nous siroterons nos Martini dans la campagne du Vermont, entourés d'arbres et de fleurs.

— Nous ? répéta-t-elle, le regard brillant.

— Tu peux bien te libérer une semaine, non ?

— Sans doute, mais…

Sidney posa son verre sur la table.

— Ecoute, les parents de Lucy…

— Sont au Costa Rica, je sais. Mais tu es le père de Colin. Tu es le seul lien qui les rattache encore à lui, et ils sont ta seule famille.

— Ils vivent dans le Vermont, maintenant, dit Jack sans pouvoir étouffer son amertume.

— Ah ! commenta Sidney avec un hochement de tête entendu.

— Ah, quoi ? demanda Jack.

— Tu en veux à Lucy d'avoir quitté Washington, n'est-ce pas ? Mais enfin, Jack, elle n'est pas responsable de ton bonheur. Il fallait qu'elle continue sa vie, sans Colin — tout comme toi, d'ailleurs. La seule différence, c'est qu'il était ton fils, pas ton mari.

— J'ai perdu tant de gens que j'aimais, Sidney. Eleanor, Colin, mes petits-enfants.

— Tes petits-enfants sont dans le Vermont. Ce n'est pas le bout du monde.

Sidney hocha la tête. Son visage exprimait la sympathie et la compassion. Elle n'était pas d'accord avec lui, mais jamais elle ne se serait permis de le juger ou de le rabaisser.

— Jack, Jack, si Lucy a déménagé, ce n'est pas parce qu'elle te rejetait, reprit-elle. Pas plus que l'installation de ses parents dans le Costa Rica n'est un signe de rupture.

— Je le sais, rationnellement. Mais au fond de moi…

Il poussa un long soupir.

— Au fond de moi, Sidney, c'est comme s'ils m'avaient rejeté.

— Ça doit être affreux.

Jack sourit.

— J'ai tellement de chance de t'avoir. Lucy t'aime beaucoup, tu sais ?

— En ma qualité d'amie et d'ancienne collègue, certainement. Mais j'ignore ce qu'elle pense vraiment de notre liaison. Et je ne parle pas seulement de la manière dont elle pourrait réagir en me voyant débarquer dans le Vermont. Je parle de toi aussi, monsieur le sénateur.

Jack fronça les sourcils.

— Je ne comprends pas.

— Evidemment non. Tu n'as pas eu une seule petite amie en quarante ans.

— Aïe !

Sidney se pencha en avant et lui caressa légèrement le visage.

— Réfléchis bien, Jack, avant de m'inviter dans le Vermont avec ta famille. J'aime notre relation. Je ne veux pas qu'elle change.

— Pourquoi changerait-elle ?

— Réfléchis, d'accord ?

— D'accord, murmura Jack, à contrecœur.

Sidney eut un rire.

— Tu es tellement têtu... Mais peu importe.

Elle reprit son verre et but une longue gorgée.

— De toute façon, je compte bien prendre quelques jours de vacances. J'adore Washington, mais l'été y est un peu pénible.

Grâce au Martini, à la tranquillité de cette chaude soirée et à la compagnie apaisante de Sidney, Jack se sentait un peu mieux. Il comprenait tout à fait ce qu'elle disait au sujet de Washington. La ville n'était pas exempte de problèmes, dangers et autres frustrations, mais il aimait y vivre et y travailler. Il se sentait chez lui dans le Rhode Island, mais c'était à Washington qu'il donnait le meilleur de lui-même.

Une raison de plus pour ne pas comprendre la décision de Lucy d'aller s'installer dans le Vermont. C'était un Etat magnifique, d'accord. Mais donnait-elle le meilleur d'elle-même, là-bas ? Ou bien cherchait-elle à fuir la réalité ?

Le cas échéant, il le comprendrait, d'ailleurs. Lui-même se sentait prêt à faire n'importe quoi pour fuir sa réalité du moment. Perdre Colin avait été terrible, pour eux tous. Mais un scandale le mêlant à une sordide histoire de chantage pouvait éloigner Lucy encore davantage.

Sidney avait raison. Lucy, Madison et J.T. étaient sa seule famille, et il ne pouvait pas se permettre de prendre des décisions hâtives.

— Tu es drôlement distrait, ce soir, lui dit son amie en souriant.

— Juste fatigué, répondit-il. Barbara me dit qu'elle a loué une maison sur la corniche qui surplombe la propriété de Lucy, non loin de chutes assez célèbres. C'est tout près, à pied.

— Bon. Et comment va Barbara ?

Jack eut un haussement d'épaules.

— Elle est redevenue elle-même.

— Crois-tu ? demanda Sidney avec une moue dubitative.

— Elle a commencé à travailler pour moi alors qu'elle était encore étudiante. Je doute qu'elle prenne deux fois le risque de tout faire capoter. Elle a perdu pied, l'espace d'un instant. Nous vivons tous sous une telle pression, constamment. Ça peut arriver à tout le monde.

— Voyons, Jack ! s'exclama Sidney en secouant la tête d'un air incrédule. Elle est toujours amoureuse de toi, c'est évident.

— Mais non ! Elle a perdu la tête, voilà tout. D'ailleurs, même en admettant que tu aies raison, je ne vois pas très bien ce que je pourrais faire. Barbara est un membre précieux de mon équipe.

— A t'entendre, on dirait que tu parles de ton stylo préféré.

— Ce n'est pourtant pas mon intention, Sidney. Mais je ne vais pas renvoyer Barbara Allen parce qu'elle a commis l'erreur de s'enticher de moi. Si elle pose des problèmes, je m'en occuperai.

— Je n'en doute pas une seconde. Pardon de m'en mêler.

Sidney avait prononcé ces mots sur un ton neutre. Elle n'était pas blessée le moins du monde.

Jack sourit.

— Au contraire, lui dit-il. Ça fait du bien de pouvoir parler à quelqu'un d'aussi lucide et objectif que toi.

Il marqua une pause et poussa un nouveau soupir.

— Je devrais sans doute dire à Lucy que je vais venir. Elle est au courant de mon intention, mais elle pense que ce sera une visite de quelques jours, pas un séjour d'un mois.

— Tu veux dire que Barbara n'est pas allée la voir ?

— Apparemment pas, mais c'est ma faute. Je voudrais leur faire la surprise.

Sidney se leva et l'embrassa.

— Vous êtes un drôle d'homme, sénateur.

Drôlement nerveux, aussi, songea Jack après avoir tressailli en entendant la sonnerie de son portable.

Sidney se rassit et il répondit.

— Allô ?

— Salut, Jack ! lança Darren Mowery. Comment va Sidney, ce soir ?

Jack ignora la douleur qui lui traversait la poitrine.

— Nous allons bien, je vous remercie, répondit-il posément. Que puis-je faire pour vous ?

— Vous vous rappelez le numéro que je vous ai donné quand je suis passé dans votre bureau ?

— Oui.

— Effectuons un autre virement de dix mille dollars, histoire de continuer à développer une relation de confiance entre nous.

— Je croyais…

— C'est votre problème, sénateur. Ne croyez rien, et ne pensez pas non plus. Contentez-vous d'agir.

Sur ces mots, Mowery coupa la communication.

Jack reposa le portable sur la table d'une main dont il ne parvint pas à contrôler le tremblement. Il savait qu'il avait pâli. Il le sentait. Sidney le regardait d'un air soucieux.

— Jack ?

Il parvint à sourire.

— Le mois de juillet a toujours été celui des ulcères, à Washington. Un autre Martini ?

Lucy se leva de bonne heure et veilla à débarrasser le plancher avant que Sebastian n'entre à son tour dans la cuisine. Il se débrouillerait seul, ce matin. La présence de cet invité dans la maison la déstabilisait d'une manière tout à fait inattendue. Elle dormait mal, faisait des rêves étranges, et surtout elle était constamment sur le qui-vive.

Ce matin, elle devait donner une leçon de canoë à des gamins du coin. Il n'était pas question d'annuler, bien sûr, et encore moins de demander la permission à Sebastian. C'était sans doute aussi ce qui la troublait tant : l'impression qu'elle avait de n'être plus tout à fait seule à prendre les décisions, maintenant qu'elle lui avait demandé son aide.

J.T. l'aida à réunir les pagaies et les gilets de sauvetage. Plusieurs de ses amis s'étaient inscrits à ce ministage, mais il se considérait davantage comme un assistant de sa mère que comme un élève.

— Souviens-toi, lui dit Lucy, que personne n'aime les je-sais-tout.

— Mais si je sais quelque chose, je le sais, non ? rétorqua le garçon.

— Ce n'est pas une raison pour être odieux. Nous avons tous des chances différentes dans la vie. La tienne a été d'avoir une mère qui t'a appris à pagayer alors que tu avais encore le derrière dans des couches.

— Maman !

Lucy lui sourit.

— Quoi ? C'est moi qui suis odieuse, maintenant ?

Madison les rejoignit d'un pas tranquille.

— Ça vous embête si je viens avec vous ? Je n'ai pas envie de rester ici : Sebastian me donnerait encore des corvées à faire.

— Tu as raison, répondit Lucy. Un peu de calme lui fera du bien.

Ils étaient sur le point de partir lorsque Sebastian s'approcha de la voiture. En jean et polo noir, pieds nus, il était sexy en diable, et la jeune femme sentit sa gorge devenir bien sèche.

Les hématomes avaient pris toutes les couleurs de l'arc-en-ciel, lui donnant une mine terrible, alors qu'en réalité il allait beaucoup mieux.

Il s'était couché tôt, la veille, laissant Lucy seule dans le living-room. Elle avait essayé de lire, mais son esprit vagabondait sans cesse du côté de la chambre où dormait son invité. Elle essayait de l'imaginer là, assis près d'elle, lui faisant la conversation.

Mais le scénario était hautement improbable. Sebastian Redwing ne conversait pas : il était succinct, taciturne ou carrément sauvage, selon les points de vue, et selon son humeur aussi. Dans son boulot, personne ne se souciait de sa personnalité. On lui demandait juste d'être compétent.

— Je voulais m'assurer que tu emmenais les deux gamins, dit-il. Je préfère éviter les surprises.

— On a pensé que tu ne serais pas mécontent d'être un peu tranquille, répondit Lucy.

— Tout est toujours relatif, dit-il avec un léger sourire. Vous allez où ? La rivière ou l'étang ?

— L'étang.

— Combien de gamins ?

— Une demi-douzaine, sans compter les miens. C'est un endroit assez fréquenté.

— Bon. Ne rentrez pas trop tard.

Lucy se hérissa aussitôt.

— Je n'ai de comptes à rendre à personne, Redwing.

Sebastian baissa la voix, afin que Madison et J.T. ne l'entendent pas :

— Je n'ai aucune envie de venir vous chercher en catastrophe, crois-moi.

Un frisson électrique parcourut la colonne vertébrale de Lucy. Elle crut l'avoir dissimulé, mais Sebastian eut un petit sourire entendu, avant de repartir tranquillement vers la maison. Ce type voyait tout.

Les deux heures qu'elle passa sur l'étang lui firent un bien fou. Ses élèves étaient curieux et heureux d'apprendre. Quant à Madison et J.T., ils se débrouillaient suffisamment bien pour qu'elle n'ait pas à se soucier d'eux. La jeune femme savoura le plaisir de plonger la pagaie dans l'eau, de sentir les giclées occasionnelles sur ses bras et ses jambes et d'écouter le pépiement des oiseaux qui se mêlaient aux rires des jeunes. Ses doutes et ses questions reculèrent jusqu'à un coin éloigné de son esprit, tant et si bien que son agitation des derniers jours la quitta. Lorsqu'ils rangèrent leur matériel et reprirent le chemin de la maison, elle se sentait calme et sereine.

Hélas, le répit fut de courte durée. En bifurquant dans l'allée, elle vit Sebastian et Rob Kiley en train de discuter dans la véranda. Aussitôt, son cœur chavira.

C'était comme si ses deux vies — celle dont elle tenait encore les rênes et celle où elle ne contrôlait plus rien — étaient brusquement entrées en collision. Les deux hommes lui firent un signe de la main, mais le sourire de Rob était forcé.

— Alors, cette sortie sur l'étang ? demanda Sebastian.

Lucy força, elle aussi, un sourire sur ses lèvres.

— Très agréable. L'endroit est ravissant, et il n'a sans doute pas beaucoup changé depuis l'époque où vous étiez gamins, tous les deux… On rattrape le temps perdu ?

Rob se leva.

— Sebastian ignorait totalement que tous les ans, à Noël, ma grand-mère donnait à Daisy un gâteau en l'honneur de Joshua, pour avoir sauvé la vie de mon père. Daisy le jetait aux oiseaux, ajouta-t-il avec un brin d'humour. Soixante Noëls, soixante cakes aux fruits jetés littéralement par la fenêtre.

— Je suis content qu'on ait pu bavarder, Rob, dit Sebastian.

Puis il se leva à son tour et, sans un regard pour Lucy, disparut à l'intérieur de la maison.

Rob se rassit.

— Bon, dit-il en croisant les jambes. Si tu me parlais un peu ?

— De quoi ?

— De Sebastian Redwing.

Lucy poussa un soupir et Rob secoua la tête, comme pour chasser son irritation. Plus que tout au monde, il avait horreur d'éprouver le moindre sentiment négatif envers qui que ce fût.

— Bon, voilà déjà ce que je sais, reprit-il. Il est le petit-fils de Daisy, et son grand-père a été tué en sauvant mon père de la noyade. Ses parents ont péri dans un accident de voiture quand il avait quatorze ans. Il est devenu une espèce d'agent secret : agent de sécurité, détective, je ne sais pas trop. Il a sauvé la vie de ton mari et de ton beau-père lors de cette tentative d'assassinat du président, il y a quelques années. Enfin, il t'a vendu cette maison.

Il se carra dans le fauteuil en rotin et reprit :

— Il vit dans le Wyoming et tu viens juste de t'y rendre, au cours d'un voyage que tu as décidé de faire d'un seul coup, sur ce que je croyais être un coup de tête.

Lucy regretta de n'être plus sur l'étang. C'était peut-être ce qu'elle aurait dû faire, d'ailleurs : préparer son sac à dos, celui des gosses, et partir pour le Canada afin d'aller pagayer sur des lacs et des rivières en attendant que le calme soit revenu… Se cacher, en somme.

— Rob, je suis désolée, dit-elle finalement. J'aurais dû te parler plus tôt.

— Il me semble, en effet. Mon gamin passe quand même une bonne partie de son temps ici.

— Tu as raison. Mais la vérité, c'est que je ne sais pas vraiment ce qui se passe. Surtout, je me demande si je ne suis pas en train de rattacher des incidents qui n'ont aucun rapport les uns avec les autres. C'est pour ça que je ne t'ai encore rien dit. Je ne sais pas quoi dire ni par où commencer.

— Par le début, suggéra Rob. C'est toujours une bonne idée. Et raconte-moi tout, s'il te plaît. Je ne suis pas doué pour les puzzles.

Lucy lui exposa donc la situation, omettant juste de

mentionner l'étrange courant qui circulait entre elle et Sebastian.

— Je comprendrais tout à fait que tu décides de garder Georgie éloigné de nous pendant quelque temps, conclut-elle.

— D'accord mais ce n'est pas du tout ce que je vais faire. Il faut continuer comme si de rien n'était. Pas question de se laisser intimider. Je suis désolé que tu aies traversé cette épreuve toute seule. Pourquoi ne m'as-tu pas expliqué ce qui se passait, voyons ? Même si tu n'étais pas sûre ? Tu ne me soupçonnais pas, quand même ? Si ?

— Non ! Bien sûr que non. C'est juste que…

Lucy leva les mains, paumes vers le ciel, et haussa les épaules.

— Je crois que je me suis habituée à tout gérer seule.

— Un peu trop, à mon avis, déclara Rob.

Lucy ne dit rien.

— Et Redwing ? reprit-il. C'est un type bien ?

— Il l'était, en tout cas, répondit la jeune femme. Il a pris une sorte de retraite, depuis un an.

— Pourquoi ?

Lucy fronça les sourcils.

— C'est une bonne question. Je la lui poserai.

Rob garda le silence un instant. Manifestement, il réfléchissait à ce qu'elle venait de lui dire.

— Ecoute, je comprends que tu n'aies pas alerté la flicaille. Moi aussi, je les évite autant que possible. Mais si jamais tu arrives à réunir des preuves, il faudra bien te résoudre à les appeler.

— Bien sûr, admit Lucy en hochant la tête.

Il eut un sourire.

— Papi Jack calculera l'avantage politique qu'il peut tirer de la situation et il décidera s'il a intérêt à ébruiter l'affaire ou non.

— C'est drôlement cynique.

— Mais non ! Juste réaliste et pratique.

Lucy eut un rire. Elle se sentait mieux.

— Merci, Rob.

— De quoi ?

— De ne pas me sauter à la gorge pour avoir gardé le silence.

— Bah ! fit Rob avec un geste de la main. Je me dis que tu t'es suffisamment punie toi-même, l'autre soir, quand tu as dû traîner Redwing jusqu'ici, alors que tu aurais pu demander à un type en pleine forme — en l'occurrence, moi — de le porter sur son dos.

— Tu aurais appelé le SAMU.

— Il était donc en si mauvais état ?

Elle hocha la tête.

— Tu penses qu'il est tombé ? demanda Rob.

— Je n'en sais rien. C'était la première fois qu'il retournait là-bas depuis des années. N'oublions pas que son grand-père est mort dans ces chutes. Il était peut-être troublé.

— Peut-être, oui. Cela dit, les glissements de terrain ne sont pas fréquents par ici. Après de très grosses pluies, à la rigueur, mais pas à cette époque de l'année, quand il fait plutôt sec.

Il se leva.

— Je vais voir ce que fabriquent les garçons.

Sebastian décida de préparer le dîner. Il demanda à Madison et à J.T. de cueillir tout ce qui était mûr dans le jardin. Ce qu'il ne fit pas cuire à la vapeur, il le fit griller. Il trouva du poulet dans le réfrigérateur et le jeta aussi sur le gril, qui fonctionnait au charbon. Cela lui causa quelques soucis au moment de l'allumer, mais il finit par y arriver.

L'odeur de charbon, la sensation de la chaleur sur son visage et, pour finir, cette longue journée tranquille dans ce lieu qu'il aimait, même s'il s'était efforcé de l'oublier, tout cela l'aidait à se sentir plus calme. De nouveau, il était capable de plonger au fond de lui-même pour bien réfléchir. Darren Mowery. Jack Swift. Un chantage. Et pour finir, les incidents étranges qui se succédaient ici. Autant de pièces d'un puzzle qu'il fallait maintenant essayer de reconstituer.

Pour cela, il devait se concentrer sur l'affaire, et non sur le vertige d'émotions que la présence de Lucy ajoutée à cet émouvant retour au bercail faisaient naître en lui. Il ne savait pas comment ni pourquoi, mais la jeune femme s'était glissée sous sa peau, une quinzaine d'années plus tôt, et elle n'avait plus jamais bougé de là. Il n'y avait rien à faire contre ça, excepté continuer à vivre avec cette fatalité. L'année précédente, il s'était laissé influencer par son ancienne amitié pour Mowery, et le résultat avait été catastrophique. Il n'avait pas remarqué les changements chez son ami : le cynisme grandissant, une incapacité de plus en plus flagrante à éprouver la moindre compassion. Ces traits de caractère avaient peut-être toujours été là, enfouis sous le vernis du professionnalisme, mais ils n'avaient surgi au grand jour que l'année précédente, pour tout balayer.

Tout en faisant griller le poulet, Sebastian pensait à Lucy. D'ailleurs, il pensait à elle constamment, quelles que soient ses occupations…

Et Jack Swift ? Quel secret menaçait-on de révéler à son sujet ? Il ne serait pas facile de répondre à cette question : un homme politique victime d'un maître chanteur cherchait tout naturellement à rester discret.

La moustiquaire grinça légèrement et se referma presque aussitôt avec un bruit sec. Lucy le rejoignit et s'installa dans un fauteuil en lui tendant l'une des bouteilles de bière qu'elle tenait dans ses mains. Puis elle étendit les jambes et les croisa au niveau des chevilles. Elle avait de belles jambes, bronzées, minces et musclées.

— Ça sent bon, dit-elle en souriant.

— C'est le charbon de bois et la sauce barbecue, répondit Sebastian. Je pourrais faire griller un tas de chou puant : ça sentirait tout aussi bon.

— Ça m'étonnerait ! En tout cas, je ne suis pas prête à essayer. Je n'ai même pas trouvé le courage de goûter aux pissenlits dont on me dit pourtant que ta grand-mère était très friande.

Sebastian se rappela soudain le moment où Daisy lui

avait montré comment repérer les feuilles tendres et la manière de les cueillir sans les abîmer.

— Vous en mangiez souvent ? demanda Lucy.

— Oui. Avec du sel, du poivre et du vinaigre.

— Berk !

Il eut un rire.

— Parfois, Daisy et l'une de ses amies s'amusaient aussi à faire du vin de pissenlits. Alors ça, c'était vraiment immonde.

Lucy sourit. Elle le regardait tout en buvant sa bière à la bouteille, et il trouvait ce geste incroyablement sexy. Les yeux de la jeune femme paraissaient plus sombres et plus expressifs dans la lumière changeante de la fin de journée.

— Quand tu étais enfant, est-ce qu'il t'est arrivé de penser que tu passerais toute ta vie ici ?

— Je n'imaginais même pas que je partirais.

— Dans ce cas, tu devais détester cet endroit ?

— Non, pas du tout.

Il regarda autour de lui les champs tapissés d'herbes hautes et de fleurs éclatantes, les collines boisées, les pommiers, les érables et les chênes. Il entendait le chant du ruisseau, la brise qui se faufilait entre les branches des arbres, et il se rappela le jour où il s'était dit qu'ici il était au cœur même de son âme.

— Pourquoi as-tu vendu la maison, dans ce cas ? lui demanda Lucy.

Il eut une moue énigmatique.

— Les choses changent.

Il retourna quelques légumes sur le gril, sentant le regard de la jeune femme sur lui, imaginant les questions qu'elle se posait à son sujet : quel genre de garçon était-il ? Un enfant marqué par la tragédie ?

— Qu'est-ce qui a changé ? reprit-elle doucement.

— Moi.

Elle ne dit rien, mais cela ne signifiait pas qu'elle le libérait de sa curiosité. Elle était du genre à insister, à fouiller, à gratter, à s'investir dans le long terme. Il avait tout de suite repéré ce trait de caractère, le jour où elle avait épousé son meilleur ami.

Il prit sa bière et but une gorgée.

— Daisy vivait ici, reprit-il finalement. C'était sa maison. Pour moi, c'était un refuge, un endroit où me cacher. Un jour, j'ai compris que je ne pourrais pas me cacher indéfiniment.

— Tu devais sortir dans le monde et apprendre à sauver des gens. Tu n'avais pas pu sauver tes parents. Tu n'étais même pas là.

Sebastian la regarda.

— Si, j'étais là.

Lucy faillit renverser sa bière. Elle pâlit légèrement et murmura :

— Je suis désolée. Je ne savais pas… Colin était au courant ?

— Un soir, après l'attentat contre le président, on avait un peu trop bu et… je le lui ai dit.

Sebastian haussa les épaules.

— On était jeunes. On n'en a jamais reparlé.

— Rien ne vaut le danger et l'alcool pour créer des liens indestructibles entre deux hommes, dit Lucy en hochant la tête. Plato était présent, lui aussi ?

— Oui. Il a bu du vin toute la soirée. Du merlot. Après ça, on n'a pas arrêté de le charrier à ce sujet-là !

Elle sourit et Sebastian se rappela combien elle avait aimé son mari, et combien Colin l'avait aimée. Elle était différente, maintenant, et pourtant elle était aussi la même. Bizarre. Difficile à expliquer.

Lucy posa sa bouteille de bière.

— Alors, tu as vu périr tes parents et tu es venu vivre ici, avec ta grand-mère. Puis tu es parti. Tu as entamé une carrière dans le domaine de l'investigation, lancé ta propre agence de sécurité, gagné beaucoup d'argent et décidé, l'année dernière, de prendre une sorte de retraite anticipée. Depuis, tu vis dans un hamac.

— C'est un assez bon résumé de ma vie.

— Et tu as renoncé à l'usage de la violence.

— Oui.

— Pourquoi ?

— A cause d'un homme qui s'appelle Darren Mowery.

— Je connais ce nom. Tu travaillais pour lui quand tu as rencontré Colin… Il a sauvé la vie du président.

— Oui, Darren a fait tout ça. Mais il a changé, depuis.

— Tu veux bien me raconter ?

— C'est une affaire de kidnapping qui remonte à un an. Les victimes étaient un homme d'affaires colombien

— un client —, sa femme et leurs trois enfants qui étaient tous âgés de moins de dix ans.

— Que s'est-il passé ? Les enfants…, commença Lucy, la gorge serrée.

— Ils ont survécu, dit Sebastian. La boîte de Darren, DM Consultants, avait fait faillite. Je savais que Darren m'en tenait pour responsable. Il était désespéré.

— Il était mêlé à ce kidnapping ?

— Il a participé à la mise au point du plan, oui. Il était tout près d'empocher trente millions de dollars.

Lucy écarquilla les yeux.

— Cet homme d'affaires colombien est très riche, précisa Sebastian.

— Que s'est-il passé ?

— J'ai contrecarré leurs plans. J'ai dû abattre trois des complices colombiens de Mowery devant les enfants. Et pourtant ces hommes n'étaient que des pions.

— Auraient-ils tué cette famille ?

— Sans l'ombre d'un doute. Et Darren serait parti avec l'argent. Je l'ai retrouvé à Bogota. Il a voulu saisir son arme pour me tuer, et je l'ai descendu. La police colombienne est arrivée et je suis retourné dans le Wyoming.

Lucy avait pâli.

— Tu sais s'il est vivant ou non ?

— Il est vivant, répondit Sebastian, se gardant bien d'ajouter qu'il rôdait autour de Jack Swift.

— Mais en prison, enchaîna Lucy. La police colombienne a dû…

Sebastian secoua la tête.

— Il n'y avait aucun moyen de prouver le rôle que Mowery avait joué dans cette affaire de kidnapping. Je le savais quand je l'ai laissé pour mort. Je n'ai pas terminé mon travail, Lucy. Je n'ai aucune excuse.

— Voilà donc pourquoi je t'ai trouvé au fond d'un hamac, murmura la jeune femme.

— En effet. J'ai remis mon affaire entre les mains de Plato et celles d'une équipe que j'avais formée : des hommes et des femmes en qui j'ai une entière confiance.

— Je comprends, maintenant, pourquoi Plato tenait tellement à ce que j'aille te voir : il voulait te faire quitter le Wyoming, dit Lucy, comme si elle cherchait à instiller un peu d'humour dans la conversation. Quel âge as-tu, Sebastian ? Quarante ans ?

— Environ.

— Pas de femme, pas d'enfants ?

— Pas encore.

— Tu n'y as jamais pensé ?

Sebastian la revit dans sa robe de mariée, si jeune, si jolie, le visage rayonnant d'optimisme.

— Pas vraiment.

Il enveloppa la jeune femme d'un long regard, et elle finit par se redresser légèrement et décroiser ses chevilles.

— Il y a longtemps que je n'ai rien fait de bon pour qui que ce soit, Lucy, reprit-il d'un air grave. Si tu veux que je demande à Plato de venir prendre la relève, je le ferai.

— Non, répondit-elle. C'est toi que je veux.

Il eut un sourire et but une autre gorgée de bière.

— Eh bien, nous voilà enfin sur la même longueur d'ondes.

— Ne rêve pas, Redwing.

Mais elle était nerveuse, et elle le prouva aussitôt en bondissant sur ses pieds.

— Où sont Madison et J.T. ?

— Dans leur chambre, je pense, répondit Sebastian en déposant des courgettes grillées sur un plat en terre cuite qui avait appartenu à Daisy. Je pensais leur demander de balayer la véranda, de passer le râteau dans le jardin et de calfeutrer les fenêtres, mais je me suis dis que j'exagérais.

— Daisy ne t'a jamais fait travailler aussi dur.

— Qu'en sais-tu ?

— Je vis dans sa maison, Sebastian. Certains soirs..., je ne sais pas, c'est comme si son esprit était encore là. Je l'imagine comme une femme économe, travaillant dur, mais je pense aussi qu'elle devait être très généreuse et qu'elle savait s'amuser.

C'était une vieille dure à cuire de Yankee.

— Ah ! dit la jeune femme en souriant. Je sais maintenant d'où tu tiens cet héritage.

Il leva sa spatule d'un air faussement menaçant.

— J'aurais pu vendre cette maison à un avocat de Boston, tu sais ?

— Pourquoi tu ne l'as pas fait ?

— Parce que je te l'ai vendue à toi.

Elle se rassit et laissa son regard se perdre du côté du potager.

Cette femme était un mélange de force et de féminité, se dit Sebastian, tout en songeant qu'il serait stupide de la sous-estimer.

— Il paraît que les gens du coin m'ont baptisée la veuve Swift, reprit-elle après quelques instants. Ils appelaient ta grand-mère la veuve Daisy.

— Ça t'ennuie ?

— Je ne sais pas. Je suis contente de ma vie ici. Et j'ai tendance à penser que Daisy se trouvait dans le même état d'esprit que moi.

— C'est tout à fait vrai. Parce qu'elle est restée ici pour vivre et non pour se cacher. Elle ne s'est jamais remariée, mais sa vie a été longue et bien remplie.

— Tu penses que je suis venue ici pour me cacher ?

Sebastian eut un haussement d'épaules.

— Qu'importe ce que je pense ?

— C'est important. Surtout quand il est question de chauve-souris morte sur mon lit.

Il posa le poulet sur le plat en terre cuite, à côté des légumes. Il n'avait pas accompli ce genre de tâches depuis des années. Ça faisait du bien. S'il ne s'occupait pas, son esprit partirait dans toutes les directions. Il penserait notamment à tous les sentiments, les émotions que Lucy lui inspirait et qu'il refoulait soigneusement depuis plus de quinze ans. L'embrasser, l'autre soir, n'était peut-être pas un acte très louable, mais il ne pouvait se résoudre à le regretter.

— Quoi ? demanda-t-il, remarquant brusquement la manière dont elle le regardait, les sourcils froncés.

— Quelque chose dans l'expression de ton visage, dit-elle. Tu n'as rien trouvé d'autre dans mon lit, au moins ?

Il ne répondit pas immédiatement et, à la manière dont elle agitait son pied, il comprit qu'elle aussi pensait au baiser. A leur baiser.

— Lucy, j'ai promis que ça ne se reproduirait pas, et ça ne se reproduira pas, déclara-t-il sur un ton très posé.

— Je ne regrette rien, répondit-elle.

Ils avançaient en terrain dangereux, et Lucy dut le sentir car elle se leva.

— Allons dîner !

10.

Après le dîner, Lucy demanda à sa fille de l'emmener faire un tour en voiture. J.T. n'avait pratiquement rien dit pendant le repas, et il s'était éclipsé sans la moindre explication.

Sebastian alla voir dans le garage et constata que la canne à pêche du gosse avait disparu.

Il contourna la maison et descendit une pente douce qui menait au ruisseau. Il y avait un autre sentier, plus direct mais plus abrupt, qui menait au meilleur endroit pour pêcher. Mais après sa chute, Sebastian préférait opter pour la prudence.

Le fond de l'air était frais, humide et immobile. Dissimulé derrière un écran d'arbres, le ruisseau faisait rouler ses eaux peu profondes et claires sur son lit de cailloux.

Sebastian n'eut aucune peine à trouver J.T., assis sur un rocher. Sa canne à pêche gisait par terre, à côté de lui. Il leva les yeux lorsque Sebastian s'approcha de lui, puis enfouit aussitôt son visage dans ses mains.

Sebastian étouffa un juron. Que dire à un gosse qui pleure ?

— Tu as attrapé quelque chose ? lui demanda-t-il.

J.T. secoua la tête.

— Tu permets que je m'assoie sur ton rocher ? La descente m'a donné mal à la tête.

Le gamin répondit par un haussement d'épaules que Sebastian interpréta comme un acquiescement. Il s'assit. Le rocher était large et n'avait guère changé depuis qu'il était gamin. Les arbres et les sous-bois lui parurent plus épais, cependant : un rappel subtil que le temps passait.

— C'était mon endroit préféré pour pêcher, quand j'étais gosse, reprit-il. Pourtant, je n'attrapais jamais grand-chose. Si je venais ici, c'était surtout pour être tranquille.

Pas de réponse.

— J.T., reprit Sebastian après quelques secondes, c'est à cause de cette randonnée, n'est-ce pas ? Rob m'a dit qu'il voulait t'emmener, mais bon, il n'est pas ton père.

Le garçon leva la tête. Des larmes roulaient sur ses joues, traçant des sillons sur sa peau.

— Je veux… j'ai envie d'y aller avec Rob.

Et c'est bien là le problème, songea Sebastian.

— Eh bien, vas-y ! dit-il. Ta mère ne s'y opposera pas, tu sais ?

J.T. pleura de plus belle.

Merde ! se dit Sebastian. Pour une fois, ça ne lui procurait aucun plaisir d'avoir raison. Il appuya la tête dans ses mains et contempla le cours de l'eau sur les pierres et la boue.

— J.T., ton père était mon ami. On ne se voyait pas aussi souvent qu'on l'aurait voulu, mais je sais une chose :

il aimerait beaucoup qu'un homme comme Rob prenne de l'importance dans ta vie.

— Je sais ! s'exclama le garçon en reniflant. C'est pas ça le problème.

Sebastian s'en doutait bien.

— Tu ne l'oublieras pas, J.T., ajouta-t-il avec douceur. Tu n'oublieras jamais ton père.

Le gosse remonta les genoux sous son menton et y enfouit son visage, tout en redoublant de sanglots. Sebastian avait connu ce genre de chagrin inconsolable. Adolescent, lui aussi venait ici pour pleurer en secret.

— Et si j'arrive à me passer de lui…

Il ne put terminer sa phrase. Sebastian s'était levé brusquement et chassait un moustique qui était venu s'installer sur son bras écorché. Pourquoi diable avait-il éprouvé le besoin de parler au gamin ? Il ne savait jamais quoi dire dans ce genre de situation. Daisy l'avait laissé gérer son chagrin tout seul.

Mais J.T. avait l'air tellement désemparé. C'était un garçon étonnamment intense et introspectif pour ses douze ans. Sebastian ne se rappelait pas avoir entretenu des pensées aussi profondes, à son âge. Il pleurait un bon coup et se forçait à passer à autre chose. Mais il est vrai que le deuil l'avait frappé plus tard.

— Les blessures guérissent, dit-il maladroitement. Si elles sont profondes, comme pour le deuil d'un père, ça prend du temps et ça laisse une cicatrice indélébile. Au bout d'un moment, la cicatrice ne fait peut-être plus mal, mais elle nous rappelle toujours ce qu'on a perdu. Elle nous rappelle aussi le courage dont on a fait preuve, au moment d'affronter cette perte terrible.

Le garçon secoua la tête.

— Je ne suis pas courageux.

— J.T., j'ai fait beaucoup de choses dans ma vie. On m'a tiré dessus un nombre incalculable de fois, j'ai poursuivi des kidnappeurs, des terroristes et toutes sortes de criminels.

Il marqua une pause, puis s'efforça d'être aussi sincère et direct que possible.

— Pourtant, la chose la plus dure qui me soit jamais arrivée, c'est de voir ma grand-mère pleurer après la mort de mes parents.

J.T. se redressa et renifla.

— Ils sont morts comment ?

— Ils ont été renversés par une voiture, juste devant moi. Ça aussi, c'était dur, mais ce sont les larmes de Daisy qui m'ont achevé. Elle avait déjà perdu son mari quand elle était jeune, et j'étais tout ce qu'il lui restait.

— Qu'est-ce qui est arrivé à votre grand-père ?

— Son nom était Joshua, dit Sebastian.

— On l'avait baptisé après les chutes ?

— Non, ce sont les chutes qui ont été baptisées ainsi en son honneur. Il y est tombé et il s'est noyé en sauvant un petit garçon — le père de Rob.

— Ah bon ? Georgie ne me l'a jamais dit !

— Georgie n'est peut-être pas au courant. Les gens sont très stoïques, par ici. Ils n'aiment pas parler de ces choses-là, et encore moins à des enfants. C'était au mois de mars, en pleine période de fonte des neiges. Le niveau de l'eau était très haut, et surtout elle était glacée. Le gamin suivait son chien et il est tombé. Mon grand-père a plongé pour le sauver.

— Maman nous interdit d'aller du côté des chutes, pendant l'hiver.

— Et vous feriez bien de lui obéir, dit Sebastian.

— Est-ce que votre grand-mère en a voulu au père de Rob d'avoir tué son mari ? demanda J.T., visiblement fasciné par cette histoire.

— Il n'avait que huit ans, tu sais ? Il avait commis une erreur comme on en commet tous, à cet âge. Joshua avait le choix entre le laisser se noyer et prendre le risque de le sauver.

— Maman s'y connaît en sauvetage dans les rapides. Elle va m'apprendre, un jour. Je crois qu'il ne faut pas sauter après quelqu'un.

Sebastian hocha la tête.

— Il arrive que la vie ne nous offre pas un bon et un mauvais choix. Parfois, les deux choix sont mauvais et il faut quand même prendre une décision.

Pendant un moment, le garçon parut réfléchir à tout cela. Puis il bondit sur ses pieds et attrapa sa canne à pêche.

— Y a plein de moustiques, dit-il.

C'était la fin de la conversation et il s'élança vers le sentier qui remontait jusqu'à la maison. Sebastian s'en réjouit. Il était épuisé. Si quelqu'un avait essayé de lui parler comme il venait de le faire avec J.T., il aurait sans doute été sceptique et désorienté. Mais J.T. avait parfaitement suivi la discussion.

Ni lui ni le gamin ne mentionnèrent cet intermède lorsque Lucy et Madison rentrèrent.

— Si tu dois choisir entre écraser un écureuil et perdre le contrôle de ta voiture, tu écrases l'écureuil, expliquait Lucy à sa fille.

— Je ne pourrais jamais faire un truc pareil ! répliqua Madison. J'en mourrais.

J.T. se tourna vers Sebastian.

— Deux mauvais choix ?

— Il est plus dur de devoir écraser un écureuil que de partir en balade avec Rob et Georgie, tu ne crois pas ? dit Sebastian avec un clin d'œil.

J.T. sourit et Sebastian se retira dans sa chambre — ou plutôt dans la chambre de Lucy. Il embrassa la pièce du regard — le lit, les meubles, le tapis —, mais ne vit rien d'anormal. Il se laissa choir sur le lit et regarda dessous. Rien non plus.

Il retira ses chaussures et s'allongea.

Aussitôt après, Lucy frappa à la porte.

— J'ai besoin de prendre quelques affaires, dit-elle.

— Je t'en prie.

Elle se dirigea vers la commode, ouvrit un tiroir et en tira discrètement une chemise de nuit. Elle lui tournait le dos, et il étudia la courbe de ses hanches, la forme de ses jambes, la manière dont ses cheveux tombaient sur ses épaules.

— J'espère que ta journée n'a pas été trop monotone, dit-elle sur le ton de la conversation.

— J'ai connu pire. Il manque juste quelques chevaux, ici.

Lucy se tourna vers lui, l'air surpris.

— J'ai déjà du mal à y arriver avec deux enfants, une boîte à faire tourner et la propriété. Que veux-tu que je fasse avec des chevaux ?

— Tu pourrais m'en prêter un. Je préfère monter à cheval que cueillir des légumes.

Sauf qu'il avait pris un réel plaisir à travailler dans le potager. Il aurait été bien incapable d'expliquer pourquoi, et il n'avait même pas l'intention d'essayer.

— Tu n'es pas en état de monter à cheval, déclara la jeune femme.

— Bien sûr que si ! Je me sens en pleine forme.

— C'est ça ! dit-elle d'un air dubitatif.

Puis elle se dirigea vers la porte.

— Merci, ajouta-t-elle, une main sur la poignée.

— Pour quoi ?

— J.T. m'a dit qu'il avait décidé de faire la randonnée avec Rob et Georgie.

— C'est sa décision, pas la mienne.

— Mais tu lui as parlé.

Sebastian soupira.

— J'aurais mieux fait de me contenter de pêcher avec lui. Les gosses sont trop tourmentés, de nos jours. C'est cette fichue culture psy.

— Ouais. N'empêche, je te remercie.

— Lucy.

Il la regarda fixement.

— Ne te fie pas à ce que tu as vu aujourd'hui. J'avais besoin d'un jour ou deux pour me remettre de cette sale chute. J'ai parlé avec J.T., j'ai cueilli des légumes et j'ai allumé le gril pour tuer le temps.

— C'est une manière subtile de me dire que tu n'es pas un chic type ?

Il ne répondit rien, et elle sourit.

— Je le savais déjà, conclut-elle avant de sortir.

Crétin ! se dit Sebastian, lorsque la porte se referma. Elle était là, dans la chambre, en train de lui dire des choses agréables, et il avait fallu qu'il lui rappelle le salaud qu'il était vraiment. Le fantôme de Daisy devait rôder dans les parages : c'était la seule explication. S'ils s'étaient trouvés dans le Wyoming, Lucy Blacker Swift aurait été dans son lit, à cette minute.

Un craquement réveilla Sebastian au petit matin. Le bruit venait du dehors. Il consulta le réveil sur la table de chevet. 5 h 20. Les membres de cette famille étaient matinaux, mais pas à ce point !

Il se leva, attrapa son jean et, tout en l'enfilant, jeta un coup d'œil par la fenêtre.

Madison était en train d'escalader le muret de pierre, après le jardin potager. Elle se laissa tomber de l'autre côté et traversa le champ en courant.

Sebastian étouffa un juron. Qu'est-ce qui pouvait inciter

une adolescente de quinze ans à se lever à 5 heures du matin ?

— Un secret, murmura-t-il pour lui-même.

Il finit de s'habiller rapidement et se rendit dans la chambre de Lucy. La porte était entrouverte et il se glissa à l'intérieur.

— Lucy, dit-il doucement en s'asseyant sur le lit.

Elle se redressa brusquement et lui agrippa le bras.

— Quoi ?

— Madison vient de quitter la maison et elle traverse le champ. Je vais la suivre.

— Quoi ? répéta la jeune femme, à moitié endormie, essayant visiblement de comprendre ce qu'il lui disait. Où est Madison ?

Elle repoussa ses couvertures, et Sebastian sentit sa gorge devenir sèche. La chemise de nuit n'était pas indécente, mais elle ne cachait pas grand-chose non plus. Le tissu en coton tombait sur l'épaule de la jeune femme et moulait un sein, laissant bien peu de place à l'imagination. Sebastian s'efforça d'en arracher son regard, mais l'expression de son visage dut le trahir car Lucy baissa les yeux et changea légèrement de position, remontant vite le vêtement sur son épaule.

— Elle vient juste de sortir, reprit-il. Je ne voulais pas que tu te réveilles et que tu ne nous trouves ni l'un ni l'autre dans la maison.

Le drap glissa, révélant les jambes nues de Lucy, et Sebastian sentit son corps s'enflammer. Si Madison n'avait pas été en train de courir Dieu savait où, rien ni personne n'aurait pu l'arrêter.

— Ne t'inquiète pas, je m'en occupe, chuchota-t-il.

Et il l'embrassa, en se retenant, juste pour lui donner un petit aperçu de l'étendue du désir qu'elle lui inspirait.

Elle retomba sur l'oreiller et, au prix d'un effort surhumain, Sebastian se leva, chaque parcelle de son corps et de son esprit brûlant de lui faire l'amour, là, tout de suite.

— Je ne serai pas long, dit-il.

Lucy hocha simplement la tête.

La rosée du matin était fraîche et mouilla rapidement ses chaussures et le bas de son pantalon, tandis qu'il s'élançait dans la direction qu'avait prise la jeune fille. Il reconnut des cris de tourterelles tristes et de corneilles dans le concert que donnaient les oiseaux, et il vit une mésange s'élancer vers un petit abri qu'il avait installé là, des années plus tôt, à l'orée du champ.

Sebastian se sentait mieux. Une bonne nuit de sommeil et le baiser du matin y étaient pour beaucoup. Il avait les idées claires, et son corps n'était plus aussi douloureux ; encore un peu gourd, mais il n'était plus à vif.

Il ne se soucia pas de chercher la piste qu'avait pu laisser Madison. Il savait la direction qu'elle avait prise et ne fut pas surpris de trouver une trace de pied dans une plaque de boue, à l'entrée du bois. Il emprunta le sentier étroit qui grimpait le long de la colline, avançant avec précaution mais sans chercher réellement à se cacher. Si Madison l'entendait et rentrait dare-dare chez elle, ce serait tant mieux.

Le sentier débouchait sur un chemin de terre. Sebastian savait qui habitaient dans le coin : un ophtalmo de Boston, deux fleuristes de New York et la propriétaire d'une agence immobilière locale qui louait la troisième maison à des estivants.

Sebastian trouva Madison dans la dernière demeure, une structure contemporaine de bois et de verre.

Elle parlait avec quelqu'un, dans la véranda qui était entièrement fermée et protégée par une moustiquaire.

Depuis son point d'observation, sous les branches basses et noueuses d'un énorme sapin du Canada, Sebastian ne voyait pas son interlocuteur, mais il entendait parfaitement la conversation.

— Madison, tu ne peux pas te faufiler jusqu'ici à une heure pareille ! disait une voix de femme. Ce n'est pas bien. Que penserait ton grand-père ?

— Je sais, mais j'ai fait un cauchemar terrible et il fallait absolument que je sorte de la maison. Je ne pouvais plus respirer. Et puis, maman n'est plus la même, depuis…

L'adolescente se mit à tousser, comme si elle étouffait.

— Je ne peux pas vous expliquer ce qui se passe, conclut-elle quand elle put parler de nouveau.

— Essaie, dit la femme calmement.

— Vous connaissez Sebastian Redwing ?

Sebastian demeura immobile, se demandant qui était cette femme à qui Madison était venue se confier.

— Pas personnellement, non. Je sais qu'il a sauvé ton père et ton grand-père, lors d'une tentative d'assassinat, il y a des années. Et il est à la tête d'un important cabinet d'investigation. Il jouit d'une excellente réputation dans son domaine.

— Eh bien, il est ici, déclara Madison avec toute l'emphase dont elle était capable.

— Sebastian Redwing ? s'exclama la femme. Vraiment ? Et pourquoi ?

— Maman nous a emmenés le voir quand on était dans le Wyoming. J'ai tout de suite pensé qu'il nous détestait. Il a été horrible avec nous, vraiment odieux.

Sebastian leva les yeux au ciel. Il n'avait pas été si désagréable !

— Et maintenant, il est chez nous, et je trouve ça vraiment bizarre. Il a failli se tuer, l'autre soir, du côté des chutes. Il avait glissé, apparemment, et maman l'a secouru.

— Sebastian a bien vendu sa maison à ta mère ?

— Ouais. Elle était à sa grand-mère.

— Eh bien, votre visite dans le Wyoming lui a peut-être rappelé le Vermont, et il a décidé de faire un petit pèlerinage.

— Mais maintenant, maman ne veut plus qu'on aille se promener seuls dans les bois, J.T. et moi ! Elle me tuerait si elle savait que je suis ici.

— Ton grand-père sait-il que Sebastian est chez vous ? demanda la femme.

La critique dans sa voix était à peine perceptible, mais elle n'échappa pas à Sebastian qui fronça les sourcils. A l'entendre, cette femme jugeait qu'elle servait au mieux les intérêts de Jack Swift, et que ce n'était pas le cas de Lucy Swift.

— Je ne pense pas, répondit Madison sans paraître remarquer quoi que ce soit. Elle ne parle pas beaucoup à grand-père.

— Oui, je m'en doute.

Apparemment, cette femme n'aimait pas beaucoup Lucy, songea Sebastian.

— Maman est très indépendante, dit Madison qui semblait quand même éprouver le besoin instinctif de la défendre.

— Certes. Eh bien, tu ferais mieux de rentrer avant qu'elle ne se réveille. Elle risque de s'inquiéter si elle constate ton absence.

Sebastian s'enfonça plus profondément sous l'abri naturel que formaient les branches du sapin. Il entendit craquer le plancher de la véranda, tandis que Madison et son étrange amie devaient se diriger vers la porte.

— J'ai tellement hâte que grand-père arrive ! dit la jeune fille. Ça va être super. Mes amis ne me croient pas quand je leur dis que j'ai un grand-père qui est sénateur des Etats-Unis.

— Tes amis de Washington te croyaient, eux ?

— Oui. Mais pas ceux d'ici.

Madison descendit les marches menant au sentier.

— Reviens me voir, dit la femme. Tu garderas bien notre secret, n'est-ce pas ?

— Bien sûr !

Sebastian fit la moue. Il n'aimait pas les secrets. Il aimait encore moins les scénarios dans lesquels un adulte faisait promettre à un enfant de se taire. Si cela n'avait aucun rapport avec Noël ou des cadeaux d'anniversaire, c'était presque toujours le signe que l'adulte avait quelque chose à se reprocher.

Il devait maintenant découvrir qui était cette femme. Mais d'abord, il voulait s'assurer que Madison rentrait chez elle sans encombre.

Il dévala la colline boisée en faisant aussi peu de bruit que possible. Puis il rejoignit le sentier, quelques mètres derrière Madison. Elle marchait vite, sautillant presque... Elle semblait vraiment tenir cette mystérieuse femme en très haute estime.

Ils arrivaient à proximité du champ lorsque Sebastian dévoila sa présence. Madison sursauta, puis se renfrogna.

— Vous m'avez suivie ?

— Ouais ! Une gosse qui sort de chez elle à l'aube, ça m'intrigue.

— Fichez-moi la paix ! cria-t-elle.

— Calme toi ou ça va aller mal ! lui dit Sebastian sur un ton très calme.

— Ah ouais ? Et qu'est-ce que vous ferez ? Vous m'attacherez à un arbre ?

— C'est une idée.

— Ma mère...

— Ta mère me donnerait raison.

La jeune fille serra les dents.

— Qui est cette femme que tu es allée voir ? reprit Sebastian.

Madison garda le silence.

— Bon, je vais retourner là-bas, frapper à la porte et lui poser la question moi-même…

— Non ! Elle aurait des ennuis !

— C'est ce qu'elle t'a dit ?

Madison n'eut pas l'air d'aimer le ton de sa voix, car elle répondit d'un air hautain :

— C'est ce que je sais.

Et elle hâta le pas, le devançant légèrement.

— Elle travaille pour ton grand-père, reprit Sebastian, dans le dos de la jeune fille.

Elle continua d'avancer, sans répondre, mais il la rattrapa sans difficulté.

— Je peux passer un coup de fil au sénateur et lui demander qui, dans son staff, est absent…

Madison s'arrêta brusquement et se tourna vers lui, très pâle.

— Non, s'il vous plaît. J'ai promis.

— Promis quoi ?

— J'ai donné ma parole…

— Eh bien, reprends-la et dis-moi ce qui se passe.

— Pourquoi je ferais ça ? demanda la jeune fille avec insolence.

— Deux raisons. Premièrement : si tu ne le fais pas, je découvrirai quand même ce que je cherche, mais je serai nettement moins cool. Deuxièmement : si tu me réponds, je pourrai le dire moi-même à ta mère et tâcher de t'éviter la raclée du siècle.

— Ma mère ne me bat pas.

— C'était une métaphore, répliqua Sebastian.

Madison respira profondément et s'humecta les lèvres.

— Barbara est venue louer une maison pour mon grand-père. Il va passer le mois d'août dans le Vermont. Il ne voulait pas que maman le sache avant d'avoir trouvé une location. Et puis, il tenait à le lui annoncer lui-même.

— Pourquoi ?

— Je ne sais pas. Il est comme ça. Je suppose que c'est une surprise.

— Barbara comment ?

— Barbara Allen. C'est l'assistante personnelle de mon grand-père. Elle travaille pour lui depuis toujours, avant même que vous ne lui sauviez la vie.

Autrement dit, Barbara avait plus d'ancienneté que lui, qui ne représentait pas grand-chose.

Sebastian ravala un sourire. Quelle pimbêche, quand même ! Mais la peur au fond de ses yeux était sincère. Et elle n'avait pas peur pour elle mais pour une femme à qui elle avait donné sa parole. Ce mélange de loyauté et de générosité la faisait ressembler à sa mère bien plus qu'elle ne devait le souhaiter, en cet instant.

— Je l'ai croisée par hasard, l'autre jour, reprit-elle, et elle m'a demandé de ne pas révéler sa présence.

— Madison, Barbara Allen ne va pas perdre son travail parce que tu l'as surprise en train de louer une maison de vacances pour ton grand-père. Elle doit le savoir.

Conclusion : elle était en train de manipuler une gosse de quinze ans. Pourquoi ?

Madison hocha la tête à contrecœur. Puis elle croisa le regard de Sebastian.

Elle n'avait pas plus peur de lui que les autres membres de cette satanée famille, se dit-il. Décidément, il manquait d'entraînement. Les gens le craignaient, en général.

— Ce sera tout ? demanda la jeune fille sur un ton sarcastique.

— Oui. On peut rentrer et tout raconter à ta mère, maintenant.

Madison marmonna quelque chose entre ses dents. Puis, voyant que Sebastian se gardait bien de réagir, elle ajouta, plus fort et plus clairement, qu'elle était bien contente qu'il se soit cassé la figure dans les chutes. Elle cherchait visiblement à le provoquer, mais Sebastian demeura impassible. A la place de l'adolescente, lui aussi aurait été furieux.

Et ce n'était rien par rapport à Lucy. Celle-ci les attendait sur le pas de la porte, blanche comme un linge et bien trop fâchée pour pouvoir s'exprimer. Elle avait troqué la petite chemise de nuit contre un short, un T-shirt et des sandales.

— Monte dans ta chambre ! dit-elle simplement.

— Maman, je peux t'expliquer…

Lucy leva la main et la gamine se tut et monta l'escalier en martelant les marches.

Sebastian se glissa sur une chaise, à la table de la cuisine. Il avait horriblement mal à la tête. Il lui fallait un bon café et peut-être même une journée de repos supplémentaire avant de pouvoir s'attaquer à des malfrats. Il avait déjà tellement de difficultés à gérer les enfants de Lucy…

— Ce n'était pas un garçon qu'elle allait rejoindre, commença-t-il.

— Qui, dans ce cas ? demanda Lucy.

— Une femme qui s'appelle Barbara Allen. Elle est venue louer secrètement une maison pour ton beau-père. Il a l'intention de passer le mois d'août ici… Tu la connais ?

Lucy hocha la tête.

— Jack est vraiment incorrigible. Toujours en train de manigancer des trucs en secret. Il craint par-dessus tout la publicité. Il se prend pour le président, ma parole !

— Et Barbara Allen ?

— Barbara ? Elle est son assistante depuis… je ne sais plus, vingt ans au moins. Elle lui est totalement dévouée. S'il lui dit de sauter, elle demande à quelle hauteur. Elle a toujours été très gentille avec les enfants et elle s'occupe merveilleusement bien de nous chaque fois que nous allons à Washington. Elle nous obtient des places de spectacle, des réservations dans les restaurants, ce genre de choses.

— N'empêche qu'elle n'aurait jamais dû demander à Madison de te cacher sa présence.

— C'est ce qu'elle a fait ?

— Oui.

Lucy prit deux tasses dans un placard. Ses gestes saccadés trahissaient son agitation.

— C'est à cause de Jack, ça. Barbara serait capable de n'importe quoi pour lui faire plaisir. Elle n'a pas dû réfléchir. Et elle ne peut pas être au courant de ce qui se passe ici.

Sebastian ne répondit pas et Lucy se tourna vers lui, les sourcils froncés.

— Sebastian, tu n'y penses pas ! Pas Barbara !

Elle secoua la tête, avant d'ajouter :

— Je ne tiendrais même pas dix secondes à l'intérieur de ton cerveau.

Sebastian étendit ses jambes devant lui.

— Probablement pas, en effet. Dis-moi ce que tu sais au sujet de Barbara Allen.

— Je viens de le faire.

— Sa personnalité, son degré de loyauté, ce qu'elle pense de toi, de tes enfants, de ta décision de venir t'installer dans le Vermont : tout ce qui te passe par la tête à son sujet.

— Je ne la connais pas vraiment. Chaque fois que j'ai été en contact avec elle, c'était par rapport à Jack. Elle est très professionnelle et je ne crois pas l'avoir jamais entendue parler de sa vie privée devant moi. Il me semble qu'elle a un appartement au bord de la rivière, à Washington.

— Pas mariée ?

Lucy secoua la tête.

— Elle doit avoir mon âge, peut-être un ou deux ans de plus. Mais ne va pas la ranger dans la catégorie des vieilles filles stéréotypées, effacées et un peu bizarres, parce que ça ne lui correspond pas du tout.

— Je ne pensais pas à ça. Je serais curieux, en revanche, de savoir pourquoi tu y as pensé, toi.

— Ce n'est pas ça. Simplement…

— Allons, Lucy, le choix de nos mots est rarement innocent. Alors, pourquoi ceux-là en particulier : « vieille fille stéréotypée, effacée, un peu bizarre » ? Combien de femmes célibataires de cet âge connais-tu ? Eprouverais-tu spontanément le besoin de demander à tes interlocuteurs de ne pas les ranger dans un tel stéréotype ?

— Je n'en sais rien. Peut-être.

— Ça m'étonnerait. Quelque chose, chez Barbara Allen, t'a incitée à la défendre, a priori, contre cette sorte de jugement.

Lucy fronça les sourcils et réfléchit un instant.

— C'est difficile à expliquer. Il y a comme un besoin, chez elle. Ça ne se remarque pas au premier coup d'œil, mais je la connais un peu, quand même, depuis des années.

Elle secoua la tête.

— Ce sont probablement des projections de ma part.

— Tu n'as pas l'air d'être quelqu'un qui a comme un besoin, toi !

— Ah bon ? Pourtant, ce matin, après ton départ…

Sebastian sourit.

— Ça, c'est différent.

Elle versa du café dans les tasses et déclara, le dos tourné :

— Sebastian, je ne veux pas avoir envie de toi. Je ne peux pas m'engager sur cette voie-là. Ça ne marcherait jamais. Sans compter que le moment est on ne peut plus mal choisi.

— Je suis assez d'accord.

Elle pivota sur ses talons et le regarda.

— Tu es d'accord ?

— Le moment est très mal choisi. Ça ne marchera pas. Nous ne pouvons pas être attirés l'un par l'autre. C'est à peu près ce que je me répète à longueur de journée.

Il marcha vers elle, prit l'une des tasses et but une gorgée de café.

— Il est clair que je n'ai pas encore réussi à me convaincre.

— Mais je suis convaincue, moi.

— Bien. Ça devrait me permettre de résister à l'envie de t'embrasser.

Lucy hocha la tête et le regarda.

— J'ai une fille aînée cachottière et un fils tourmenté par l'idée qu'il pourrait oublier son père. Je dois faire tourner mon affaire, résister à de mystérieuses agressions et me préparer à la visite de mon sénateur de beau-père… Alors, oui, s'il te plaît, essaie de ne plus m'embrasser.

— Ça ne va pas être facile. J'en meurs d'envie à chaque instant. Et ça ne date pas d'hier, ajouta-t-il en lui caressant les cheveux.

— Depuis combien de temps ?

Soudain, elle parut comprendre. Sebastian le sentit.

— Des années, avoua-t-il tout bas.

Et il posa un doigt sur la lèvre inférieure de la jeune femme, dont il suivit le contour.

Lucy soutint son regard, mais il vit qu'elle déglutissait avec peine.

— Je suis désolée.

— Pas moi.

Il sourit.

— Va t'occuper de ta fille, maintenant.

— Il ne faut pas la juger sur ce que tu viens de voir, Sebastian. Madison n'est pas méchante.

— Je sais.

Lucy marcha vers la porte, mais elle se retourna sur le seuil et sourit.

— Je vais quand même l'enfermer dans sa chambre pendant les cent ans à venir.

Pendant que la mère et la fille s'expliquaient, Sebastian sortit avec son café. J.T. dormait encore.

Dehors, l'air était chaud, immobile, et les oiseaux gazouillaient. Profitant du calme ambiant, Sebastian laissa son esprit vagabonder : Barbara Allen et Jack Swift, une maison louée, un cadavre de chauve-souris sur le lit de Lucy, un glissement de terrain qui avait failli le tuer, Darren Mowery, les vacances parlementaires, une histoire de chantage…

Il pensa aussi à Lucy. Ou plutôt, il rêva qu'il embrassait Lucy.

11.

Madison opta pour la défiance lorsque Lucy débarqua dans sa chambre.

— J'ai quinze ans, maman ! Je n'ai plus besoin de tout te raconter.

— C'est vrai, répondit Lucy. Et je n'ai pas besoin de tout savoir non plus. Mais sortir en douce de la maison à 5 heures du matin, alors que je t'avais clairement demandé…

— Il n'y avait aucune raison de s'inquiéter ! cria Madison en jetant son oreiller par terre.

Elle était assise sur son lit, et arborait un air furieux.

— Tu délires complètement, ces jours-ci. Si tu avais une vie, tu me laisserais peut-être un peu tranquille !

Aussitôt, elle écarquilla les yeux et s'étrangla :

— Pardon, maman, ce n'est pas ce que je voulais dire.

Lucy garda son calme, en dépit de la douleur que lui causaient les paroles de sa fille.

— Madison, j'ai une vie. J'ai mon travail, je vous ai, toi et J.T., j'ai des amis, des loisirs. J'aime vivre ici. Je voyage autant que j'en ai envie. Ma vie est bien remplie.

Cela dit, même si elle ne l'était pas, cela ne te regarde pas. Mon bonheur est ma responsabilité, pas la tienne ou celle de J.T.

— C'est juste que je ne veux pas que tu renonces à certaines choses à cause de nous, dit Madison. Je ne veux pas qu'on t'empêche de…

Elle ne termina pas sa phrase.

— Ni toi ni ton frère ne m'empêchez de faire quoi que ce soit, déclara Lucy.

Madison leva le menton.

— Alors, pourquoi est-ce que je ne peux pas aller passer un semestre à Washington ?

Lucy sourit. Elle ne voyait pas bien le rapport, mais la question de sa fille ne l'étonnait qu'à moitié. Madison était têtue, et elle avait de la suite dans les idées.

— Tu manquerais beaucoup à ton frère, répondit-elle.

— Même pas vrai ! s'exclama la voix de J.T.

Madison jeta un autre oreiller en direction de la porte.

— J.T. ! dit Lucy sur un ton d'avertissement.

Le gamin pouffa de rire et s'éloigna en courant dans le couloir. Lucy se tourna de nouveau vers sa fille.

— Tu as tout le temps d'aller à Washington. Pour le moment, je voudrais que tu réfléchisses à la notion de confiance. Si je ne peux pas te faire confiance ici, à la maison, comment veux-tu que je te laisse partir seule à Washington ou ailleurs ?

— Je serais avec grand-père…

— Ton grand-père est sénateur, Madison. Il est extrêmement occupé et il n'aurait pas le temps de te surveiller. Tu dois d'abord me prouver que tu es parfaitement capable de prendre les bonnes décisions quand tu es livrée à toi-même. Après, on pourra discuter de Washington.

Madison baissa la tête. Elle n'avait pas vraiment l'air contrite, mais elle paraissait au moins disposée à modifier son attitude. Cependant, Lucy n'avait pas terminé.

— Madison, je sais que je ne me suis pas bien expliquée, l'autre soir.

Elle marqua une pause, respira, et reprit :

— Si je vous ai interdit, à toi et à J.T., de vous aventurer seuls dans les environs, ce n'est pas parce que je suis une mère lunatique, trop protectrice et qui n'a pas de vie, mais parce que j'ai peur que vous ne deveniez les cibles d'une personne qui me harcèle depuis quelque temps.

Madison pâlit.

— Quoi ?

— Pour le moment, je suis la seule cible. Et les incidents semblent s'espacer. J'espère que c'est terminé. J'espère aussi que j'ai exagéré leur signification. Mais tant que je n'en serai pas sûre, je te demande de ne pas aller te promener seule.

— Quel genre d'incidents ?

Lucy lui raconta tout, sans rien omettre.

— Je ne sais pas s'ils sont liés les uns aux autres, conclut-elle. Je n'en ai pas la moindre idée.

— C'est pour ça que Sebastian est ici ?

Pour ça, et pour autre chose qu'il refuse d'expliquer, songea Lucy. Elle subodorait, cependant, que cela pouvait avoir un rapport avec Darren Mowery — ce qui n'était pas fait pour la rassurer.

— Oui, répondit-elle.

— J.T. n'est pas au courant, hein ?

— Non. Il est encore un peu jeune pour refuser de faire ce que je lui demande, pour poser cinquante mille questions et m'opposer toutes sortes d'arguments.

— Je suis désolée, dit Madison simplement.

Lucy hocha la tête.

— Trouve de quoi t'occuper dans la maison, maintenant.

Epuisée, la jeune femme descendit dans la cuisine, se versa une deuxième tasse de café et rejoignit Sebastian sur les marches de la véranda.

Elle s'assit tout près de lui, mais sans le toucher. Puis, après un long silence, elle lui dit :

— Je ne suis plus la femme de Colin. L'une des choses les plus difficiles que j'ai faites, après sa mort, c'est de retirer mon alliance.

Puis, sans attendre une réaction, elle bondit sur ses pieds et retourna bien vite dans la cuisine. J.T. arrivait justement, et ils préparèrent un énorme petit déjeuner que Madison refusa de venir partager avec eux.

En se délectant des bonnes odeurs de pancakes, de saucisses et de sirop d'érable du Vermont, Lucy se dit que c'était ça, sa vie. Et un homme comme Sebastian Redwing n'avait pas sa place dans cette vie. Il avait tué des êtres humains et, en retour, on avait sans doute essayé de le supprimer un nombre incalculable de fois. La dernière remontait peut-être même à deux jours.

Elle se renversa sur le dossier de sa chaise et contempla ses mains. Elle ne portait aucune bague. Elle et Colin étaient jeunes et n'avaient pas beaucoup d'argent lorsqu'ils s'étaient mariés. Ils avaient choisi des alliances bon marché. Ce n'était pas important : ils avaient une telle foi dans leur amour et dans leur avenir ensemble.

Daisy Wheaton, elle, avait porté son alliance jusqu'à sa mort. Rob lui avait confié ce détail, un jour, au détour d'une conversation. Lucy n'avait pas été étonnée, d'ailleurs.

Je ne suis plus la femme de Colin.

Elle sentit son cœur se serrer, sa poitrine se comprimer, et des larmes lui brûlèrent le fond des yeux parce que cette fois c'était la réalité, non une simple affirmation symbolique. Elle avait embrassé Sebastian. Elle le désirait. Peu importait qu'il ne fût pas l'homme qu'il lui fallait ; il avait réussi à faire vibrer son corps, à faire naître dans son esprit des fantasmes où elle se voyait faire l'amour avec lui. C'était de la folie.

Mais une folie nécessaire, peut-être.

Elle ne voulait pas être connue sous le nom de la veuve Swift. Daisy avait peut-être eu une vie longue et bien remplie, mais elle n'était pas Lucy.

Elle se versa une nouvelle tasse de café et rejoignit son bureau installé dans l'étable. Sebastian n'était pas dehors. Elle ignorait où il se trouvait et c'était très bien ainsi.

Elle se mit au travail.

***

Barbara alla courir sur la route principale, celle qui passait devant l'allée menant chez Lucy. Elle avait laissé sa voiture au bout du chemin de terre pour éviter de devoir grimper la montée jusqu'à la maison qu'elle avait louée. On était dimanche et il n'y avait personne dans les environs.

Malgré tout, elle sentait le regard de Sebastian Redwing sur elle. Ce n'était pas de la paranoïa. Il était bien là. Elle en était sûre. Il se demandait sûrement qui elle était. Madison avait peut-être même déjà répondu à cette question. Barbara ne savait pas pourquoi elle s'exposait ainsi. Pourquoi n'était-elle pas restée tranquillement dans la maison en haut de la colline ? Pourquoi était-elle allée courir ?

Mais elle savait pourquoi, et elle continua d'avancer au même rythme, espérant s'épuiser et voir s'évanouir l'impulsion qui la taraudait. Elle éprouvait un besoin incontrôlable d'agir, de faire quelque chose. Elle ne pouvait plus réfléchir, elle parvenait à peine à respirer. Elle avait besoin du soulagement, même momentané, qu'apporte l'action.

Elle courait vite et bien. Elle était une femme en forme, sportive, disciplinée.

Sebastian Redwing la soupçonnait-il de l'avoir fait tomber dans les chutes de Joshua ? Le glissement de terrain avait été plus efficace qu'elle ne l'imaginait. Elle se rappelait encore avec quel mélange d'horreur et de fascination elle l'avait regardé plonger la tête la première par-dessus le rocher en saillie. Seigneur ! Et si elle avait tué un homme ?

La véritable coupable aurait été Lucy. Tout était la faute de Lucy. C'était elle qui avait fait venir Sebastian Redwing dans le Vermont.

Barbara fit demi-tour au niveau d'un bâtiment d'une seule pièce qui avait autrefois abrité une école désormais fermée, et elle retourna sur ses pas. Elle avait mal au ventre. Elle craignait même de vomir. C'était à cause de la tension. De la haine, aussi. Elle n'avait jamais éprouvé une haine aussi féroce, aussi violente et pure. Elle ne la comprenait pas. Après tout, Lucy ne lui avait jamais rien fait, à elle.

Mais bien sûr que si ! Elle ne lui avait rien fait de manière directe, voilà tout. Car si Barbara retraçait le parcours sinueux qui avait poussé Jack à basculer du mauvais côté, à tomber dans le déni au lieu de lui déclarer son amour, elle arrivait fatalement à Lucy.

Lucy n'avait pas su voir que Colin souffrait d'un problème cardiaque. Lucy avait volé ses petits-enfants à Jack. Lucy avait causé tant et tant de souffrances à son beau-père que ce dernier n'était même plus capable de reconnaître ses sentiments pour la seule femme qui l'aimait totalement, inconditionnellement, la femme qui était faite pour lui. C'était la faute de Lucy. Tout était la faute de Lucy.

Barbara s'arrêta brusquement pour cueillir des fleurs sur le bord du chemin. Elle les attrapa par poignées, les arrachant avec leurs racines. Des marguerites jaunes, des pâquerettes, et une autre variété de fleurs mauves un peu hérissées dont elle ignorait le nom. Elle repartit en courant. Les racines chargées de terre frappaient son short et ses cuisses trempées de sueur.

En arrivant à sa voiture, elle ouvrit la portière et prit un calepin et un stylo dans la boîte à gants.

Puis elle se ravisa. Elle devait faire ça bien.

Elle lâcha les fleurs sur le siège du passager et, haletante, transpirante, se glissa derrière le volant. Elle aurait dû prendre le temps d'étirer ses membres chauffés par la course, mais elle n'en fit rien.

De retour à la maison, elle ne trouva aucun message sur son portable. Rien de Jack. Rien de personne.

Clignant des yeux pour chasser ses larmes, elle coupa les racines des fleurs. Certaines étaient un peu flétries, mais peu importait. Elle trouva un bout de ficelle dans un tiroir de la cuisine et l'enroula autour des tiges.

Elle avait remarqué une vieille machine à écrire au fond d'un placard, et elle la sortit pour taper quelques mots. Après, elle devrait s'en débarrasser. Elle veilla bien à ne pas toucher le papier directement, à ne laisser aucune trace, aucun indice pour M. Sécurité.

— Il aurait dû crever dans les chutes, marmonna-t-elle avec rage.

Se servant d'un torchon comme de gants, elle glissa au milieu des fleurs le mot qu'elle venait d'écrire et de plier en quatre.

— Comme c'est romantique ! murmura-t-elle avec un drôle de sourire.

La matinée touchait à sa fin lorsque Lucy appela son beau-père.

— Jack ? dit-elle, tout en enlevant des fleurs fanées des

plants de roses trémières qui poussaient le long du mur de l'étable. C'est Lucy. Pourquoi ne m'avez-vous pas dit que vous aviez chargé Barbara de vous louer une maison ? J'aurais peut-être pu lui être utile. Je l'aurais au moins invitée à dîner… Vous aviez peur que nous ne voulions pas de vous ?

— Non, bien sûr que non ! répondit Jack sur un ton bizarre.

Sa voix sonore, tendue, ne parvenait pas à masquer un malaise évident.

— Je n'étais pas sûr de trouver quelque chose, reprit-il, et je ne voulais pas que Madison et J.T. soient déçus au cas où le projet ne se serait pas concrétisé. Et puis, tu sais à quel point j'aime les surprises.

— Eh bien, Barbara vous a trouvé une très belle maison sur la colline.

— Oui, elle me l'a dit. Je suis bien content… Et toi ? Ça te va ?

Lucy jeta une poignée de fleurs flétries par terre et se frotta le front. Elle sentait poindre une migraine et se dit que ce n'était pas très étonnant, compte tenu de la succession d'événements qui s'étaient produits…

— Je vous l'ai déjà dit, Jack : vous êtes toujours le bienvenu, ici. Les enfants vont être ravis de vous voir.

— Barbara a loué la maison pour un mois. Il faudra sûrement que je fasse quelques allers-retours chez moi, mais…

— Jack, elle aurait pu louer la maison pour une année entière ! Vous êtes un membre de la famille.

— Lucy…

Il s'interrompit, comme si l'émotion le prenait à la gorge. Mais il surmonta bien vite ce petit moment de sensibilité.

— Merci. Je suis désolé de t'avoir fait cette scène idiote, l'autre jour.

— Jack, nous nous connaissons depuis trop longtemps, nous avons vécu trop de choses ensemble pour que j'attache de l'importance à ça… Mais dites-moi, j'ai l'impression que vous êtes fatigué. Est-ce que ça va ?

— Oui, oui. Il fait juste une chaleur infernale, ici… Lucy, je voulais te dire autre chose : Sidney Greenburg va passer un peu de temps avec moi dans le Vermont.

— C'est merveilleux ! s'exclama la jeune femme, comprenant immédiatement ce que le sénateur essayait de lui dire, à sa façon un peu prude. Sidney est une femme tout à fait exceptionnelle. Je suis tellement contente pour vous, Jack !

— Merci, Lucy.

Dites-moi, Barbara est-elle sur le point de repartir pour Washington ? Je peux encore lui proposer de dîner avec nous, sinon…

— Je l'ai encouragée à prendre quelques jours de vacances.

— Alors, c'est parfait.

Lorsque Lucy raccrocha, quelques secondes plus tard, Sebastian apparut presque aussitôt derrière elle.

— Comment va le sénateur ?

— C’est très impoli d’écouter les conversations des autres.

— Personne n’a jamais dit que j’étais poli.

Lucy ravala un soupir et pinça les pétales fanés d’une rose jaune pâle. Sebastian était redevenu grave, son humeur légère et gentiment provocante du matin avait fait place à un calme sombre.

— J’ai trouvé Jack tendu, dit-elle pour répondre à sa question. Cette époque de l’année est toujours difficile, à Washington. Tout le monde a envie de partir. Il fait chaud, et la pression est plus forte que jamais. Jack est un travailleur acharné. Il réfléchit longtemps avant de prendre une décision. Il n’accepte jamais de compromis bâclés.

— J’aimerais lui parler.

— A Jack ? Pour quoi faire ?

Sebastian eut un haussement d’épaules.

— C’est un membre du sénat des Etats-Unis. Si quelqu’un te harcèle, c’est peut-être qu’on essaie de l’atteindre, lui.

Lucy jeta encore une poignée de fleurs fanées dans un coin du parterre. Elle allait devoir arracher les mauvaises herbes, aussi. Et ajouter un peu d’engrais biologique.

— Ça n’a aucun sens.

— Peut-être.

— Tu te dis que s’il a loué cette maison ici, en août, c’est qu’il se passe quelque chose.

— Je ne me dis rien du tout. Je souhaite simplement lui parler.

Lucy lui fourra le combiné sans fil dans la main.

— Vas-y. Mais je te préviens : je reste pour entendre la conversation.

— Lucy…

— Tu me caches quelque chose, Redwing. Tu n'es pas là parce que quelqu'un a tiré une balle dans un carreau de ma salle à manger. Alors pourquoi ?

— J'aime bien être tranquille pour téléphoner.

— Moi aussi.

— Tu ne savais pas que j'étais là.

Lucy tira un peu trop fort sur une poignée de roses trémières fanées. Aussitôt, la plante, qu'elle n'avait pas soutenue à l'aide d'un tuteur et qui penchait déjà un peu trop, tomba. La jeune femme l'arracha d'un coup sec et la jeta dans l'allée.

Sebastian la regarda faire sans rien dire, et elle s'aperçut qu'il lui tapait sur le système. Il lui mettait les nerfs à fleur de peau et lui donnait l'impression qu'elle ne pouvait plus réfléchir — ou au contraire, qu'elle n'avait pas eu l'esprit aussi clair depuis trop longtemps. Tout paraissait plus vivant, plus électrique lorsqu'il était dans les parages : même arracher des fleurs fanées. Il ne pouvait y avoir de demi-mesures avec lui. Pas de paix non plus.

— Tu es un fieffé menteur, déclara-t-elle avant de repartir vers l'étable.

Il ne la suivit pas et elle donna un coup de pied dans la corbeille à papier. Puis, s'approchant de la fenêtre, elle vit qu'il téléphonait. Le salaud ! Il avait obtenu ce qu'il voulait. Et peu lui importait qu'elle fût dans tous ses états.

Lucy marcha vers son bureau et décrocha le téléphone fixe qui était branché sur la même ligne.

— Raccroche, Lucy ! Je suis plus doué que toi pour ce genre de choses.

— Les enfants pourraient écouter ta conversation.

— Pas à mon insu. Raccroche !

La jeune femme entendit quelqu'un répondre au bout du fil :

— Allô, bonjour, ici le bureau du sénateur Swift.

Sebastian raccrocha sans un mot, et Lucy le vit jeter le combiné dans le parterre de fleurs, comme s'il s'agissait d'une rose trémière fanée.

Il se dirigea vers elle à grands pas.

Elle était seule dans l'étable. J.T. jouait dans sa chambre, Madison était consignée dans la sienne, et c'était dimanche, jour de congé pour ses employés.

Soudain, il fut là.

— J'ai bien envisagé de me cacher sous un canoë, lui dit-elle, mais tu aurais tôt fait de me trouver, n'est-ce pas, monsieur l'expert ? Et cela n'aurait fait que te conforter dans ta conviction que tu es un vilain méchant loup.

— Lucy, bon sang !

Sa voix était rauque, son regard fixe et dur. Il l'attrapa par la taille, marqua une pause, une fraction de seconde, comme pour lui donner le temps de l'envoyer au diable — ce qu'elle ne fit pas —, et s'empara de ses lèvres.

Elle sentit l'empreinte de ses mains dans son dos. Elle sentit aussi la force de son désir pour elle. Et comme si cela ne suffisait pas, son baiser profond, brûlant, puissamment érotique, lui dit, mieux que tous les mots, à quel point il la voulait.

Sebastian souleva le T-shirt de la jeune femme, puis glissa une main dans son pantalon et commença à la caresser doucement, là où elle ne pouvait rien lui cacher de son excitation.

— N'arrête pas ! chuchota-t-elle.

— Je n'en ai pas l'intention.

Et en effet, il ne mit fin à ses caresses que lorsqu'elle explosa en tremblant dans ses bras. C'était arrivé si vite, si violemment que Lucy en fut stupéfaite.

Doucement, il la poussa vers la chaise et elle s'y laissa tomber.

— Et toi ? demanda-t-elle dans un souffle.

— J'attendrai.

— Je ne… Je…

Elle cligna des yeux.

— Je ne suis pas toujours aussi… rapide.

Il sourit et se pencha pour l'embrasser de nouveau, plus doucement.

— La prochaine fois, on fera mieux encore.

Aussitôt, le désir resurgit en elle, tout aussi aigu et furieux. Sebastian lui fit un clin d'œil, comme s'il le devinait, et il retourna vers la porte.

— Où vas-tu ?

— Passer un coup de fil.

Jack Swift refusa de livrer le moindre détail.

— Tout ce que vous avez besoin de savoir, je l'ai dit à

Plato. J'ai déjà pris un risque énorme. Vous connaissez Darren Mowery. Vous savez qu'il fera exactement ce qu'il a menacé de faire si je ne coopère pas.

— Et c'est quoi ? demanda Sebastian.

— Il ébruitera ses mensonges et ses cochonneries.

Des mensonges et des cochonneries ? Ils progressaient.

— Sénateur, je vous conseille de porter l'affaire auprès de la police du Capitole. Laissez-les faire leur boulot. Ils vous placeront sous surveillance vingt-quatre heures sur vingt-quatre. Mowery n'a pas besoin de le savoir.

— Mais il le saura.

Sebastian pressa deux doigts contre ses yeux. Il en avait déjà trop fait, aujourd'hui : embrasser Lucy au petit matin, courir après la fille et pour finir lui faire pratiquement l'amour dans l'étable…

— J'ai raison, et vous le savez, insista le sénateur, à l'autre bout du fil.

— Oui, je sais, admit Sebastian.

— Je ne cours aucun danger sur le plan physique.

— Vous l'avez déjà payé ?

Swift hésita. Ça non plus, il ne voulait pas en parler.

— Deux versements, avoua-t-il finalement.

— Combien ?

— Dix mille dollars chacun.

Sebastian écarquilla les yeux.

— Vingt mille dollars ? Sénateur, Darren Mowery a essayé de voler des millions de dollars, l'année dernière. Il ne va pas se contenter de vingt mille.

Pas de réponse.

— Mais vous le savez déjà, conclut Sebastian.

— J'ignore ce qu'il veut. Je sais juste ce qu'il fera si je ne coopère pas, et j'ai déjà décidé que ce n'était pas tolérable.

Swift poussa un profond soupir, puis ajouta :

— Comme j'ai déjà payé deux fois, je ne peux plus reculer.

— Dans ce cas, qu'attendez-vous de moi ?

— Je veux que vous l'arrêtiez.

— Non, sénateur, déclara Sebastian. Vous voulez que je le tue.

Et il coupa la communication sur l'exclamation étranglée de Swift.

Le sénateur avait besoin d'un peu de temps pour réfléchir à la situation. C'était peut-être cruel d'exacerber ainsi son sentiment d'isolement, mais Sebastian savait, d'expérience, que les victimes de chantage refusent systématiquement de divulguer les secrets qui leur valent de tels tourments. Ils veulent juste que le problème disparaisse. Ce qui est généralement impossible.

Il retourna vers la maison et s'installa dans la véranda. Presque aussitôt, Madison le rejoignit avec une grosse boîte en carton.

— J'ai trouvé ça dans le grenier, annonça-t-elle avec enthousiasme. C'est ce que je fais toujours quand je suis punie. Je fouille dans le grenier. Regardez !

Elle souleva le couvercle.

— Ce sont des morceaux de quilt. Ils sont tous en

forme d'hexagone. Vous pensez qu'ils appartenaient à votre grand-mère ?

Sebastian prit une poignée d'hexagones et hocha la tête, reconnaissant les morceaux de tissu usé des chemises de son grand-père. Il revoyait Daisy en train de les couper, des années après la mort de Joshua. La vieille dame croyait fermement à l'ancien proverbe : l'économie protège du besoin.

— Oui, répondit-il.

— Finalement, elle n'a jamais fait ce quilt.

— Non, en effet.

— Je pense que je vais demander à maman de m'aider. Je n'ai encore jamais cousu de quilt… Ça ne vous embête pas ?

— Pourquoi voudrais-tu que ça m'embête ? demanda Sebastian. Ta mère a acheté la maison. Tout ce qu'elle contient lui appartient.

— Mais…, si tout ça était à ma grand-mère, j'aurais envie de le garder.

Sebastian sourit.

— Tu peux te considérer comme l'arrière-petite-fille de Daisy.

Madison eut un rire ravi.

— Bien sûr, ajouta-t-elle, je ne fais ça que parce que je m'ennuie à mourir. Si j'étais à Washington, j'aurais d'autres occupations.

— A Washington aussi, les gens cousent des quilts.

— Peut-être mais c'est parce qu'ils en ont envie : pas parce qu'ils n'ont rien d'autre à faire.

— Madison, si tu peux, j'aimerais vraiment que tu me racontes tout ce dont vous avez parlé, toi et Barbara Allen. Tu n'as qu'à te dire que tu es une journaliste et que tu as enregistré votre conversation.

— Pourquoi ?

— Parce que je n'ai pas confiance en elle, répondit Sebastian, optant pour une totale franchise.

— Vous n'avez confiance en personne, répliqua Madison avec un haussement d'épaules.

— J'avais confiance en Daisy.

— Et ma mère, vous avez confiance en elle ?

— Ta mère ?

Sebastian laissa son regard se perdre du côté de la pelouse ombragée.

— Eh bien, Madison, j'aime ta mère depuis très longtemps. Quant à te dire si j'ai confiance en elle, franchement, je n'en sais rien.

L'adolescente le dévisagea, bouche bée, et Sebastian réprima un sourire. Il n'éprouvait pas l'ombre d'un remords. Il était temps que l'adolescente comprenne certaines réalités, et notamment que, si elle se permettait de poser des questions impertinentes, elle devait se préparer à essuyer des réponses qui ne le seraient pas moins. A elle de décider s'il était sérieux ou non.

— Alors, Barbara Allen ? reprit-il.

Madison lui raconta ce qu'elles s'étaient dit.

— C'est tout ?

— Oui.

— Bon rapport. Merci.

— Vous ne pensez pas que c'est elle qui embête maman, tout de même ?

— Je n'en sais rien. Mais je préfère envisager toutes les possibilités.

Il la regarda.

— Et je te conseille d'en faire autant.

La jeune fille bondit sur ses pieds et prit la boîte en carton.

— Je connais Barbara depuis toujours. Elle travaillait déjà avec mon grand-père avant que je sois née. Elle ne pourrait jamais faire ça à maman.

— Il suffit que les circonstances s'y prêtent pour que les gens fassent pratiquement tout et n'importe quoi, Madison, répondit Sebastian.

Mais l'adolescente secoua la tête avec force.

— Pas moi.

Sebastian étouffa un soupir.

— Soit. Pas toi.

Madison détestait qu'on la traite avec condescendance, et elle s'éloigna d'un air vexé.

Sebastian envisagea de la suivre pour s'excuser, puis il haussa les épaules. Il avait été patient avec elle jusqu'à ce qu'elle se mette à employer des formules pompeuses comme : « Je connais Barbara depuis toujours ! » Qu'est-ce qu'une gosse de son âge comprenait à toujours ?

N'empêche qu'il l'aimait bien. Elle était humiliée, agacée, punie, peut-être même un peu effrayée, et ça ne l'empêchait pas de chercher à s'occuper de manière positive. Décidément, elle avait du cran. Comme ses parents.

Sebastian pensa à Colin et sourit. Son ami aurait été fier de sa famille et de la manière dont elle continuait à vivre après son départ.

Lucy le rejoignit un moment plus tard et s'assit à côté de lui.

— On dirait que je vais aider Madison à faire un quilt avec les morceaux de tissu réunis par Daisy, déclara-t-elle d'un air amusé. Madison est à l'âge où l'on ne sait pas exactement ce que l'on pense de ses parents. Un instant, elle me repousse de toutes ses forces et, le suivant, elle ne peut plus se passer de moi. Je finis par ne plus savoir comment m'y prendre. Je suppose que je dois juste continuer à l'aimer sans faillir, au jour le jour.

Elle sourit brusquement.

— Les adolescents sont vraiment merveilleux.

— Tu as des enfants sensationnels, Lucy. Tu t'en tires drôlement bien.

— Jusqu'à maintenant, en tout cas. Je croise les doigts.

Sebastian hocha la tête.

— Je change de sujet, mais je voudrais bien aller bavarder avec Barbara Allen, dit-il. Je n'en ai pas pour longtemps : une demi-heure environ.

— Est-ce ta façon de me demander si je peux rester seule ? Dans ce cas, la réponse est oui.

Il étendit ses jambes devant lui.

— Tu sais, chaque fois que Daisy me laissait seul dans la maison, j'avais peur, surtout quand il y avait un orage.

Les coups de tonnerre se répercutaient à travers les collines et je me rappelle que je me cachais sous mon oreiller.

— C'est normal : tu n'étais qu'un gosse.

— Tu veux rire ? J'avais encore peur du tonnerre à dix-huit ans.

Lucy s'esclaffa. Puis elle posa une main sur la cuisse de son compagnon.

— Sebastian, au sujet de ce qui s'est passé tout à l'heure… je n'éprouve pas le moindre embarras, et aucun regret non plus. Sauf que nous n'avons pas eu assez de temps. Quand je suis allée te trouver dans le Wyoming, je savais que je prenais le risque de t'inviter de nouveau dans ma vie. Je n'ai jamais éprouvé de sentiments neutres vis-à-vis de toi : je peux au moins te dire ça.

Elle fit mine d'ôter sa main, mais Sebastian la couvrit de la sienne.

— Après la mort de ma mère, Daisy s'est plaint du destin qui lui avait pris son mari, d'abord, puis sa fille unique. Elle était en colère, et il lui semblait que la vie lui serait encore plus cruelle et injuste si elle parvenait à un âge avancé. Mais elle était tout ce que j'avais au monde, et elle le savait ; alors elle a tenu le coup comme elle a pu. Au bout d'un certain temps, elle a cessé d'être en colère et elle a recommencé à vivre.

— Je n'ai jamais été en colère, dit Lucy.

— Bien sûr que si !

La jeune femme se tut. A aucun moment elle ne chercha à retirer sa main.

— Colin t'a laissée avec deux enfants. Puis tes parents

sont partis s'installer au Costa Rica. Et au milieu de tout ça, Jack Swift ne t'a jamais été d'une grande utilité, tant il est perdu dans son propre chagrin, son travail, ses idées au sujet de la manière dont tu devrais élever ses petits-enfants, et que sais-je encore.

Sebastian marqua une pause et Lucy attendit, toujours silencieuse, sans acquiescer mais sans chercher non plus à nier. Et elle ne l'envoya pas au diable.

— Si j'étais venu à l'enterrement de Colin ou si je t'avais revue, par la suite, je n'aurais pas pu m'empêcher d'endosser une partie de cette colère.

— Dommage ! murmura Lucy. Je m'en serais bien déchargée sur toi. Je l'ai peut-être fait, d'ailleurs, en ton absence.

— Tu m'as maudit sur terre et sur les mers, hein ?

Elle sourit.

— En quelque sorte.

Cette fois, elle se dégagea.

— Tu as raison. J'étais en colère. Je ne le savais même pas, à l'époque. J'avais tant à faire, tant d'émotions à essayer de comprendre. La colère semblait le dernier de mes soucis. Et puis, je me sentais tellement coupable… C'est toujours le cas, d'ailleurs.

— Je sais.

— Oui, je sais que tu le sais.

Elle se leva.

— Va donc voir Barbara. Et si tu trouves des cadavres d'animaux autour d'elle, je t'autorise à la traîner par les cheveux jusqu'au poste de police le plus proche.

— Tu veux parier que c'est elle ?

— Non. J'ai toujours eu de la sympathie pour elle, et je pense que c'est réciproque.

— Ça n'a peut-être aucun rapport avec toi.

— Une chauve-souris morte sur mon lit ? s'exclama Lucy.

Sebastian hocha la tête et se leva à son tour.

— Oui, c'est vrai : j'oubliais la chauve-souris. Là, c'est bien après toi qu'on en avait.

Lucy croisa les bras, visiblement troublée à l'idée que l'assistante de son beau-père pût lui vouloir du mal.

— Ce ne sont que des suppositions et elles ne reposent sur rien, reprit Sebastian. Barbara Allen n'est même pas une suspecte, pour le moment. Si ça se trouve, elle a un alibi indestructible. Mais elle détient peut-être aussi des informations qui pourraient nous mettre sur la bonne voie, qui sait ?

— En tout cas, sois prudent, dit Lucy. Je n'ai pas envie de te récupérer une nouvelle fois au milieu des rochers !

12.

— Je ne veux plus me mêler de cette histoire, dit Barbara.

Vautré dans un fauteuil, Darren Mowery eut un sourire sarcastique. Il avait surgi dix minutes plus tôt, sans préavis aucun.

— Barbie ! Barbie !

— Ne m'appelez pas Barbie. Mon nom est Barbara.

Elle faisait les cent pas en s'efforçant de paraître beaucoup plus calme qu'elle ne l'était en réalité.

Mowery s'était introduit dans la maison et l'avait surprise alors qu'elle sortait de sous la douche. Cette fois encore, Barbara n'avait détecté chez lui aucun signe qu'il la trouvait attirante ou qu'il éprouvait le moindre désir pour elle. Il était uniquement concentré sur sa mission : faire chanter un membre du Sénat.

— D'accord, Barbara, fit-il en insistant ironiquement sur le prénom. Mais pour ce qui est de ne plus vous mêler de cette histoire, pardon, mais c'est impossible.

— J'appellerai la police.

— Bien sûr que non !

— Je le ferai, si vous ne me laissez pas tranquille. J'alerterai la police du Capitole. Je n'aurais jamais dû entrer dans cette combine révoltante. Je ne sais pas ce qui m'a pris. Je ne devais pas être dans mon état normal.

Mowery se gratta le menton d'un air concentré.

— Barbara, ma chère, vous oubliez un petit détail. Si vous allez trouver la police, je leur envoie aussitôt une série de photos vous montrant en train de traquer Lucy Swift. Je suis sûr qu'ils les trouveront très intéressantes.

Barbara ne comprit pas immédiatement le sens de ces paroles. Des photos d'elle en train de traquer Lucy ? De quoi parlait-il donc ? Elle ne traquait personne. Puis, l'évidence se fit jour dans son esprit. Elle se figea, le souffle coupé, tandis que Mowery croisait les jambes avec une évidente satisfaction.

— Vous ne comprenez pas, murmura-t-elle d'une voix qui se brisait.

— Bien au contraire : je comprends tout à fait. C'est simple comme bonjour. Vous la détestez et vous avez décidé de lui coller la frousse. Quoi qu'il en soit, je dis à la police du Capitole que je vous file depuis un mois et je leur raconte tout du début à la fin.

— Jack sait parfaitement que vous êtes un maître chanteur.

— Et il apprendra que vous êtes une cinglée qui se cache dans les sous-bois pour terroriser sa belle-fille. Il ne parlera jamais de moi ; il ne soufflera pas un mot, vous le savez très bien, Barbie. Il a trop peur. Et il se moque éperdument de ce que je fais, du moment que je ne vends pas la mèche au sujet de Colin et de ses escapades.

— Alors, vous m'avez suivie durant tout ce temps ?

— Barbara, vous oubliez que c'était mon métier et que je l'ai exercé pendant trente ans !

Il se cala plus confortablement dans son fauteuil.

— Donc, si je parle, vous perdez tout : votre boulot, votre réputation, et tout espoir de séduire votre patron. Au mieux, on vous envoie chez les fous pour vous faire examiner. Si le jury est comme moi et qu'il n'avale pas l'argument de la folie, vous êtes bonne pour la taule.

Il bâilla.

— Personnellement, j'ai beaucoup aimé l'idée de la balle de revolver abandonnée sur le siège de la voiture. Lucy a dû en avoir la chair de poule.

— Mon seul but était de la choquer suffisamment pour qu'elle comprenne le mal qu'elle fait aux petits-enfants de Jack.

— Mouais.

— Si l'on a un tant soit peu de jugeote, on ne peut que détester Lucy Swift.

— Vous détestez Lucy Swift parce qu'elle est tout ce que vous n'êtes pas, déclara Mowery sur un ton tranquille.

— C'est faux.

Mais il l'ignora et continua :

— Elle a épousé un Swift, elle a eu des enfants d'un Swift, elle s'amuse, elle mène une carrière indépendante et pleine de défis, et elle a une vraie maison digne de ce nom. Vous la détestez parce qu'elle a une vie, contrairement à vous.

— J'ai une vie ! s'exclama Barbara. C'est elle qui n'en a pas.

— Quand votre petit ami Jack vous a envoyée paître, votre obsession au sujet de Lucy a pris une ampleur considérable.

Mowery hocha la tête d'un air entendu.

— Ça soulage, pas vrai ? Chaque fois que vous lui faites peur, chaque fois que vous la déstabilisez, vous vous sentez mieux, au moins pendant un moment.

Barbara redressa le menton.

— J'ai renoncé à tout pour Jack. J'ai travaillé nuit et jour pour lui, pendant vingt ans. J'ai placé ses intérêts au-dessus des miens. Lucy ne m'arrive pas à la cheville.

— Peut-être, mais en attendant elle signe ses chèques du nom de Swift. Pas vous.

Barbara déglutit péniblement.

— Qu'attendez-vous de moi, exactement ?

— Pour le moment, rien de plus que ce que vous faites déjà, répondit Mowery calmement. Restez ici. C'est très bien comme ça.

Puis il se leva et marcha vers la baie vitrée.

— Le Vermont me donne la chair de poule. Je déteste la forêt.

Puis il se tourna vers Barbara qui le considérait d'un air sombre.

— Ça va, Barbie ?

— Vous savez depuis le début, hein ? demanda-t-elle d'une voix sourde.

— Vous voulez parler de votre obsession pour Lucy ? A votre avis, Barbie, pourquoi jouons-nous cette partie ensemble ?

— Il vous fallait quelque chose contre moi pour pouvoir me manipuler, le moment venu.

— Afin d'utiliser votre esprit dérangé à mon avantage, absolument, confirma Mowery. Et tout se passe comme je l'avais prévu. N'oubliez pas, Barbie : je suis beaucoup plus doué que vous pour ce genre d'exercice.

Il marqua une pause, puis ajouta :

— Il n'existe qu'un seul homme sur terre qui ait été plus malin que moi, et il ne devrait pas tarder à frapper à votre porte.

— Sebastian Redwing.

Darren lui fit un clin d'œil et quitta la maison aussi discrètement qu'il y était entré.

Un quart d'heure plus tard, comme il l'avait prédit, Redwing frappait à la porte de la véranda.

Barbara était encore plongée dans ses pensées : elle réfléchissait au moyen de se sortir de la situation inextricable dans laquelle elle s'était fourrée. Mais que pouvait-elle faire ? Darren savait. Il avait tout compris. Et elle, au bout du compte, que voulait-elle ? Au mieux, Jack. Au pire, un minimum de satisfaction : voir Lucy souffrir.

Sebastian se présenta et Barbara l'invita à entrer et à s'asseoir.

Ses blessures étaient en bonne voie de guérison, mais elle

l'avait quand même bien amoché, se dit-elle en regardant les hématomes et les plaies qui décoraient son visage et ses bras. Malgré cela, il était sexy en diable dans son jean et son polo usé. C'était le genre d'homme qui n'aurait jamais pu se fondre dans une foule, même s'il l'avait souhaité.

— Je suis en visite chez Lucy et les enfants, dit-il. La maison appartenait à ma grand-mère et je l'ai vendue à Lucy, après la mort de Colin.

— Oui, je suis au courant, dit Barbara.

Il avait des yeux d'un gris inhabituel et un regard pénétrant. Barbara se rassura, songeant que même s'il la soupçonnait d'avoir des secrets inavouables, il ne pourrait jamais deviner lesquels.

— Vous voulez bien que nous parlions un peu ? demanda-t-il.

— D'accord, répondit-elle avec un sourire. Je suppose que Madison vous a expliqué que j'étais venue dans le Vermont afin de louer une maison pour son grand-père.

— A vrai dire, elle n'avait pas l'intention d'en parler à qui que ce soit, répondit Sebastian. Elle s'est fait prendre, ce matin, en sortant subrepticement de la maison pour venir vous voir. Elle a tout avoué.

Barbara hocha la tête.

— Je n'aurais sans doute pas dû lui demander de se taire. J'espère que Lucy n'est pas trop fâchée.

— Madison a quinze ans. Elle connaît la musique.

Autrement dit, Lucy avait puni sa fille. Barbara sentit la colère monter en elle.

— Vous comptez rester longtemps dans le Vermont ? demanda-t-elle sur le ton de la conversation.

— Je n'ai encore rien décidé. Lucy est passée me voir quand elle était dans le Wyoming, et j'ai décidé de faire un petit pèlerinage. Je n'étais pas revenu ici depuis des années.

— Etait-ce le désir de Colin d'acheter la maison de votre grand-mère et de venir s'installer dans le Vermont ? demanda Barbara.

Sebastian secoua la tête.

— Pas du tout. Colin adorait Washington.

— Oui, murmura Barbara. Madison aussi adore Washington.

— C'est ce que j'ai cru comprendre, en effet. Et vous, vous allez rester longtemps par ici ?

— Non. Je pense rentrer dans un jour ou deux. Jack va avoir besoin de moi pour expédier les affaires courantes, avant les vacances parlementaires.

— Je trouve déjà étonnant qu'il arrive à se passer de vous aussi longtemps. Il doit y avoir beaucoup à faire, à cette époque-ci, à Washington.

— En général, oui.

Sebastian ne dit rien, et Barbara se demanda ce qu'il pensait et surtout ce qu'il savait. Avait-il des soupçons ? Lucy lui avait forcément parlé des incidents. C'était même la seule raison de la présence de Redwing dans le Vermont. Il n'était pas là pour voir la maison de sa grand-mère, mais bien pour protéger cette poltronne. C'était écœurant.

Barbara n'avait pas besoin d'un homme pour la protéger.

D'ailleurs, c'était peut-être ce qui dissuadait Jack de lui déclarer son amour : il savait qu'elle n'avait pas besoin de sa protection. Elle n'avait pas besoin de son argent non plus, ni de tout ce qu'une femme ordinaire attend d'un homme. Elle était différente. Elle était tellement plus forte.

— Je n'ai jamais passé beaucoup de temps à Washington, reprit Sebastian avec un sourire à faire fondre les glaces de l'Antarctique.

Puis il ajouta sans transition :

— Lucy m'a chargé de vous inviter à dîner, ce soir.

— Comme c'est gentil ! dit Barbara. Remerciez-la pour moi, je vous prie. Malheureusement, je suis déjà prise. J'espère qu'elle n'a pas été trop dure avec Madison. Je crains de l'avoir, bien malgré moi, placée dans une position délicate.

— Je transmettrai, dit Sebastian en se levant pour prendre congé.

Il se dirigea vers la porte grillagée, puis s'arrêta brusquement, comme s'il venait de penser à quelque chose.

— Au fait, un de mes anciens collègues est peut-être dans le coin. Darren Mowery. Vous le connaissez ?

Ainsi, c'était ça, la véritable raison de cette visite ! songea Barbara.

— J'ai entendu parler de lui, répondit-elle sur un ton parfaitement neutre.

— Il a mal tourné, l'an dernier. C'est une longue histoire… En tout cas, j'espère me tromper en pensant qu'il se trouve dans les parages. Mais si jamais il essaie d'entrer en contact avec vous, venez m'avertir ou bien appelez la police.

Il la regarda fixement avant d'ajouter :

— Il est très dangereux. Je ne saurais trop insister sur ce point.

— Je comprends, dit Barbara. Merci de m'avoir prévenue.

Lucy, Madison et J.T. avaient trié les pièces du quilt par couleur. Il y avait maintenant plusieurs piles d'hexagones étalées sur la table de la salle à manger. En tout, trois cents morceaux. Les couleurs étaient passées, le tissu usé.

— Le quilt aura l'air d'une pièce très ancienne quand on aura terminé, fit remarquer Madison d'un air ravi.

Lucy toucha le tissu en drap fin à rayures blanches et bleues, imaginant Daisy en train de découper soigneusement les chemises de son mari. Ce travail l'avait-il aidée à accepter la mort de son époux ?

— Joshua est mort il y a soixante ans, dit-elle. Ce tissu est très vieux.

J.T., qui les avait abandonnées au bout d'un moment, jouait dans la véranda avec deux micromachines de la *Guerre des Etoiles*.

— Maman ! cria-t-il tout à coup. Quelqu'un a laissé des fleurs !

— Des fleurs ? s'exclama Madison. Super ! Je me demande…

Lucy l'interrompit brusquement en lui attrapant le bras.

— Reste ici ! lui ordonna-t-elle d'une voix blanche.

— Pourquoi ?

Madison allait protester, mais en voyant le visage de sa mère, elle pâlit.

— Maman, qu'est-ce qui t'arrive ? Tu fais une de ces têtes !

— Reste ici, je te dis !

Lucy courut jusqu'à l'écran moustiquaire et l'ouvrit à la volée. Elle arriva juste à temps pour empêcher son fils de ramasser le bouquet de fleurs. Il était composé de marguerites jaunes et de pâquerettes, toutes flétries et fanées. Si elle avait été la première à le remarquer, elle aurait sans doute pensé que le bouquet venait de J.T. ou de Georgie.

— Maman, qu'est-ce qu'il y a ? demanda le gamin, interloqué.

— C'est bon, J.T., dit Lucy d'une voix un peu trop cassante. Rentre à l'intérieur.

Le garçon éclata en sanglots, mais il fit ce que sa mère lui demandait.

Lucy sentit ses jambes se dérober sous elle. Elle devait se calmer. Elle faisait peur à ses enfants et elle se faisait peur à elle-même.

Le bouquet était attaché avec une ficelle et il y avait un petit papier glissé entre les fleurs. Lucy le prit lentement et le déplia.

Lucy,
Je t'aime de tout mon cœur,
Pour toujours,
Colin

La jeune femme eut l'impression subite que les mots avaient jailli du papier pour la saisir à la gorge. Elle se mit à tousser. Elle ne pouvait plus respirer. Elle ne voyait plus rien. Elle trébucha sur les marches de la véranda.

— Lucy !

C'était la voix de Sebastian. Aussitôt, elle sentit ses bras autour d'elle.

— Lucy, qu'est-ce qu'il y a ?

Elle essaya d'avaler de l'air.

— Le... le... Qui...

Elle n'arrivait pas à parler ni à reprendre son souffle, et soudain Sebastian la porta autant qu'il la poussa vers les marches de la véranda.

— Tu es en train d'hyperventiler, dit-il. Si tu n'arrêtes pas, je vais te coller un sac en papier sur la tête.

Hyperventilation. Trop d'oxygène dans le sang. Lucy savait quoi faire. Elle ferma la bouche, compta jusqu'à trois et respira par le nez, tout en soufflant lentement à travers ses lèvres fermées.

— Encore ! lui dit Sebastian.

— Madison et J.T...

— Encore, Lucy ! Tu ne leur serviras à rien si tu tombes dans les pommes.

Il avait raison, bien sûr. Une minute plus tard, elle avait retrouvé son calme et respirait normalement.

Sebastian prit le papier qu'elle tenait encore dans la main et le lut. Sa mâchoire se crispa.

— Je ne m'attendais pas à ça, dit Lucy. J'ai tout de suite

eu des soupçons mais... Il faut vraiment être malade pour faire une chose pareille !

Elle se leva et s'appuya sur le bras de Sebastian pour trouver son équilibre. Il n'avait peut-être pas l'eau courante ni l'électricité, il avait peut-être renoncé à l'usage de la violence, il avait peut-être aussi des tas de démons intérieurs à terrasser, mais il était là, solide comme un roc.

Elle ouvrit l'écran moustiquaire.

— C'est bon, les enfants, venez !

— Je vais jeter ces fleurs, dit Sebastian.

Lucy hocha la tête.

— Merci.

— Et j'appelle Plato, ajouta-t-il sur un ton sans appel.

Lucy ne discuta pas. Elle n'en avait même pas envie.

L'opinion de Sebastian au sujet de Barbara était très claire.

— Elle est impliquée jusqu'au cou dans une histoire louche.

Lucy sourit.

— C'est ton opinion de professionnel ?

— C'est celle de mon instinct.

Ils venaient de terminer leur repas et buvaient du café, assis à la table de la cuisine. Madison et J.T. étaient déjà montés se coucher.

— Et ton instinct ne te trompe jamais ?

— Pas quand il s'agit de décider si je veux un cheeseburger ou non, répondit Sebastian. Quant à savoir si quelqu'un ment, se cache, complote ou trame quelque chose de mal…

Il eut un haussement d'épaules.

— C'est rare, mais je suis faillible.

— Je finis par oublier ce que tu fais dans la vie. Tu as l'air tellement normal, ici.

— Je ne le suis pas.

Lucy le revit dans sa cabane poussiéreuse, avec ses chiens. Non, il n'était pas normal, en effet.

— Comment ta boîte peut-elle continuer à fonctionner sans toi ? demanda-t-elle avec curiosité.

— C'est simple, répondit Sebastian. J'ai engagé les meilleurs.

— Pour en revenir à Barbara, dans quel genre d'affaire peut-elle bien être impliquée ? Tu as bien une petite idée, n'est-ce pas ?

Il ne répondit pas.

— Sebastian, j'ai le droit de savoir, insista la jeune femme.

— Ce n'est pas une question de droit. Que feras-tu de cette information ?

— Tu ne me fais pas suffisamment confiance.

Il fronça les sourcils.

— Je ne sais pas ce que ça signifie. Ai-je confiance dans le fait que tu vas rester tranquille et suivre mes instructions ? Non, en effet. Ai-je confiance dans le fait que tu agiras toujours pour le bien de tes enfants ? Oui.

— Je parlais de confiance en général.

— Ça n'existe pas.

— Bien sûr que si ! C'est quand on pense que les gens possèdent une sorte de compas intérieur qui les aiguille dans la bonne direction. Nous commettons tous des erreurs. Mais avoir confiance en quelqu'un, c'est savoir que cette personne s'efforcera de prendre les bonnes décisions en toutes circonstances.

— Je ne suis pas sûr que nous ayons la même conception de ce que représente une bonne décision.

— Là n'est pas la question, Sebastian. Il ne s'agit pas de penser forcément la même chose. Il s'agit d'être certain qu'une personne va être elle-même.

Il but une gorgée de café.

— Tu as passé trop de temps dans ces collines, à discuter avec des bouffeurs de tofu, Lucy. J'ai confiance en toi. Là, tu es contente ?

— Oui, répondit la jeune femme.

Elle se redressa sur sa chaise.

— Dans ce cas, dis-moi dans quelle magouille est impliquée Barbara, selon toi.

— Une histoire de chantage.

Lucy reposa sa tasse sur la table après avoir constaté qu'elle tremblait trop pour la porter à ses lèvres. Les sourcils froncés, elle regarda Sebastian.

— Quel genre de chantage ?

Puis une pensée lui traversa l'esprit et elle écarquilla les yeux.

— Cela a-t-il un rapport avec Darren Mowery ?

— Je le crains fort. Depuis mon arrivée ici, j'espère trouver une information ou un indice qui me permettra d'écarter cette possibilité. Malheureusement, je suis de plus en plus convaincu qu'il est au cœur de l'affaire.

Lucy hocha la tête avec lenteur.

— Je comprends, murmura-t-elle.

— Non, Lucy, tu ne comprends rien du tout. Darren a été mon patron, mon mentor et mon ami. Il a mal tourné et je me suis lancé à sa poursuite. Je savais que je serais probablement forcé de le tuer. J'aurais dû m'assurer qu'il était bien mort, ou en prison, avant de quitter la Colombie. Mais je ne l'ai pas fait.

— Et maintenant il te fait chanter ? demanda Lucy qui essayait de reconstituer le puzzle à partir des quelques pièces dont elle disposait.

— Je préférerais ça. La solution serait simple. Mais en réalité, c'est ton beau-père qu'il fait chanter.

— Quoi ?

— Darren est allé le voir quand tu es venue dans le Wyoming. Jack lui a donné ce qu'il exigeait, et maintenant Darren en veut encore plus. Alors, ton beau-père a cherché à me joindre.

— Quand ? demanda Lucy qui sentait la tête lui tourner.

— Hier. Jack n'a pas voulu donner le moindre détail à Plato. J'ai essayé de le faire parler, ce matin, mais il refuse de lâcher le morceau.

— Et tu es sûr que le maître chanteur est ce Darren Mowery ?

Sebastian hocha la tête.

— Eh bien, fais-le arrêter ! s'exclama Lucy.

— Ce n'est pas aussi simple. Le problème, avec le chantage, c'est que la victime ne tient généralement pas à ce que l'affaire soit ébruitée. Elle se moque bien de savoir si le maître chanteur finira en prison : elle veut juste qu'il se taise.

Lucy hocha la tête. Puis, éprouvant brusquement le besoin de respirer un peu d'air frais, elle se leva et sortit dans la nuit. Il faisait bon, dehors, et l'herbe était fraîche sous ses pieds nus. Elle entendait le chant des cigales, au milieu du chaos qui régnait dans son esprit. Jack était victime de chantage. Pis : il avait cédé à ce chantage !

Sebastian la suivit dehors, mais sans s'approcher d'elle. Plus le problème se corsait, plus il se concentrait jusqu'à donner l'impression de se replier sur lui-même. C'était un vrai talent que Lucy ne possédait pas, sauf sur l'eau. Quand elle était dans son canoë, elle agissait à l'instinct, et en cas de danger c'était son savoir-faire qui prenait le dessus. Elle ne pouvait pas se permettre de céder à la panique.

Mais, bien sûr, Sebastian avait l'habitude des situations dans le genre de celle qu'ils vivaient actuellement. Gérer les affaires de chantage faisait partie de son quotidien.

— Combien Jack a-t-il payé ? Tu le sais ? demanda-t-elle brusquement.

— Vingt mille dollars en deux virements, répondit Sebastian.

— C'est tout ?

— Pour le moment.

Lucy poussa un profond soupir et leva la tête vers le ciel étoilé.

— Je veux juste coudre des quilts avec ma fille. Je veux emmener mon fils à la pêche. Je veux vivre ma vie. Merde !

— Plato sera là demain.

Elle hocha la tête.

— Lucy, murmura Sebastian en faisant un pas vers elle pour toucher doucement sa joue. Si seulement je pouvais faire en sorte que cette histoire n'ait jamais existé, je le ferais sans hésiter. Et pourtant, cela voudrait dire que tu ne serais jamais venue dans le Wyoming et que je ne t'aurais donc pas revue.

Lucy ferma les yeux.

— Tu penses que Barbara est mêlée à ce chantage ?

— Oui.

— Et tu penses que cela a un rapport avec moi ?

— Oui. Je ne sais pas encore comment ni pourquoi, mais oui.

La jeune femme posa son front sur la poitrine de Sebastian et laissa jaillir les larmes qu'elle retenait à grand-peine. Sebastian l'enveloppa de ses bras et la laissa pleurer, jusqu'à ce qu'elle se calme d'elle-même.

— Je déteste pleurer, dit-elle finalement. Je n'ai pas pleuré depuis des années, sauf une fois, l'été dernier, quand je me suis cogné le petit orteil. Mais ça, c'était plutôt des larmes de colère.

— Lucy, je ne connais pas beaucoup de femmes qui aient ta force de caractère.

— Bah ! je ne suis pas si forte que ça. Je me lève chaque matin et je fais du mieux que je peux, voilà tout.

— Exactement, répondit Sebastian. Qu'est-ce que je te disais ?

Lucy leva la tête, vit son sourire et, spontanément, elle l'embrassa. Elle prit tout son temps, savourant le baiser et les caresses de son compagnon.

— Si je pouvais, chuchota-t-elle finalement, je te demanderais de me faire l'amour, ce soir.

— Lucy…

— Mais mes enfants dorment à l'étage. Ils ont peur et ils ont besoin de savoir où je suis.

— Je t'aime, Lucy Blacker, dit-il simplement.

Il toucha ses cheveux, ses lèvres, et l'embrassa d'une manière qui disait clairement à quel point il était sincère.

— Je t'aimerai toujours, ajouta-t-il.

— Merci, murmura Lucy.

Il éclata de rire, si soudainement qu'elle en eut le souffle coupé.

— Merci ? répéta-t-il.

— Eh bien…, je ne sais pas. Oui, merci.

Il lui donna une tape sur les fesses.

— Monte vite rejoindre tes enfants pendant qu'il en est encore temps.

Lucy hocha la tête et rentra dans la maison.

J.T. dormait, quand elle pénétra dans sa chambre. Elle l'embrassa doucement, puis, comme attirée par une force invisible, elle se tourna vers la photo qui représentait l'enfant en compagnie de son père.

— Colin, chuchota-t-elle en touchant le papier écorné. Merci pour tout, pour ce que nous avons été l'un pour l'autre, pour Madison et pour J.T., et pour nos années de bonheur. Merci.

Elle ressortit dans le couloir et, s'arrêtant devant la chambre de Madison, colla l'oreille à la porte. Comme elle n'entendait rien, elle continua son chemin jusqu'à la chambre d'amis. Elle contempla le ciel tout allumé d'étoiles et pensa au chantage, à Jack et à un homme dangereux qui n'était pas mort. Puis, au moment de se glisser entre les draps, elle pensa à Sebastian et elle sourit. La veuve Swift était en train de tomber amoureuse.

Le mémorandum atterrit sur le bureau de Jack Swift à 21 heures. Un quart d'heure plus tard, le sénateur renonçait à travailler jusqu'à minuit, comme il l'avait prévu, et rentrait chez lui en taxi.

C'était juste un mémorandum de routine. Son équipe savait que Sebastian Redwing lui avait sauvé la vie, en plus d'avoir été le meilleur ami de son fils, et on lui communiquait toujours les informations concernant Redwing Associates.

« Happy Ford, une consultante travaillant pour le compte de l'agence Redwing Associates et basée à Washington D.C. a été blessée par balle, ce soir, en ville. Son état est grave, mais les médecins se montrent optimistes. On ignore encore s'il s'agit d'un attentat lié à son travail. Il n'y a pas encore de suspect. »

Jack était certain que Darren Mowery avait tiré sur cette femme. Il arriva chez lui, se rua à l'étage et entreprit de jeter des vêtements dans une valise. Il devait se rendre auprès de Lucy et des enfants. Il n'avait pas une minute à perdre.

La valise tomba par terre et son contenu se renversa sur le sol. Jack s'effondra au milieu des caleçons et des pantalons de toile, et éclata en sanglots déchirants. Il ne pouvait plus s'arrêter. Colin et Eleanor étaient partis, morts et enterrés. Tout ce pourquoi il avait tant travaillé, toute sa vie, était sur le point d'être détruit, anéanti. Il ne lui restait plus rien. Plus rien du tout. Et maintenant Lucy et ses petits-enfants couraient peut-être un danger, eux aussi.

— Jack ?

C'était la voix de Sidney. Elle l'appelait depuis le rez-de-chaussée.

— Jack ? Tu es là ? Je t'ai appelé au bureau et on m'a dit que tu étais parti comme si tu avais la mort aux trousses. Que se passe-t-il ?

L'instant d'après, elle était sur le seuil de la porte. Elle se figea, stupéfaite.

— Jack ?

— Oh ! Sidney, Sidney, que dois-je faire ?

13.

Lucy ignora les protestations de son fils, lorsqu'elle lui proposa d'aller cueillir des bleuets, tôt, le lendemain matin.

— Les bleuets sauvages font les meilleurs muffins, déclara-t-elle. Et ils commencent tout juste à mûrir.

— Pourquoi tu ne demandes pas à Madison ? grommela le garçon.

— Elle dort encore, alors que tu es là, l'œil vif et plein d'énergie.

Il fit la grimace et rentra la tête dans les épaules. Si elle lui annonçait qu'il pouvait jouer à Nintendo ou regarder la télévision, il cesserait instantanément de grogner. Raison de plus pour insister, songea-t-elle en lui tendant une boîte en fer blanc vide qui avait contenu du café.

— Tu peux faire la tête ou y aller avec le sourire. C'est toi qui décides.

— J'aimerais bien que Georgie vienne à la maison, déclara J.T.

Lucy avait appelé Rob et Patti, et leur avait conseillé de

garder leur fils chez eux, aujourd'hui. Elle passa un bras autour des épaules de J.T.

— C'est fou ce que tu pousses ! lui dit-elle. Est-ce que tes pieds sont déjà aussi grands que les miens ?

Cette idée parut plaire au garçon qui se dérida instantanément. Ils marchèrent ensemble le long du muret de pierre qui bordait le champ et, finalement, passèrent par-dessus pour rejoindre un bouquet de buissons bas constellés de bleuets sauvages. Ils s'accroupirent. Le soleil était déjà chaud mais le fond de l'air était lourd et la météo avait annoncé de la pluie, plus tard dans la journée.

— Ils sont encore verts, dit J.T.

— Pas tous, répondit Lucy. Il ne nous en faut pas beaucoup, tu sais ? Une tasse suffira. Ils seront parfaitement mûrs la semaine prochaine, juste à temps pour l'arrivée de ton grand-père. On pourrait l'inviter à venir manger des pancakes aux bleuets, de la tarte aux bleuets, de la glace aux bleuets…

— J'ai horreur des pancakes aux bleuets ! lança le gamin.

— J.T.

Il lui sourit par-dessus un buisson, et Lucy se dit qu'il croyait encore pouvoir l'amadouer avec un joli sourire, exactement comme son père avant lui. A cette pensée, la jeune femme remarqua qu'elle n'éprouvait pas le pincement de cœur auquel elle était habituée, cette douleur sourde à la pensée que son fils ne connaîtrait jamais vraiment son père. Le regret existait toujours, mais la peine s'estompait. Sans doute parce qu'elle savait désormais qu'ils s'en sortiraient.

— Regarde, maman. J'en ai un, deux, trois... cinq ! Cinq bleuets. Et celui-là ! Il est énorme.

Il les cueillait rapidement et les jetait dans la boîte de fer blanc, tendant aussitôt la main pour en prendre davantage.

— Dis donc, je suis tombé au bon endroit ! s'exclama-t-il encore.

— Tant mieux ! répondit Lucy.

Mais trois poignées de bleuets plus tard, le gamin cessa de trouver cela intéressant, et Lucy décida qu'ils en avaient assez pour faire des muffins.

Ils repassèrent par-dessus le muret, et la jeune femme aperçut Sebastian qui sortait de la maison et s'asseyait sur les marches. Il la vit à son tour et lui fit un signe de la main. Aussitôt, Lucy sentit son cœur bondir dans sa poitrine. Elle était pire qu'une adolescente de treize ans. Mais elle n'avait plus treize ans. Ni elle ni Sebastian n'étaient des enfants. Colin avait été l'homme idéal pour la femme qu'elle était, autrefois, mais elle n'était plus cette femme. Les trois dernières années l'avaient changée. Elle avait perdu son mari et elle élevait ses deux enfants seule ; elle avait monté sa propre entreprise et déménagé à la campagne.

J.T. la devança.

— Salut, Sebastian !

— Bonjour, J.T. Tu t'es levé avec les coqs, ma parole !

— Maman et moi on a cueilli des bleuets, déclara le

gamin en fourrant sa boîte en fer blanc sous le nez de Sebastian.

Lucy suivait son fils sans se presser. Elle avait pris une décision qui n'allait pas plaire à Sebastian, mais elle était fatiguée d'attendre la suite des événements. Elle éprouvait le besoin de prendre les devants.

— On va faire des muffins, ajouta J.T.

— Des muffins, vraiment ? demanda Sebastian en regardant Lucy approcher.

— Oui, confirma la jeune femme. Nous allons en porter quelques-uns à Barbara et lui faire une surprise.

Le regard gris de Sebastian fonça légèrement.

— J.T., certains de tes bleuets ont encore leur queue. Si tu allais les nettoyer pendant que je parle à ta mère, dit-il d'une voix neutre.

— Pas la peine de discuter avec elle, répondit le garçon. Elle n'est pas d'humeur.

Et il entra en faisant claquer l'écran moustiquaire derrière lui.

— Alors, comme ça, vous allez confectionner des muffins pour Barbara ? reprit Sebastian.

— Oui. C'est ce que je ferais si je ne la soupçonnais pas d'être mêlée à une sale affaire de chantage et de me laisser des cadeaux empoisonnés.

— Lucy, la personne qui a laissé ces fleurs, hier, savait que tu étais chez toi avec les enfants. S'il s'agit de Barbara, elle savait aussi que j'étais là. Elle a pris un risque énorme. Je n'aime pas beaucoup voir une situation s'envenimer de cette façon.

— Je n'aimais pas davantage la situation avant qu'elle ne s'envenime, riposta Lucy. Sebastian, Barbara sait que je sais qu'elle est là. Si je ne monte pas la voir, elle se demandera pourquoi.

— Et alors ? Grand bien lui fasse !

— Et si elle est innocente ? Je l'aurai blessée sans raison.

— Pardon, mais tu as une excellente raison, et si elle est innocente, elle le comprendra parfaitement.

— Qu'est-ce qu'elle comprendra ? Que je l'ai crue capable de me laisser des fleurs fanées de la part de feu mon mari ? Ça m'étonnerait.

— J.T. a raison. Il n'y a pas moyen de discuter avec toi, ce matin.

Lucy monta les marches et ouvrit l'écran moustiquaire à la volée. Sur le seuil, elle se tourna vers Sebastian. Un rayon de soleil jouait dans ses cheveux et faisait ressortir la dureté des traits de son visage. Peut-être allait-elle trop vite avec lui. Tomber amoureux était une chose. Construire une relation durable en était une autre, bien différente.

— Je vais porter des muffins à Barbara, déclara-t-elle sur un ton sans appel.

— Plato va arriver vers midi.

— Très bien. Je serai de retour d'ici là. En attendant, tu peux continuer à rôder.

Et elle fit claquer, à son tour, l'écran moustiquaire.

Sebastian éclata de rire. Une minute plus tard, il était dans la cuisine et buvait du café tout en coupant les queues des bleuets avec J.T., comme s'il acceptait sa défaite — ce dont Lucy doutait fort. La défaite l'avait peut-être poussé jusqu'aux confins de son ranch, dans une cabane sans eau et sans électricité, mais elle ne l'avait pas fait venir jusque dans sa cuisine… La vérité, c'est qu'il s'était glissé sous sa peau et qu'il avait bien l'intention d'y rester.

Lucy enveloppa les muffins dans du papier d'aluminium et, tandis qu'ils étaient encore chauds, elle prit sa voiture et se rendit dans la maison qu'avait louée le sénateur. C'était exactement ce qu'elle aurait fait, en temps ordinaire, à une seule différence près : elle ne demanda pas à Madison et à J.T. de l'accompagner. Elle les laissa dans la maison, sachant que Sebastian n'était pas loin : il furetait quelque part dans les bois, ainsi qu'elle le lui avait suggéré.

Lorsqu'elle descendit de voiture, l'air était toujours aussi chaud et lourd. Elle suivit un sentier de gravier qui contournait la maison et gravit les marches menant à la terrasse. Sebastian lui avait conseillé de ne pas entrer, ce qui lui paraissait raisonnable.

— Coucou, c'est moi, Lucy !

— Oui, je suis là ! répondit Barbara, depuis la véranda.

— Oh ! je ne vous avais pas vue. J'ai fait des muffins avec J.T., ce matin, et je vous en ai apporté quelques-uns. Nous avons cueilli les bleuets nous-mêmes.

— Comme c'est gentil ! dit Barbara, ouvrant l'écran moustiquaire et sortant sur la terrasse.

Elle avait l'air tout à fait normal. Sa tenue était peut-être un peu élégante pour le Vermont, mais Lucy ne s'attendait pas à autre chose de la part de l'assistante du sénateur Swift. Elle essaya de se rappeler leur première rencontre : cela remontait certainement à l'époque où elle sortait avec Colin, peu de temps avant la tentative d'assassinat. Autant qu'elle s'en souvienne, Barbara Allen avait toujours fait partie de l'équipe de Jack. C'était un peu comme si elle faisait partie du décor.

Lorsqu'elle respira la bonne odeur des muffins et poussa une exclamation de plaisir, Lucy eut bien du mal à l'imaginer en train de harceler qui que ce fût, a fortiori la belle-fille de son patron. Ç'aurait été tellement bête ! Or, Barbara était loin d'être bête.

— Moi qui adore les bleuets sauvages ! disait-elle.

— Vous avez peut-être quelques buissons, par ici, dit Lucy. Sans doute assez pour faire des pancakes.

Barbara pouffa de rire.

— Je crains de n'être pas très portée sur la cuisine, vous savez.

— Il me semble que n'importe qui peut acheter une boîte de préparation pour pancakes, y ajouter de l'eau et une poignée de bleuets, répliqua Lucy.

Elle remarqua brusquement les taches de farine sur son T-shirt et regretta de n'avoir pas pensé à se changer.

— Vous êtes là pour longtemps ? reprit-elle.

— Encore un jour ou deux. Heureusement qu'il y a le téléphone portable. Sinon, je n'aurais jamais pu m'éloigner aussi longtemps du bureau.

— Oui, j'imagine, murmura Lucy, tout en se demandant pourquoi elle se sentait sur la défensive, brusquement.

Elle aimait préparer des muffins et des pancakes ; elle aimait cueillir des baies, bricoler dans son jardin et passer du temps avec ses enfants ; elle gérait sa propre entreprise, elle travaillait, et elle connaissait très bien Washington. Elle n'avait rien à prouver à qui que ce fût. Pourquoi, dans ce cas, se sentait-elle attaquée ou diminuée, juste parce que Barbara insistait sur le fait qu'elle était importante, voire même indispensable ?

— J'espère que Madison ne s'est pas fait gronder par ma faute, reprit Barbara.

— Non, répondit Lucy. Elle est très impatiente d'aller à Washington, l'automne prochain. Nous le sommes tous, à vrai dire.

— L'automne est ma saison préférée, là-bas. La ville vibre d'une telle énergie. J'aime bien la campagne, mais…

Barbara regarda autour d'elle et sourit.

— Je crois que tout ce calme finirait par me taper sur les nerfs.

— Je dois vous avouer qu'à notre arrivée, les premiers mois, j'avais beaucoup de mal à tenir en place, dit Lucy. A tel point que je n'étais pas sûre de pouvoir rester. Et puis j'ai commencé à apprécier le rythme de vie. Le Vermont n'est pas aussi isolé qu'on le pense. Il y a beaucoup de choses à faire.

— Oui, sans doute, avec tous ces touristes et les propriétaires de résidences secondaires. Votre agence de voyages marche bien ?

Lucy hocha la tête.

— Très bien, merci. J'ai une excellente équipe avec

moi, et nous avons des tas d'idées. Madison vous a-t-elle dit que nous étions en train d'organiser un voyage au Costa Rica ?

— Non, répondit Barbara. A vrai dire, nous n'avons pas eu l'occasion de parler de vous.

Lucy eut l'impression qu'elle venait d'être piquée par des centaines d'aiguilles empoisonnées. Soudain, l'évidence se fit jour dans son esprit : cette femme ne l'aimait pas du tout.

— Mes parents ont pris leur retraite là-bas, expliqua-t-elle.

— Oui, Jack me l'a dit. C'est une drôle d'idée, vous ne trouvez pas ?

Ainsi, non seulement elle était égoïste et tordue, mais sa famille était bizarre, aussi. Lucy haussa les épaules et se força à sourire.

— Non, je trouve ça normal, compte tenu de leurs antécédents. Je veux convaincre Jack de nous y accompagner, l'hiver prochain. Ce serait tellement sympa ! Sidney Greenburg pourrait peut-être venir, elle aussi. C'est une excellente amie de mes parents…

— Oui, je suis au courant.

Barbara posa les muffins sur une chaise et prit une profonde inspiration, tandis que son regard se perdait du côté des bois. L'espace d'un moment, elle parut oublier la présence de Lucy. Puis elle se reprit.

— Je consulterai l'agenda de Jack. Je ne sais pas s'il peut se permettre de prendre du temps pour aller au Costa Rica.

Autrement dit, pour de telles frivolités, songea Lucy.

— J'espère qu'il pourra. Mais bien sûr je sais que ce n'est pas simple. La vie d'un sénateur doit être trépidante et pleine d'exigences.

— Il faut établir des priorités, c'est certain, dit Barbara. Jack passerait tout son temps avec vous et ses petits-enfants, s'il le pouvait. Vous le savez. Malheureusement, mon devoir est de le freiner et de l'aider à ne pas perdre ses objectifs de vue. C'est une tâche ingrate, mais heureusement il sait que j'agis uniquement dans son intérêt.

— Vous désapprouvez sa décision de passer le mois d'août ici, n'est-ce pas ?

— Pour être tout à fait franche, un mois entier, ça me paraît un peu long, en effet. Je le comprends, bien sûr. Vous êtes sa seule famille. Mais sur un plan professionnel, il est sénateur de l'Etat du Rhode Island, pas du Vermont.

Barbara arbora un sourire sucré.

— Si vous vous étiez installée à Providence ou à Newport, la situation serait différente.

Autrement dit, si Lucy avait été une belle-fille digne de ce nom… Elle ne put retenir un rire.

— Personne ne m'a proposé une maison dans mes moyens à Providence ou à Newport… Bon, il faut que je vous laisse. Nous sommes en train d'apporter les dernières touches à une randonnée pères-fils.

— Il doit être bien agréable d'avoir un emploi du temps aussi flexible, dit Barbara. Je suis tellement habituée à travailler de l'aube jusqu'au coucher du soleil.

— Je suis contente de vous avoir revue, Barbara, dit Lucy en se levant.

— Moi aussi.

Lucy était déjà au milieu des marches lorsque Barbara ajouta :

— A votre place, je ferais attention au sujet de Sebastian Redwing.

Lucy se retourna.

— Ah bon ? Pourquoi ?

— Je ne pense pas qu'il soit là uniquement pour revoir la maison de sa grand-mère.

En effet, songea Lucy. Il est là à cause d'une affaire de chantage.

— Je ne me fais aucun souci, répondit-elle. Je connais Sebastian depuis des années.

Barbara s'approcha des marches. C'était une belle femme, mais Dieu qu'elle était agaçante !

— C'est pourtant évident, reprit-elle. Vous êtes la véritable raison de sa présence ici.

— Je vous demande pardon ?

— Il est amoureux de vous depuis bien longtemps. Vous devez être la seule à ne pas l'avoir remarqué.

— Washington ! s'exclama Lucy, riant pour cacher son malaise. Voilà bien une chose qui ne me manque pas : les ragots. A bientôt, Barbara.

Lucy retourna vers sa voiture et s'engouffra dans l'habitacle en poussant un juron. Elle était furieuse : furieuse contre elle et furieuse contre Barbara. Surtout, elle commençait à se dire que Sebastian avait peut-être raison. Barbara ne l'aimait pas. Mais pourquoi ? Et surtout, la détestait-elle au point de chercher à la terrifier ?

— Si seulement j'avais des preuves, je traînerais cette salope par les cheveux jusqu'au poste de police le plus proche ! dit-elle à haute voix.

— Eh bien, quel punch ! s'exclama Sebastian qui avait ouvert la portière du passager et se glissait près d'elle.

— Tu n'étais pas censé entendre ça.

— Mais tu sais bien que je suis un fouineur !

— Tu as entendu toute notre conversation ?

— Je n'aurais manqué ça pour rien au monde : une véritable joute verbale dans le plus pur style féminin.

— Je ne sais pas ce qui m'a pris, dit Lucy en faisant marche arrière un peu trop brusquement. Je m'en fiche, moi, qu'elle travaille vingt-quatre heures sur vingt-quatre et qu'elle me considère comme une ménagère mal fagotée.

— Elle a fait en sorte de te renvoyer une image de toi-même conforme à ses standards à elle et, du coup, tu as oublié les tiens.

Lucy revint en marche avant et lança la voiture sur le chemin de terre.

— Cette femme se donne plus d'importance qu'elle n'en a. Quand on travaille du matin au soir, c'est généralement parce que l'on n'a pas de vie privée, reprit-elle sur un ton crispé.

Puis elle avala un grand bol d'air et desserra l'étau de ses doigts sur le volant.

— Mais, bien sûr, en disant cela, je fais exactement la même chose qu'elle : je la juge sur les choix de vie qu'elle a faits.

— Tu ne veux pas ralentir ? demanda Sebastian. Si on va s'enrouler autour d'un arbre, Plato devra élever tes enfants. Et ce ne serait pas l'idéal, crois-moi…

Lucy ralentit.

— Qu'est-ce qu'on fait au sujet de Barbara ?

— Nous ?

— Elle ne va pas cesser son manège. Je ne sais pas ce qu'elle a contre moi, mais ma visite a dû envenimer la situation.

— Tu n'aurais rien pu dire ou faire pour améliorer cette situation, Lucy. Barbara est déterminée à te haïr. Elle aime ça. Je me demande si ça ne l'aide pas à se sentir un peu mieux dans sa peau.

— Tu penses vraiment qu'elle est de mèche avec Mowery ?

— Cela me paraît hautement probable.

— Autrement dit, l'information que ce type détient contre Jack est un élément capable de me faire du mal, à moi aussi.

Sebastian la regarda avec un calme qu'elle trouva rassurant.

— Est-ce que Jack mettrait sa réputation et son compte en banque en péril pour vous protéger, toi et les enfants ?

— Bien sûr ! répondit la jeune femme sans hésiter. Aucun doute : il le ferait.

— A cause de Madison et de J.T. ?

— En grande partie, mais pas seulement. Nous sommes sa seule famille. Après la mort de Colin…

Elle freina brusquement, jusqu'à arrêter la voiture.

— Mon Dieu ! Sebastian, et si le chantage avait un rapport avec Colin ?

— Si tu sais quelque chose ou si tu as le moindre soupçon, c'est le moment de m'en parler, dit Sebastian sur le même ton posé.

— Je ne sais rien du tout, répondit la jeune femme. D'ailleurs, il n'y a rien à savoir. Jack et Colin sont issus du même moule : avec eux, ce qu'on voit est ce qui est. Colin n'avait pas de secret pour moi. Il est mort brutalement, sans aucun avertissement. Personne ne savait qu'il avait des problèmes cardiaques. Il n'a pas eu le temps de cacher quoi que ce soit. Je le saurais. C'est moi qui ai trié toutes ses affaires.

— Est-ce qu'il tenait un journal ?

Lucy hocha la tête.

— Tu sais ce qu'il contenait ?

— Non. Je l'ai brûlé sans le lire. Tu n'aurais pas fait la même chose ?

— Probablement pas.

Lucy lui jeta un regard et vit qu'il ne plaisantait pas.

— Tu lirais le journal intime d'un mort ?

— Je pourrais, oui. En tout cas, je ne le brûlerais pas sans réfléchir. Imagine qu'il contienne le secret de la fusion à froid.

Lucy étouffa un rire.

— Redwing, tu tournes tout en dérision !

Il lui sourit.

— Tu avais besoin de te détendre, non ? Et Jack ? Pourrait-il avoir quelque chose à cacher ?

— Vraiment, je ne vois pas.

Elle appuya de nouveau sur l'accélérateur.

— Mowery et Barbara ont peut-être inventé un scénario.

— Ça, c'est tout à fait possible, dit Sebastian.

Lucy poussa un soupir.

— Comment fais-tu pour rester aussi calme ?

— Qui a dit que j'étais calme ?

Lorsqu'ils arrivèrent à la maison, Lucy demanda aux enfants de venir l'aider au bureau. Rob avait l'air de quelqu'un qui brûle d'envie de poser des questions, mais il se garda bien de le faire devant eux, et la petite équipe réussit à abattre une grosse somme de travail, ce matin-là.

A midi précis, Plato Rabedeneira arriva.

— Mince alors ! s'exclama Rob en jetant un coup d'œil par la fenêtre. Tu sais, Lucy, il m'arrive de penser que tu es juste une nana ordinaire — agent de voyages, veuve avec deux enfants — et hop ! la cavalerie débarque.

— Ce n'est rien, ça, comparé à ce qui débarquerait si j'appelais Washington.

Plato descendit de voiture. Complet sombre, lunettes de soleil. Il semblait boiter plus que de coutume, peut-être parce qu'il venait de passer de longues heures en avion.

— Tu penses qu'il est armé ? demanda Rob.

— Jusqu'aux dents.

Lucy sortit pour accueillir Plato.

— Salut, la puce !

— Salut, Plato ! Merci d'être venu.

Elle recula d'un pas.

— Même si je te garde un chien de ma chienne pour m'avoir envoyé Sebastian, compte tenu de…

Elle s'interrompit, hésita, puis conclut un ton en dessous :

— Compte tenu de ce que tu sais.

Plato sourit.

— Tu veux parler de ses manières de rustre ou du fait qu'il est amoureux de toi ?

— Les deux.

— Tu connais le dicton : on ne fait pas d'omelettes sans casser des œufs.

— Ha !

— Il n'en reste pas moins le meilleur, reprit Plato.

— Je l'espère bien. Il me faut ce qu'il y a de mieux, répondit Lucy.

— Où est-il ?

— Ici, répondit Sebastian en descendant les marches de la véranda. Tu fais très mafieux avec tes lunettes et ta berline noire aux vitres teintées. Tu as de la chance que je ne t'aie pas tiré dessus.

— Tu n'es pas armé, riposta Plato. Et même si tu avais un revolver, tu ne l'utiliserais pas.

— Qu'est-ce que tu en sais ? J'ai très bien pu changer d'avis.

— Ce ne serait pas si mal ! L'année sabbatique est terminée, mon vieux. Il faut te remettre au boulot. J'ai du nouveau.

Il eut un regard vers Lucy. Aussitôt, elle secoua la tête

et croisa les bras, comme pour dire qu'elle n'avait pas l'intention de se laisser faire.

— Pas question de me renvoyer, messieurs. Quoi que tu aies à confier à Sebastian, tu peux le dire en ma présence, Plato.

Plato interrogea Sebastian du regard.

— Vas-y, je t'écoute.

— La nouvelle n'est pas bonne. Happy Ford a été blessée par balle, hier soir, à Washington. Son état est grave, mais les médecins sont plutôt optimistes.

Le visage de Sebastian ne trahit aucune émotion particulière.

— Tu as veillé à ce qu'elle ne manque de rien ? demanda-t-il.

— Oui.

Sebastian laissa son regard se perdre du côté des collines boisées.

— C'est Mowery ?

— Nous n'avons pas encore pu parler avec Happy.

— Autrement dit, nous ignorons où il se trouve.

— En effet. Elle pensait avoir retrouvé sa trace, hier après-midi. C'est la dernière fois qu'elle nous a contactés.

— Si elle meurt, ce sera ma faute, dit Sebastian.

— Si elle meurt, ce sera la faute du type qui lui a tiré dessus.

— J'aurais dû le descendre, il y a un an.

— Il y a un an ? Pourquoi pas il y a quinze ans ? Pourquoi pas le jour où tu l'as rencontré ?

Madison et J.T. sortirent de l'étable en trombe, et Lucy

sentit son cœur chavirer. Ils étaient si jeunes, si pleins d'énergie, tellement innocents. Ses bébés. Seigneur, elle devait les protéger !

Sebastian plissa les yeux.

— Tu es de baby-sitting, dit-il à Plato.

— Je m'en doutais, fit ce dernier en accompagnant ses paroles d'une grimace.

— Emmène-les dans un endroit où ils seront à l'abri.

Sebastian rentra dans la maison, et l'écran moustiquaire claqua derrière lui, faisant sursauter Lucy.

— Je crois que je suis un peu nerveuse, dit-elle en se forçant à sourire.

— Tant mieux, répondit Plato. Tu n'en seras que plus attentive.

— Que dois-je faire ?

— Un sac pour les gosses. Des vêtements de rechange et deux paires de chaussures. Pas d'animaux.

— Des sacs de couchage ? J'ai des tonnes de provisions lyophilisées si…

Plato ne put retenir un sourire.

— Je ne les emmène pas dans la cambrousse, Lucy. Nous allons juste trouver un motel quelque part.

— Tu m'appelleras ?

— Non. Si je t'appelle, ce sera mauvais signe.

Lucy sentit ses genoux se dérober sous elle.

— Plato, je ne sais pas si je peux…

— Viens avec nous.

Elle secoua la tête.

— Non. J'ai besoin de comprendre ce qui se passe. D'ailleurs, j'ai confiance en toi.

— Aie confiance en Sebastian.

— Maman, intervint Madison d'une voix où perçait la terreur. Qu'est-ce qu'il y a ?

— Elle est géniale, cette bagnole ! s'exclama J.T. en faisant le tour du véhicule.

Lucy hésita un instant, se demandant comment répondre à la question de sa fille.

— Vous allez partir avec Plato, dit-elle. Ça peut durer deux heures ou deux jours, le temps que la situation se désamorce, ici. Il s'occupera bien de vous.

Madison pâlit.

— Et toi, maman ?

— Ça ira, chérie. Je serai ici avec Sebastian.

J.T. était réellement époustouflé par la voiture.

— Je pourrai monter devant ?

— Si tu veux, répondit Plato.

Madison s'efforça de sourire. Elle était plus grande et comprenait plus de choses ; elle en devinait un certain nombre aussi. Mais elle paraissait déterminée à se montrer brave.

— Euh, je peux emporter mon quilt ?

Lucy comprit aussitôt qu'elle voulait parler des pièces de tissu en forme d'hexagones qu'elle avait trouvées dans le grenier. Mais Plato, lui, ouvrit de grands yeux étonnés.

— Ton quilt ? répéta-t-il d'un air ahuri. Voilà autre chose !

14.

Appuyé contre le chambranle de la porte, Plato regardait J.T. remplir son sac.

— Le gamin est en train d'emporter de quoi vivre jusqu'au prochain millenium, dit-il à Lucy. Et ta fille est pire. Je crois que tu devrais aller boire un grand verre de limonade. Pendant ce temps-là, je superviserai.

La jeune femme hocha la tête.

— Ils sont nerveux.

— Ils emportent trop de choses. Je ne conduis pas un camion de déménagement… Allez, disparais ! Je m'occupe de ça.

Il rejoignit J.T. près de son lit.

— Où est-ce que tu as déniché toutes ces cochonneries ? lui demanda-t-il.

— C'est pas des cochonneries ! répondit le garçon. C'est mes affaires.

— Eh bien, tu as beaucoup d'affaires, dis donc ! J'aime bien ce petit hélicoptère. J'ai passé des années à sauter du haut d'engins comme celui-ci.

— Vraiment ?

Le garçon était visiblement sous le charme. Un ancien parachutiste qui avait l'air d'un vrai dur et qui s'y connaissait en hélicoptères ! Plato réussirait sans aucun doute à lui faire vider son sac jusqu'à ce qu'il ne contienne plus qu'un slip de rechange. Il trouverait peut-être même un moyen de charmer Madison, par la même occasion.

Sûre de laisser ses enfants entre de bonnes mains, Lucy descendit dans la cuisine. Sebastian avait disparu et Rob s'était rendu à Manchester pour faire quelques achats en vue de la randonnée pères-fils.

Comme il n'y avait plus de limonade, la jeune femme prit une cannette de jus de fruits concentré dans le congélateur et la posa sur l'évier. Puis elle ouvrit le robinet d'eau chaude.

La sonnerie de son téléphone portable la fit sursauter.

— Allô ?

— Lucy ? Dieu merci, tu es là ! C'est Sidney.

Elle marqua une pause, comme pour reprendre son souffle, puis enchaîna :

— Jack a des ennuis.

On le fait chanter ! songea Lucy, tout en se demandant ce que son beau-père avait daigné raconter à Sidney.

— Quel genre d'ennuis ? demanda-t-elle.

— Il m'a parlé du chantage. Qu'est-ce que tu sais ? Pas grand-chose, j'imagine. Il est tellement idéaliste. Il pense qu'il agit avec noblesse. Lucy…

Sidney s'interrompit, parut hésiter, puis poussa un soupir brisé au bout du fil.

— Lucy, je ne sais pas comment te dire ça.

— Sans détour, Sidney. Je suis une grande fille, répondit Lucy, tout en regardant l'eau chaude qui faisait fondre le contenu glacé de la cannette de jus concentré.

— Evidemment ! C'est ce que j'ai dit à Jack. Alors voilà : une espèce de salopard répondant au nom de Darren Mowery fait chanter Jack au sujet d'une liaison que Colin aurait eue, soi-disant, peu de temps avant sa mort. Il existe des photos, paraît-il. Si Jack connaît le nom de la femme en question, il refuse de me le dire. Il s'agit peut-être d'une personne susceptible d'intéresser les médias, mais je n'en sais pas davantage.

Lucy continua de se concentrer sur la cannette de jus de fruits. Colin. Une liaison.

— C'est absurde, dit-elle. Colin n'a jamais eu de liaison. Et même si c'était vrai, il est mort et il s'agit d'une affaire privée.

— Je sais ! C'est exactement ce que j'ai dit à Jack. Mais il soutient que si une telle histoire se répand à Washington, elle peut prendre des proportions que personne n'imagine. Je lui ai dit que c'était des conneries et qu'il ferait mieux de t'appeler sur-le-champ. Il était tellement bouleversé. Il pensait vraiment qu'il vous protégeait, toi et les enfants, en payant ce salopard.

— Je n'ai besoin ni de lui ni de qui que ce soit pour me protéger de la vérité, déclara Lucy. Il peut me protéger des lions, des tigres et des ours, le cas échéant, mais jamais de la vérité.

— Ses intentions étaient bonnes, murmura Sidney. Il tient tellement à vous, tu sais ? Il ne se remettra jamais de la mort de Colin. Il n'a pas pu le sauver sur ce court de tennis, alors il veut au moins sauver sa réputation.

— Où est-il en ce moment ? demanda Lucy.

— Attends, ce n'est pas fini, reprit Sidney. Jack m'a montré un site internet protégé par un mot de passe et sur lequel ce Mowery a déposé des photos de toi et des enfants. Ce sont des photos récentes, Lucy. Jack en est certain.

— Seigneur ! chuchota Lucy.

— Il était horrifié. Il a interprété ça comme une menace implicite : soit il coopérait, soit ce type s'en prendrait à vous.

Lucy ferma le robinet d'eau chaude.

— Sidney, si ce type veut s'en prendre à moi, il le fera, que Jack coopère ou non.

— Je sais. Mais je dois t'avouer qu'en voyant ces photos j'ai moi-même été prise de panique. Et maintenant…

Sidney s'interrompit et parut ravaler un sanglot.

— Lucy, Jack a disparu !

— Comment ça, disparu ? Que veux-tu dire ?

— On devait se retrouver à son bureau pour te téléphoner ensemble. Mais il n'y a pas mis les pieds, aujourd'hui. Je suis allée chez lui. C'est de là que je t'appelle. Il n'y est pas non plus.

— Alerte la police du Capitole, Sidney. Répète-leur tout ce que tu viens de me dire. Absolument tout, tu m'entends ? Demande-leur d'envoyer des hommes ici sans tarder. Merde ! Merde !

Lucy posa avec force la cannette de concentré sur le comptoir.

— Nous avons attendu trop longtemps. Jack n'est pas le seul fautif dans l'histoire. Tout ça pour essayer de se protéger les uns, les autres !

— Que veux-tu dire ? demanda Sidney.

— Il y a quelqu'un qui me harcèle depuis un moment, répondit Lucy. Je commençais à penser que c'était Barbara Allen, l'assistante de Jack, mais je ne sais plus, maintenant... Elle n'est peut-être qu'un pion dans toute cette histoire.

Elle passa la main dans ses cheveux d'un air las. Elle se sentait fatiguée, frustrée.

— Je ne comprends rien, reprit-elle.

— Ecoute-moi ! s'exclama Sidney. Il y a deux semaines environ, Barbara Allen a fait une drôle de scène à Jack. Elle s'est plus ou moins jetée à son cou en lui disant qu'elle l'aimait secrètement depuis vingt ans.

— Quoi ?

— Je ne serais pas surprise que ce Mowery se serve d'elle. Elle se prend pour une dure à cuire, mais elle me fait plutôt l'effet d'une sorte de tortue. La coquille est dure, mais l'intérieur est tout mou. Il faut se méfier de ce genre de femme, Lucy. Je la crois capable de n'importe quoi pour ne pas s'avouer à elle-même sa faiblesse.

— Eh bien, je ne te connaissais pas ces talents de psychologue, dit Lucy sans pouvoir retenir un sourire.

— N'oublie pas que ma mère est psy et que je suis moi-même anthropologue. Nous péchons tous par excès de réflexion dans la famille... En tout cas, fais bien attention à toi, d'accord ?

— Ne t'inquiète pas, Sidney. J'ai Plato Rabedeneira et

Sebastian Redwing chez moi. Ils sont comme une paire de gros chiens méchants.

— Tant mieux, dit Sidney avec force. Je tiens beaucoup à faire ce voyage au Costa Rica, cet hiver.

Elle raccrocha et Lucy demeura immobile, les sourcils froncés.

Sebastian s'approcha d'elle.

— A quoi penses-tu ?

Elle sursauta.

— Tu es là depuis longtemps ?

Il ne répondit pas.

— Depuis quand ? insista Lucy avec colère.

— Un peu avant ta référence aux lions, aux tigres et aux ours.

La jeune femme donna un coup de pied dans un placard.

— C'était une conversation privée, merde à la fin !

Sebastian saisit la jeune femme par les poignets et l'attira à lui.

— Tu peux te fâcher autant que tu veux, Lucy. Je ne suis pas là pour te mettre à l'aise ou suivre tes règles de bienséance. Je suis là pour empêcher Darren Mowery de tuer une nouvelle fois.

— Il ne s'agit pas de toi !

— Il ne s'agit que de moi ! riposta Sebastian avec force. Il s'agit de moi et d'une erreur que j'ai commise il y a un an. Mowery ne fait pas chanter Jack Swift au sujet d'une vieille liaison qu'il a inventée avec Barbara Allen. Il ne veut pas vingt mille dollars ou le vote de Jack sur une loi quelconque. Crois-moi, je sais à qui nous avons affaire. Alors que Jack ne connaît pas cet homme. Toi non plus, tu ne le connais pas.

Lucy écarquilla les yeux. L'évidence se faisant jour dans son esprit.

— C'est toi qu'il veut ? Mon Dieu, il veut se venger ?

Sebastian la relâcha, puis il embrassa la paume de sa main.

— Lucy, quand nous ferons du kayak ensemble, je suivrai toutes tes instructions sans discuter. Je t'en fais la promesse solennelle.

La jeune femme hocha la tête et s'efforça de sourire.

— Je saurai te le rappeler. Tu as une idée de l'endroit où se trouve Mowery ?

— Pas encore. Sidney va appeler la police du Capitole. Ils vont lancer la machine.

— On devrait alerter la police locale, nous aussi. Ce ne sont pas des idiots. Si je leur demande d'être discrets…

— Lucy, je les connais. J'étais au collège avec la moitié d'entre eux. Laisse la police du Capitole se charger de les mettre au parfum. Pour le moment, si Mowery tient Jack, c'est lui qui a l'avantage.

— Il le tuera ? murmura Lucy d'une voix étranglée.

— Il tuera tout le monde, si ça l'arrange.

Lucy s'élança en direction de la porte.

— Je retourne voir Barbara. Je vais lui dire qu'elle baigne jusqu'au cou dans une sale histoire.

Lucy dévala les marches en courant, tout en essayant de mettre un peu d'ordre dans le chaos de ses pensées.

Sebastian la suivit, mais plus lentement.

— Je t'accompagne, dit-il.

La jeune femme s'arrêta brusquement. De gros nuages sombres arrivaient par l'ouest, et elle sentit l'humidité qui alourdissait l'air.

— Tu m'accompagnes uniquement parce que tu ne veux pas que j'y aille seule. Tu es un solitaire, Sebastian.

Elle le regarda droit dans les yeux.

— C'est facile de m'aimer à distance.

Il passa un bras autour de ses épaules et l'embrassa, comme ça, sans prévenir — un baiser bref, mais tellement passionné que Lucy faillit tomber comme une poupée de chiffon. Puis il se dégagea et sourit.

— Erreur ! Ce n'est pas du tout facile de t'aimer.

— Sebastian…

— Plus tard, Lucy.

Elle le vit prendre le portable qu'elle avait laissé sur le comptoir de la cuisine et le glisser dans sa poche.

— Allons-y !

Barbara entra dans l'étable que Lucy avait transformée en espace de travail. Elle longea les canoës, les kayaks, les gilets de sauvetage, et arriva dans le coin-bureau. Là, elle regarda autour d'elle avec un air de dédain. Dire que Lucy avait renoncé à son poste dans un musée prestigieux de Washington pour ça ! Des portes montées sur des tréteaux bricolés à la main faisaient office de tables de travail. Des vaches et des chevaux avaient logé entre ces murs. Il y avait une chaudière à bois dans un coin, et les murs étaient couverts de posters montrant des prises de vue du nord de la Nouvelle-Angleterre, de l'Acadie et du Costa Rica. Barbara embrassa les lieux du regard, songeant que l'affaire de Lucy n'aurait jamais survécu aussi longtemps si la jeune femme n'avait pas eu de solides relations à Washington.

Sur une table, Barbara remarqua un cube en plastique rempli de photos de Madison et de J.T. Il n'y avait aucun cliché de Colin ou de Jack ; à croire que Lucy les avait rayés de sa vie. Elle avait déménagé dans le Vermont avec l'intention de repartir de zéro, et c'était exactement ce qu'elle avait fait.

Maintenant, elle avait Sebastian Redwing à sa botte, et sans doute aussi Plato Rabedeneira. Ne voyaient-ils donc pas à qui ils avaient affaire ? Décidément, les gens étaient trop bêtes. Les hommes, surtout. Mais pas Barbara. Vingt ans à Washington lui avaient appris à voir clair.

Si seulement Jack avait reconnu qu'il l'aimait, songea-t-elle encore. Si seulement, lorsqu'elle lui avait ouvert son cœur, il avait eu le courage de répondre, ainsi qu'elle l'avait rêvé tant de fois :

— Oh, Barbara, toutes ces années j'ai attendu le plus petit signe de votre part ! Même du vivant d'Eleanor, je rêvais qu'un jour nous serions ensemble…

C'était de la guimauve sentimentale, bien sûr. Dans la réalité, Jack lui avait tapoté la tête et l'avait renvoyée se coucher comme un bon chienchien obéissant.

Brave Barbara.

Barbara sur qui l'on pouvait toujours compter.

Et s'il n'était jamais qu'un imbécile de plus, lui aussi ? Dans ce cas, elle aurait perdu vingt années de sa vie !

Les dents serrées, elle caressa le canon du Smith & Wesson .38 qu'elle avait volé à son père, il y avait déjà bien longtemps. C'était avec cette arme qu'il leur avait appris à tirer, à ses sœurs et à elle.

Le père de Barbara n'avait jamais été un homme raffiné. Et l'arme était vieille et terriblement démodée par rapport aux semi-automatiques contemporains. Mais elle ferait parfaitement l'affaire, surtout avec le silencieux qu'elle avait adapté dessus.

Madison l'avait appelée en secret.

— Je fais mon sac, lui avait-elle appris. Ne dites rien à personne, d'accord ? Il se passe des tas de trucs bizarres ici, et l'ami de ma mère, Plato, nous emmène quelque part, J.T. et moi.

— Tu as peur ?

— Je fais de mon mieux, avait répondu l'adolescente. On part dans quelques minutes…

Barbara sortit de l'autre côté de l'étable, par la porte d'entrée. Plato était dehors, près de sa voiture. Il était très bel homme, lui aussi, mais il boitait, et cela le ralentissait considérablement. Surtout, il avait l'air d'un poisson hors de l'eau dans ce paysage boisé du Vermont.

Elle le revit le jour de la tentative d'assassinat du président ; lorsque la balle l'avait frappé, il était tombé sans pousser le plus petit cri de douleur.

Elle glissa son revolver dans la ceinture de son pantalon et tira sa chemise par-dessus. Elle n'avait pas de plan à proprement parler. Elle avait vu Sebastian et Lucy s'en aller à travers le champ, sans doute en direction de la maison de location. La soupçonnaient-ils ? Lucy les avait-elle tous montés contre elle ?

Veillant à ne pas se précipiter, Barbara traversa le jardin en direction de la maison. Elle dirait qu'elle était venue remercier Lucy pour les muffins aux bleuets. Elle les inviterait peut-être même à dîner. Des spaghettis. Les enfants adorent les spaghettis.

Ils ne pouvaient pas s'en aller.

Elle ne le permettrait pas.

Madison descendit les marches de la véranda d'un pas lourd.

— Vous avez laissé J.T. prendre ses jouets ! se plaignait-elle. Alors, pourquoi est-ce que je ne peux pas emporter mon quilt ? Ça m'occuperait, au moins.

Plato étouffa un juron.

— D'accord, c'est bon. Va le chercher. Mais dépêche-toi.

— J'en ai pour dix secondes ! s'exclama la jeune fille sur un ton de triomphe. Ça va être un quilt fabuleux, vous verrez.

Un quilt, songea Barbara. C'était ainsi que Lucy préparait sa fille pour la vie : en lui faisant coudre des quilts, couper des queues de haricots verts et gambader librement dans les bois. Décidément, quelqu'un devait ramener ces gens à la raison.

Barbara tira le Smith & Wesson de sa ceinture. Elle ne

savait pas pourquoi. Une précaution. Une nécessité. Elle suivait son instinct aveuglément.

A cet instant, Plato l'aperçut.

— Madison, à terre ! cria-t-il.

La jeune fille bondit sur lui, juste comme il dégainait son arme.

— Non, non, c'est Barbara ! C'est une amie !

Plato l'envoya promener.

— Reste tranquille !

Mais Madison insista.

— Vous êtes cinglé ! Vous êtes tous cinglés !

Barbara tira avant que Plato ait le temps de réagir. Avec le silencieux, le coup ne produisit pratiquement aucun son. Madison hurla, et son intervention ainsi que la vive réaction de Plato dévièrent le tir de Barbara, de sorte que la balle ne toucha que le bras droit de l'ancien parachutiste, au niveau de l'épaule. Barbara tira de nouveau, et cette fois, la balle frôla la tête de Plato.

Ce dernier s'écroula sur le chemin poussiéreux, à demi conscient, le visage ensanglanté, et Madison se mit à hurler comme une forcenée.

Barbara marcha vers elle et la prit durement par l'épaule.

— La ferme ! Lève-toi et arrête de crier !

L'adolescente sanglotait.

— Vous avez tué Plato !

— Je vais le tuer, en effet, si tu ne m'obéis pas !

Barbara prit une profonde inspiration. Elle avait

affreusement mal à la tête, mais elle savait quoi faire, maintenant.

— Où est ton frère ?

— J.T. ! Cours ! Va chercher maman et Sebastian !

Barbara la gifla durement, frappant du revers de sa main qui tenait le revolver. Madison ravala un cri. Son regard trahissait tout autant la colère que la terreur. Serait-elle la digne héritière de Colin Swift : courageuse, tenace, téméraire ? Après tout, sa mère ne l'avait peut-être pas totalement corrompue.

Plato gisait sur le chemin, et le sang coulait de ses blessures. Barbara lui jeta un regard et secoua la tête. Une fois de plus, Lucy venait de prouver à quel point elle était indigne de son rôle de mère : comment avait-elle pu abandonner ses enfants à un étranger ?

Il ne servait à rien de le tuer, se dit-elle encore. Elle avait un souci bien plus pressant : retrouver le gamin car il pouvait lui causer des ennuis.

Madison claquait des dents.

— Ne tuez pas Plato ! dit-elle d'une voix rauque. Je vous en supplie ! Je ne pourrais jamais me le pardonner. C'est ma faute. J'avais confiance en vous.

— Eh bien, ne donnons pas à Plato l'occasion de me tuer, moi, riposta Barbara en pointant son arme sur la tempe de l'adolescente. Ta mère ne se soucie pas de toi, Madison. Je vais te le prouver. Elle a sauvé Sebastian Redwing quand il est tombé dans les chutes de Joshua. Mais crois-tu qu'elle va venir à ton secours ?

Madison crispa les mâchoires.

— Je saurai bien me sauver moi-même.

— Tu vois ? Tu es déjà habituée à te débrouiller toute seule. A quinze ans ! Allez, avance. Lentement.

Jack redressa la tête.

— Comment pensez-vous pouvoir vous en tirer ? A l'heure qu'il est, toutes les polices du pays doivent être à vos trousses. On ne kidnappe pas impunément un sénateur des Etats-Unis, vous savez ?

Darren Mowery sourit, sans cesser de conduire.

— Et alors ?

Il était armé d'un semi-automatique et roulait en direction de la maison de Lucy.

Jack ne comprenait toujours pas ce qui s'était passé. Un collègue du Sénat, ami personnel, avait accepté de lui prêter son avion privé. Jack, qui était un pilote chevronné, comptait s'envoler pour le Vermont afin de rejoindre Lucy et de tout lui raconter. Ensemble, ils décideraient du plan à suivre.

Mais Mowery l'attendait sur la piste de décollage de l'aéroport privé, à Washington. Il avait réussi à monter dans l'avion avec lui et, une fois à bord, il l'avait assommé. Puis il avait piloté jusqu'au Vermont. Là, une voiture les attendait sur la piste d'atterrissage.

Lorsque Jack était revenu à lui, Mowery avait déclaré en le regardant :

— Entendons-nous bien, sénateur. L'expert, ici, c'est moi. Vous n'êtes qu'un politicien pompeux. Faites un seul geste de travers et je m'énerverai très fort. Je n'hésiterai pas à vous descendre, croyez-moi, et j'irai ensuite régler son compte à Lucy, puis à vos petits-enfants, à moins que je ne commence par eux.

Jack l'avait suivi hors de l'avion sans rien tenter.

A présent, il commençait à réagir.

— Je n'arrive pas à comprendre ce que vous voulez, dit-il.

— Et ça vous turlupine, hein ? riposta Mowery d'un ton railleur. Il y a de quoi, remarquez !

— Si c'est une question d'argent...

— Si c'était ça, je m'en serais pris à un sénateur dont la fortune est un peu plus considérable que la vôtre. Entre nous, Jack, vous ne valez pas grand-chose sur le marché de Washington.

— J'ai voué ma vie à la cause publique ! déclara le sénateur avec une certaine emphase. Si mon but avait été de devenir riche, je me serais lancé dans les affaires.

— C'est beau ! commenta Mowery d'un ton sarcastique.

— Si ce n'est pas pour de l'argent, alors quoi ? demanda Jack. Etes-vous à la solde de quelqu'un ? Si je le savais, nous pourrions peut-être nous entendre.

— Non, rien de tout cela. C'est très simple, dans le fond : j'ai joué à quitte ou double et j'ai perdu. Je savais le risque que je prenais quand je me suis engagé sur cette voie.

Il conduisait bien, tranquillement ; rien ne semblait le déranger.

— Redwing Associates avait déjà commencé à me

piquer une partie de ma clientèle. Sebastian faisait courir le bruit que je n'étais plus aussi pointu.

— Ce n'est pas ce que j'ai entendu dire, dit Jack.

— A-t-on jamais entendu qui que ce soit dire la vérité à un sénateur ? riposta Mowery. C'est la raison d'être de toutes ces séances interminables avec auditions de témoins et tout le pataquès. Vous devez d'abord vous y retrouver au milieu de tous les mensonges, avant d'arriver à quoi que ce soit. Ça ne vous tape pas sur le système, à la longue ? ajouta-t-il en coulant une brève œillade du côté de Jack.

— Non, répondit le sénateur.

— Votre noblesse est admirable, grommela Mowery. Quoi qu'il en soit, j'étais sur la pente savonneuse, pratiquement forcé de mettre la clé sous la porte, alors que ce salopard que j'ai formé moi-même s'en mettait plein les poches. Et quand je dis plein les poches, je veux parler de millions. Il vit comme un moine, mais il vaut… Merde, il n'a pas eu besoin qu'on lui prête un avion pour venir jusqu'ici !

Jack se dit que Mowery exagérait quelque peu, mais il se garda bien d'exprimer son opinion.

— C'est une histoire ancienne, n'est-ce pas ? dit-il simplement. L'élève dépasse le maître.

— Sauf qu'il n'a rien compris. J'ai eu vent d'une affaire de kidnapping et je me suis débrouillé pour tremper dedans. Mais je comptais bien faire tomber les responsables.

— N'étiez-vous pas l'un d'eux ?

— Mais non, crétin ! J'allais tout faire pour que la famille rentre chez elle saine et sauve.

— Et l'argent de la rançon ?

— C'était mon seul péché. Je voulais empocher l'argent. Je l'aurais bien mérité, après tout : je sauvais la famille, quand même !

— Mais ils étaient en danger par votre faute…

Ils venaient d'arriver devant le chemin qui bifurquait vers la maison de Lucy. Mowery s'y engagea.

— Jack, si vous la fermiez ?

— C'est Sebastian Redwing que vous voulez ?

— Eh bien, vous avez fini par comprendre. Bravo, sénateur ! Si jamais je m'installe dans le Rhode Island, je promets de voter pour vous. Et maintenant, taisez-vous !

15.

Lucy toucha le bras de Sebastian, mais il s'était déjà figé sur le sentier étroit. Le chemin de terre était à quelques mètres au-dessus d'eux, derrière un écran d'arbres.

— J'ai cru entendre quelque chose, dit-elle.

— Moi aussi.

Ils entendirent le bruit d'une voiture, et s'accroupirent juste au moment où le véhicule passait. Ce n'était pas la voiture de location de Barbara ; ce n'était pas non plus la grosse limousine noire de Plato.

— Tu as vu quelque chose ? chuchota Lucy.

— Oui. Mowery. Jack est avec lui.

Il prit le portable dans sa poche et le fourra dans la main de la jeune femme.

— Appelle la police locale. Dis-leur que nous avons sans doute une prise d'otage et que la victime est un sénateur. Il faut qu'ils prennent contact avec la police du Capitole.

— Où était Jack ?

— Assis à l'avant, à la place du passager, répondit Sebastian. Il m'a semblé qu'il allait bien.

Lucy hocha la tête.

— Je préviens Plato ?

— Oui, s'il est encore là. Sinon, cours jusqu'au poste de police ou jusqu'à la maison d'un ami, et ne bouge plus.

Il eut un mince sourire, et une lueur d'humour brilla dans ses yeux.

— Non pas que je prétende te dire quoi faire.

— Compte tenu des circonstances, ne te gêne surtout pas. Et toi ? Si Mowery est là pour se venger, sa tâche ne va pas être bien difficile. Tu n'as même pas de revolver.

Mais Sebastian ne l'écoutait plus ; il avait quitté le sentier et s'enfonçait dans les bois.

Lucy le regarda contourner un énorme rocher et disparaître. Puis elle rebroussa chemin, tout en composant le numéro du poste de police. Elle demanda à parler à Larry, et lui expliqua la situation de la manière la plus succincte possible.

— Je me dirige vers la maison, conclut-elle.

— D'accord. Restez-y.

— Je vous en prie, ne débarquez pas toutes sirènes dehors ! Ce type est dangereux. Il n'hésitera pas à tuer mon beau-père.

— Merde ! s'exclama Larry. Bon, je vous retrouve chez vous. Ça va nous prendre un moment, compte tenu de la distance.

— Je sais, répondit la jeune femme.

Elle coupa la communication et hâta le pas. Elle arriva bientôt devant le premier muret de pierre, aux confins de la propriété. Plato apparut brusquement de nulle part et l'attrapa par la taille.

— Lucy !

Il était blessé à la tête et son visage était gris comme la cendre. Il avait ôté la veste de son complet, et sa chemise blanche était déchirée du coude à l'épaule droite. Il saignait et tenait un revolver à la main.

— Lucy, elle a pris les enfants !

— Quoi ?

Lucy s'agrippa à lui.

— Qui ? Barbara ? Où ça ?

— Ils sont partis dans cette direction, répondit Plato en pointant le doigt vers le sentier qui menait aux chutes d'eau. Elle m'a tiré dessus. Je crois que je vais tomber dans les pommes. Appelle les flics !

Il fit la grimace, essayant de reprendre son souffle.

— Où est Sebastian ?

— Je ne sais pas, répondit Lucy en secouant la tête. Mowery est ici. Il tient mon beau-père.

Plato s'effondra au milieu des fougères qui poussaient le long du mur.

— Merde !

— La police est en route. Je les ai appelés. Va au-devant d'eux.

— Tes gosses…

— Tu n'es pas en état de les aider, Plato, et tu ne connais pas le chemin. Je vais y aller, moi. Je prendrai un raccourci.

— J'ai merdé, Lucy, reprit Plato d'une voix rauque. Je ne savais pas que Madison connaissait Barbara ni qu'elles étaient amies.

— Je n'ai pas pensé à te parler de ça. Je suis désolée.

— Heureusement que cette salope ne sait pas viser. En plus, elle n'a même pas pensé à me désarmer.

Lucy examina rapidement ses blessures. Elles n'étaient pas jolies mais ne paraissaient pas mortelles. Elle lui fourra son téléphone portable dans la main.

— Je viens juste de contacter la police. Rappelle-les. Dis-leur où tu es. Tu crois pouvoir retourner jusqu'à la maison ? Ça ira ?

Plato la poussa vers le sentier.

— Va ! Cette femme est cinglée. Fais attention. Essaie juste de gagner du temps en attendant l'arrivée des flics. Attends…

Il lui tendit son revolver d'une main tremblante et tachée de sang.

— Prends ça.

— Que veux-tu que j'en fasse ?

Plato ébaucha un sourire et laissa retomber sa main.

— Tu as raison. Tu serais capable de te tirer une balle dans le pied. Allez, file !

Barbara avait mal aux jambes. L'ascension était ardue et ils avançaient pratiquement au pas de course.

— Tu vas voir que ta mère ne se soucie pas de vous, répéta-t-elle à Madison. Tu vas voir !

— Ma mère n'a jamais pointé un revolver sur nous, riposta la jeune fille.

— Elle a fait bien pire. Si elle ne t'avait pas montée contre moi, je ne serais pas forcée de te menacer avec une arme. C'est sa faute. Et je fais ça uniquement pour ton bien et pour celui de ton frère. Il faut que tu comprennes le mal qu'elle vous a fait.

Cette fois, Madison ne répondit rien, et Barbara en profita pour reprendre son souffle.

Tout à l'heure, elle avait dû menacer d'abattre Madison pour que J.T. sorte de sa cachette, au fond de l'étable. Depuis, il obéissait à ses ordres sans protester. Il était terrifié. Lui aussi avait subi un véritable lavage de cerveau.

Barbara se dit qu'elle allait veiller à ce que les deux enfants consultent un bon psychiatre, à Washington ; il leur faudrait bien cela pour arriver à se débarrasser de leurs traumatismes. Pour que les blessures psychologiques infligées par leur mère ne leur laissent pas de cicatrices.

Oui, elle voyait bien son avenir, maintenant. Elle s'occuperait des enfants de Colin — les petits-enfants de Jack. Elle veillerait à ce qu'ils reçoivent une éducation digne d'eux, digne de la famille Swift.

On entendait le grondement de l'eau qui cascadait sur les rochers. Il s'était mis à pleuvoir, une petite bruine fine et froide. Madison et J.T. ne paraissaient même pas le remarquer.

J.T. glissa sur un rocher et s'écorcha le genou. Pourtant, il se releva aussitôt sans émettre la moindre plainte. Barbara en fut heureuse. Il était stoïque, comme son père et son grand-père.

— C'est bien, mon garçon, lui dit-elle.

— Continue d'avancer, J.T., chuchota Madison. Tout

ira bien, je te le promets. Je ne la laisserai pas te faire du mal.

Barbara se retint de gifler l'adolescente.

— On croirait entendre ta mère ! Je t'interdis de monter ton frère contre moi !

— Comme si j'avais besoin de l'influencer ! répliqua Madison. Il est assez grand pour voir qui vous êtes.

Quelle insolente ! songea Barbara, crispant les mâchoires et faisant appel à sa volonté et à son héroïque maîtrise d'elle-même. Elle ne devait penser qu'au but à atteindre. Elle devait tout faire pour que ces deux enfants voient enfin la vérité en face.

— Bon, dit-elle.

Quand ils arrivèrent au sommet des chutes, il pleuvait vraiment. Une pluie d'automne. Et Barbara se dit que, décidément, elle préférait la chaleur de Washington à ce temps de misère, humide et froid.

— Arrêtez-vous maintenant, et écoutez-moi, dit-elle. Madison, prends cette corde.

Elle jeta à l'adolescente une longueur de corde qu'elle avait prise au milieu de la pagaille qui régnait dans l'étable de Lucy.

— Et ne t'avise pas de faire un seul geste de travers ou je n'hésiterai pas à vous tirer dessus. C'est bien compris ?

L'adolescente hocha la tête. Elle était très pâle, et la pluie faisait briller ses cheveux cuivrés. Barbara aimait cette couleur. C'était vraiment joli. Ils avaient juste besoin d'être coupés et soignés. Elle l'emmènerait chez un bon coiffeur, à Washington.

— Attache une extrémité de cette corde à ta taille, reprit-elle. Je suis sûre que ta mère t'a appris à faire des nœuds. Je l'espère pour toi, en tout cas.

— Laissez J.T. s'en aller ! supplia la jeune fille en frissonnant, tandis qu'elle nouait la corde autour de sa taille. Tout est ma faute. Il n'a rien fait, lui. Si je n'avais pas sauté sur Plato, il vous aurait abattue. J.T. n'était au courant de rien…

Barbara agita son revolver.

— Attache cette corde !

J.T. se tenait sur le rocher en saillie, tremblant et sanglotant, et Barbara secoua la tête.

« Regarde ce que tu as fait à ton pauvre petit garçon, Lucy », se disait-elle.

Madison fit un nœud et le testa. Barbara n'y connaissait strictement rien, mais il lui parut bien serré.

— Parfait, dit-elle. Merci de coopérer. Tu vas constater que je suis une vraie professionnelle, quelqu'un d'éminemment juste et discipliné. Maintenant, attache l'autre extrémité de la corde autour de cet arbre, ici.

Elle désigna un gros sapin du Canada déformé dont une partie des racines jaillissait hors de terre et au-dessus de l'abîme.

— Fais attention ! ajouta-t-elle. Ne glisse pas !

— Pourquoi voulez-vous… ? commença Madison.

— Fais ce que je te dis ! l'interrompit Barbara sur un ton coupant.

L'adolescente hocha la tête. La pluie avait trempé son

T-shirt et son short, et elle tremblait de la tête aux pieds. Elle s'accroupit et attacha la corde autour de l'arbre.

— Une vraie corde d'alpiniste avec une espèce de baudrier serait plus indiquée, reprit Barbara. Mais celle-ci devrait quand même faire l'affaire. Cela n'en sera que plus dramatique. Tu vas voir.

Elle se pencha par-dessus l'épaule de la jeune fille.

— Ne lambine pas, je te prie.

— J'ai compris ce que vous essayez de m'expliquer, déclara Madison en se redressant. Ma mère est vraiment horrible. Je la déteste.

Barbara considéra le visage constellé de taches de rousseur de la gamine, ses yeux bleus si clairs, son regard direct et limpide— comme celui de Colin ou celui de Jack.

— Je sais, chérie, répondit-elle avec un sourire. Je sais. Et maintenant, laisse-toi glisser par-dessus la saillie.

— Laissez d'abord mon frère s'en aller.

— Madison, ce n'est pas toi qui donnes les ordres. C'est moi. Ça fait vingt ans que j'obéis aux Swift. Cette fois, les rôles sont inversés.

Elle pointa son revolver sur la jeune fille, ignorant la pluie qui s'abattait sur eux.

— Laisse-toi glisser au-dessus de la cascade.

Barbara fit quelques pas en arrière, tandis que Madison reculait lentement vers le bord, passant par-dessus les racines noueuses du sapin. L'adolescente respira profondément et tira sur la corde afin de s'assurer que le nœud, du côté de l'arbre, tenait bon.

— Allons, un peu plus vite ! lança Barbara avec impatience. Si tu m'obliges à te pousser, tu auras beaucoup plus mal. La corde te blessera et tu t'écraseras contre les rochers.

— Je sais, répondit l'adolescente en hochant la tête. J'ai juste un peu peur. Je me demande bien ce que fabrique mon idiote de mère. Elle devrait être ici.

— Ça, je ne te le fais pas dire.

Madison fit glisser ses talons sur le bord du rocher. Barbara entendait l'eau qui se précipitait en tourbillonnant dans le vide, en dessous d'eux. Elle ignorait la longueur de la corde, mais elle doutait qu'elle fût assez longue pour atteindre la surface du premier plan d'eau. Madison allait se balancer à un mètre ou deux au-dessus de cette piscine naturelle. On verrait bien ce qui se passerait ensuite.

A cet instant, J.T. se mit à crier d'une voix rauque où perçait sa terreur :

— Madison, non, ne fais pas ça !

Barbara poussa un soupir, agacée par ce comportement enfantin. Un vrai bébé ! Peut-être la bravoure de sa sœur lui servirait-elle d'exemple ?

— J.T., écoute-moi, lui dit Madison.

Sa voix était calme, intense, et Barbara s'attendait à l'entendre sermonner son frère. Au lieu de cela, la gamine se servit de la corde pour prendre son élan et fondre brutalement sur Barbara. Elle la renversa, et le revolver vola.

— Cours, J.T., cours ! hurla Madison. Va chercher maman ! Vite !

Barbara la repoussa de toutes ses forces.

— Je t'ai fait confiance !

— Mon frère est plus intelligent et plus rapide que vous, espèce de saleté de bonne femme !

Barbara plissa les yeux en songeant que, décidément, cette petite idiote était irrécupérable. Le poison inoculé par sa mère l'avait pourrie jusqu'au fond de l'âme.

Elle attrapa la corde encore attachée à la taille de Madison et tira dessus de toutes ses forces afin de déstabiliser la jeune fille. Puis, pliant les genoux, elle relâcha brusquement la corde en même temps qu'elle frappait l'adolescente de toute la force de ses jambes. Madison fut propulsée vers le bord de la falaise et tomba, la tête la première, dans le précipice.

Barbara s'approcha du bord et la vit se débattre désespérément dans le vide, une fraction de seconde, avant de venir se fracasser contre le rocher avec un hurlement de douleur. Elle eut de la chance, cependant, car son épaule et son bras amortirent le coup qui aurait pu la tuer.

— Bien fait ! cria Barbara avant de retomber sur le sol trempé de pluie.

Ses mains et ses poignets étaient écorchés comme si elle venait de livrer une lutte sans merci avec la corde. Elle était épuisée, aussi. Mais elle n'oubliait pas le garçon pour autant. Elle devait le retrouver.

Elle se tourna pour ramasser son arme et écarquilla les yeux.

Lucy se tenait debout devant elle, solidement plantée sur ses jambes, le revolver de Barbara dans les mains. La pluie battante les matraquait.

— J'espère pour vous que ma fille n'est pas grièvement blessée ! déclara Lucy d'une voix terrible.

— Maman ! cria Madison en sanglotant. Oh, maman, tu es là !

Barbara eut une moue dédaigneuse. Décidément, elle avait raison : la gosse était bel et bien perdue. Quant à la mère, il suffisait de voir la manière dont elle tenait le revolver pour comprendre qu'elle ignorait totalement l'art et la manière de s'en servir.

— Tu es blessée ? demanda Lucy à sa fille. Tu crois pouvoir t'accrocher quelque part ?

— Mon bras. Je crois qu'il est cassé.

Lucy fusilla Barbara du regard, tout en gardant le revolver pointé sur elle.

— Pourquoi ? demanda-t-elle. Que vous a-t-elle fait ?

— Ce n'est pas elle, répondit Barbara. C'est vous.

— Seigneur ! fit une voix d'homme derrière elles.

Barbara leva la tête et vit Plato, trempé, ensanglanté, qui s'affalait contre un sapin.

— Vous êtes complètement tarée, vous savez ?

Lucy parut soulagée de le voir. Forcément, se dit Barbara avec mépris. Un homme à la rescousse !

— Madison est suspendue au-dessus des chutes, expliqua Lucy en désignant la corde encore attachée à l'arbre. Il faut que je la sorte de là… Tu as vu J.T. ?

Plato secoua la tête.

— Non. Les flics doivent être chez toi, maintenant. On va demander à une équipe de secours de venir tirer Madison de là.

— Il faut trouver Rob, dit Lucy. C'est le meilleur.

Elle se pencha par-dessus le rocher en saillie pour regarder sa fille, en contrebas. La pluie avait presque cessé, aussi brusquement qu'elle avait commencé, et une petite bruine l'avait remplacée.

— Madison, comment est la corde ? Est-ce qu'elle va tenir ?

— Maman, c'est moi qui ne peux pas tenir ! cria Madison. Mon bras… Je ne peux pas !

Barbara eut une moue de dégoût.

— J'aurais dû vous tuer, vous et Madison, quand j'en avais la possibilité, dit-elle à Plato.

— Eh bien, vous ne l'avez pas fait, riposta ce dernier. Lucy, ne t'inquiète pas, j'ai mon arme pointée sur elle. Elle n'ira nulle part.

Lucy posa le revolver près des racines du sapin et se mit à quatre pattes. S'accrochant solidement d'une main, elle se pencha le plus possible dans le vide afin d'évaluer la situation.

— Madison !

Elle s'éclaircit la gorge.

— Voilà ce que je pense, ma chérie, reprit-elle en faisant un effort surhumain pour ne pas laisser percer sa terreur. Je ne peux pas descendre te chercher, pas sans équipement. Ça ne servirait à rien. Et je n'ai pas la force de te tirer de là toute seule. Plato est ici, mais il est blessé. Alors il faut attendre l'arrivée de Rob. A moins que tu ne puisses te hisser un peu plus haut pour me permettre de t'aider ?

— Je ne peux pas, maman ! Mon bras me fait trop mal.

— Et l'autre bras ? Sers-toi de ton bras valide et de tes pieds. Trouve des points d'appui.

Barbara renifla d'un air dédaigneux.

— Evidemment, vous êtes trop peureuse pour aller la chercher vous-même !

— Ecoutez-moi bien, mademoiselle Allen, lança Plato sur un ton menaçant. Vous m'avez tiré deux fois dessus, aujourd'hui, et je suis très en colère. A votre place, je la fermerais, maintenant !

— Vous ne me tirerez jamais dessus ! riposta Barbara. Vous êtes un professionnel. Vous ne tirez que pour tuer.

— Je suis aussi droitier. Or, vous m'avez tiré une balle dans le bras droit. Comme je suis obligé de tenir mon arme de la main gauche, qui sait si un coup ne pourrait pas partir par accident et vous loger un pruneau dans le genou, là où ça fait très, très mal ?

— J'ai horreur des gens de votre espèce, murmura Barbara d'une voix où tremblait la haine.

— Ouais, j'imagine. Mais dites-moi plutôt : à quoi joue votre petit ami Mowery, exactement ?

Barbara ne dit plus un mot. Si seulement cette bruine pouvait s'arrêter ! Le froid et l'humidité la pénétraient jusqu'aux os, mais elle s'interdisait de trembler ou de frissonner.

— C'est ça, dit Lucy, toujours penchée au-dessus du ravin. Va tout doucement.

— Dis-lui d'imaginer que son bras cassé a été coupé !

lança Plato. C'est ce que j'ai fait quand j'ai été blessé à la jambe.

Lucy lui jeta un regard interloqué.

— Merci, Plato. Elle se débrouille bien.

Quelques minutes plus tard, Lucy se mit à tirer sur la corde de toutes ses forces. Voyant cela, Plato fit passer le revolver dans sa main droite — non sans laisser échapper une grimace de douleur — et, s'approchant de l'arbre, il saisit la corde de la main gauche et se mit à tirer, lui aussi, joignant sa force à celle de Lucy.

Madison réapparut et Lucy l'attira contre elle. L'adolescente s'abandonna dans les bras de sa mère en sanglotant.

— J.T., dit-elle entre deux hoquets désespérés. Je lui ai dit de s'enfuir. Où est-il ? Tout est ma faute !

— Ce n'est pas ta faute du tout. Voyons, chérie, tu as quinze ans !

Plato toucha l'épaule de Lucy.

— Va, dit-il calmement. Essaie de trouver ton fils. Les flics vont arriver d'une minute à l'autre. Il ne nous reste plus qu'à les attendre.

Lucy hocha la tête, embrassa sa fille, et entama la descente aussi vite qu'elle le pouvait.

Sebastian contrôlait la situation, même si celle-ci ne lui plaisait guère. Il était caché derrière un gros canapé, à l'intérieur de la maison que Barbara Allen avait louée. Darren Mowery et Jack Swift étaient dans la véranda, en train de parler d'elle, justement.

— Barbie a inventé cette histoire de liaison avec Colin

juste pour se venger de vous, disait Mowery. Et vous êtes tombé dans le panneau, sénateur. Ça doit vous faire enrager, non ?

— Où est-elle, maintenant ? demanda Jack.

— Probablement en train d'inventer des moyens ingénieux d'empoisonner l'existence de Lucy. Elle la déteste. C'est une véritable obsession. On ne le devinerait jamais, à la voir : Mlle Super-professionnelle.

— Vous vous êtes servi d'elle.

— Vous n'allez pas vous apitoyer sur son sort, j'espère ! Elle ne le mérite pas, croyez-moi.

— Il ne s'agit pas de cela, répondit Jack.

— Sebastian Redwing ne vous a pas été d'une grande utilité, n'est-ce pas ? enchaîna Mowery.

— C'est probablement ma faute. J'aurais dû lui dire toute la vérité dès le départ.

— Ouais, ben, c'est trop tard maintenant.

Sebastian n'avait pas l'intention de les laisser partir. Il avait déjà mis la voiture de Mowery hors d'état de rouler. Une bonne poignée de boue dans le tuyau d'échappement avait fait l'affaire. Il ne lui restait plus qu'à attendre. Pour le moment, Mowery n'avait pas ébauché le moindre geste menaçant à l'encontre du sénateur. Le cas échéant, Sebastian lui tomberait dessus. Mais tant que la situation était stable, il ne bougeait pas d'un pouce. Et s'il voyait se présenter une occasion d'agir, il la saisirait au bond, bien sûr. Dans le cas contraire, il attendrait simplement l'arrivée de la police, qu'il s'agisse des flics locaux ou de ceux du Capitole importait peu.

Il en était là de ses réflexions lorsque J.T. jaillit brusquement des bois en hurlant à pleins poumons.

— Au secours ! Au secours !

Aussitôt, Jack se leva.

— J.T. !

En voyant son grand-père, le gamin se figea, le visage traversé par une myriade d'expressions : le soulagement, la surprise, la peur de nouveau…

— Papi ! Papi ! cria-t-il en bondissant sur les marches qui menaient à la terrasse. Elle a pris Madison ! Barbara, ton assistante ! Elle a pris…

Sebastian se jeta au travers de la baie vitrée. Il devait atteindre J.T. avant Mowery. Tant pis si, du même coup, il perdait son avantage.

Il saisit le garçon à bras-le-corps. L'enfant était hystérique et faisait des efforts pour respirer. Il s'accrocha à Sebastian avec l'énergie du désespoir.

— Ça va, J.T. Je suis là.

— Madison…, dit le garçon entre deux hoquets. Il faut la sauver... Barbara va la tuer… Elle l'a suspendue au bout d'une corde… au-dessus des chutes. Elle va couper la corde !

Sebastian se servait de son corps comme d'un bouclier. Il ne fallait pas que l'enfant se trouve dans la ligne de mire de Mowery, lequel devait, à cet instant, réfléchir au meilleur moyen de gérer ce nouveau rebondissement.

— Ecoute-moi, J.T., reprit Sebastian. Repars d'où tu viens. Cours aussi vite que tu le peux, tu m'entends ? Ta mère va te chercher.

— Mais, mon grand-père…

— Je m'occupe de ton grand-père, J.T. Va. Fais-moi confiance. Ta mère va te trouver.

De cela, il ne doutait pas un instant. Lucy serait là pour ses enfants.

— Eh bien, quelle scène touchante ! fit une voix railleuse, derrière eux. Papa Redwing !

Sebastian continua de se concentrer sur le garçon. Il le souleva à bout de bras et le fit glisser du haut de la terrasse sur la pente en contrebas. J.T. se releva et cria :

— Papi, il a un revolver !

Jack Swift se pencha par-dessus la balustrade.

— Cours, J.T. ! Cours sans t'arrêter. Il ne m'arrivera rien.

J.T. hésita, puis repartit comme une flèche à travers les bois. Il avait douze ans, il était bourré d'énergie, et il connaissait le terrain comme sa poche.

Sebastian poussa un soupir de soulagement en se disant qu'il venait de parer au plus pressé : J.T. n'était pas prisonnier.

— Quoi ? dit Mowery, comme Sebastian se tournait lentement vers lui. Vous croyez vraiment, tous les deux, que je tirerais sur un gamin de cet âge ?

— Je ne le crois pas, je le sais, répondit Sebastian.

A la seconde où il avait entendu J.T., Sebastian avait compris qu'il était perdu. Mowery était armé d'un Glock, et il n'avait, lui, que ses mains nues.

— Ça n'a pas toujours été le cas, pourtant, ajouta-t-il.

— Mais si ! répondit Mowery avec un haussement

d'épaules. Tu n'avais jamais remarqué, voilà tout. Cela dit, je ne tirerais jamais dans le dos d'un gosse. Une balle dans la tête, en cas d'absolue nécessité, pour honorer un contrat, oui. Pas autrement. Je ne suis pas un monstre, que diable !

Jack Swift avait le teint gris et peinait visiblement pour respirer.

— Je ne peux pas… s'il arrive quoi que ce soit aux enfants… je ne pourrai pas continuer…

Mowery s'approcha de lui et pointa le Glock sur sa tempe.

— Cessez de geindre, vous m'entendez ? J'ai besoin de réfléchir.

Sebastian le regarda, tout en réfléchissant. Il était très calme et parfaitement concentré. Plato avait raison. Ce genre de situation lui était familier. C'était son boulot.

— Tu es dans une impasse, mon vieux, déclara-t-il en s'exprimant avec une lenteur délibérée. J'ai mis ta voiture hors d'état de marche et la police du coin a peut-être déjà cerné les lieux. La police du Capitole est alertée et elle va débarquer, elle aussi. Laisse partir le sénateur et tire-toi d'ici pendant que tu en as encore la possibilité.

— Pourquoi je ferais une chose pareille ?

— Parce que tu es malin. Tu sais que ma priorité est de sauver le sénateur et sa famille. C'est ta meilleure et peut-être ta seule chance d'arriver à t'en sortir.

— Sebastian, tu ne l'as peut-être pas remarqué, mais je suis le seul à tenir un revolver, ici. Imagine que je vous descende tous les deux. Qui m'empêchera de décamper, ensuite ?

— Si tu avais voulu me descendre, tu serais venu me trouver dans mon hamac au fin fond du Wyoming, répliqua Sebastian en s'installant dans un fauteuil. Tu ne veux pas seulement me voir mort, Darren. Tu veux aussi me ruiner, de la même manière que je t'ai ruiné, toi. Tu veux que je souffre, de la même manière que tu as souffert.

— Et comment vais-je m'y prendre, à ton avis, monsieur Je-sais-tout ? Je vais te le dire, moi : en abattant le sénateur et sa petite famille, et èn faisant en sorte que tu portes le chapeau. Et maintenant, lève-toi !

Sebastian fit ce qu'il lui disait. Il se demandait où était Lucy et ce qui avait bien pu arriver à Plato, si Madison était suspendue au bout d'une corde au-dessus des chutes de Joshua pendant que J.T. courait seul à travers les bois.

Mowery ordonna à Swift de rejoindre Sebastian, puis il les fit descendre de la terrasse.

Sebastian ne se faisait pas trop de souci. Il disposait d'encore un peu de temps avant que la pagaille ne soit à son comble.

Lucy dévalait le sentier aussi vite qu'elle en était capable, glissant sur les aiguilles de pin mouillées, ignorant sa fatigue et le vilain point de côté qui lui mordait le flanc.

— Maman !

— J.T. !

Elle tomba à genoux et attrapa son fils au moment où il se jetait dans ses bras.

— Tu vas bien, chéri ?

— Sebastian… Papi… Maman !

Le gamin était incapable d'aligner deux pensées cohérentes. Il était hors d'haleine et visiblement en état de choc.

— Tout ira bien, J.T. La police est alertée. Ils vont arriver d'une seconde à l'autre. Viens, chéri, remontons auprès de ta sœur.

Elle le porta pratiquement jusqu'en haut des chutes, et retrouva Plato là où elle l'avait laissé, le visage pâle comme la mort. Des croûtes de sang noircissaient ses tempes et il tenait deux armes pointées sur Barbara Allen : son revolver à elle et le sien propre. Assise à côté de lui, Madison tenait son bras cassé en tremblant de la tête aux pieds. Elle gardait la tête résolument baissée, refusant de regarder la femme qui l'avait presque tuée.

Lucy fit asseoir J.T. près de sa sœur.

— Reste là, chéri, dit-elle d'une voix qu'elle voulut ferme et calme. Et ne regarde pas Barbara. Essaie de respirer lentement.

— Maman…, ce type… il voulait tuer Papi…, Sebastian…, il était là, aussi.

— N'y pense pas, pour le moment. Concentre-toi sur ta respiration.

Lucy posa une main sur la poitrine de son fils. Il était trempé ; il tremblait de froid et de terreur.

— Allons, insista Lucy. Inspire, expire, inspire, expire. Lentement.

Mais le garçon continua de gémir comme un chiot blessé.

Madison tomba sur le lit d'aiguilles de pin. En plus de la peur, elle devait gérer la souffrance physique. Lucy, quant à elle, faisait des efforts surhumains pour ne pas perdre son sang-froid.

— Plato, passe-moi une arme, dit-elle.

Il parut hésiter. Ses blessures l'empêchaient d'intervenir, et ça le rendait fou. Finalement, il hocha la tête et lui tendit le .38 de Barbara.

— Tiens, dit-il. Mon flingue est trop high-tech pour toi. Avec lui, tu ne réussirais qu'à envoyer des balles dans les airs… Tu sais comment tirer, au moins ?

— Je crois, répondit Lucy qui trouvait le revolver bien lourd. Je vais au cinéma, comme tout le monde. Est-ce qu'il y a un cran de sécurité quelque part ?

Plato la regarda de ses yeux injectés de sang.

— Contente-toi de tirer sur cette foutue gâchette.

Lucy hocha la tête.

— Je le ferai, s'il le faut.

— Bien. Et fie-toi à Sebastian.

Plato s'éclaircit la gorge. Parler le faisait souffrir.

— Il agit à son rythme et à sa manière, mais il sait toujours ce qu'il fait. Tu peux avoir confiance en lui.

— S'il a renoncé à la violence…

— Il a renoncé à l'usage gratuit de la violence, Lucy. Si Mowery les menace de son revolver, lui et le sénateur, il ne s'agit plus de violence gratuite. Si Sebastian ne peut pas défoncer un mur de brique en l'attaquant de front, il en fait le tour. Je le connais : crois-moi, il trouvera un moyen.

Lucy cligna des yeux. Elle était au bord de la nausée.

— Pourvu que tu dises vrai ! murmura-t-elle.

J.T. frissonnait de tout son corps. Ses lèvres étaient violettes et des cernes mauves ourlaient ses yeux.

— Maman, n'y va pas ! J'ai peur !

Lucy regarda ses enfants. Leur père était mort et leur grand-père était l'otage d'un criminel sans scrupule. Que deviendraient-ils s'il lui arrivait quelque chose, à elle aussi ? Elle ne pouvait pas se permettre de prendre le moindre risque inconsidéré. Ce n'était pas une question de courage ; c'était une question de responsabilité.

Et Plato avait raison : elle devait faire confiance à Sebastian.

— Je l'aime, tu sais ? dit-elle brusquement en s'adressant à Plato.

Il secoua la tête d'un air mi-amusé, mi-consterné.

— Je ne sais pas lequel de vous deux est pire que l'autre. Mais une chose est sûre : vous faites une sacrée paire d'enquiquineurs.

La jeune femme sourit.

— Je vais au-devant des policiers et je te les envoie, dit-elle.

Plato était trop faible pour continuer à parler.

— J.T., tu te sens capable de venir avec moi ? demanda Lucy.

Le garçon renifla et prit la main qu'elle lui tendait.

Lucy se pencha sur sa fille et l'embrassa.

— Tiens bon, chérie.

Madison n'ouvrit même pas les yeux.

— Oui, maman.

Barbara gardait un silence buté. Elle ne paraissait même pas s'intéresser à la conversation.

— Dis aux flics du coin de se dépêcher ! reprit Plato. Je suis sur le point de jeter Mlle Barbara dans les chutes pour pouvoir m'évanouir tranquillement.

Lucy emprunta le sentier qui menait au chemin de terre, se disant que la police passerait sans doute par là et non le long du ruisseau. En dépit de sa fatigue, J.T. marcha à son côté, sans traîner. Mais au moment de déboucher sur le chemin, il saisit le bras de sa mère.

Devant eux, à quelques mètres, Jack et Sebastian avançaient lentement, suivis par un troisième homme.

Darren Mowery, se dit Lucy.

— C'est lui, chuchota J.T.

Lucy se pencha à l'oreille de son fils :

— Retourne voir Plato. Dis-lui que je les ai trouvés.

J.T. parut hésiter, mais Lucy lui fit un clin d'œil et le serra contre elle pour l'encourager, avant de le pousser doucement.

Le garçon repartit en sens inverse.

Cependant, Mowery avait dû les entendre ou sentir leur présence car il se tourna légèrement vers elle.

— Posez votre arme, Lucy, ou c'est moi qui vais tirer sur l'un de mes deux otages. Le hasard décidera lequel.

La jeune femme avait presque oublié qu'elle était armée. Elle leva son revolver.

— Si vous tirez sur l'un d'eux, je tire sur vous !

Sebastian se retourna à son tour, très lentement et sans prononcer un seul mot.

Jack retenait son souffle.

Lucy ne savait pas quoi faire. Elle n'était pas une tireuse d'élite, loin de là : elle avait horreur des armes à feu. Elle n'en avait même jamais tenu une entre ses mains avant ce jour. Elle croisa le regard de Sebastian, mais celui-ci ne dit rien. Il ne chercha pas à communiquer avec les yeux non plus.

Puis Mowery eut un geste, et Lucy tira.

Le sang jaillit de la fesse droite de Mowery et il poussa un juron. Sebastian, comme s'il attendait cet instant, se jeta sur lui, le plaquant au sol avec une efficacité féroce et faisant voler le revolver que Mowery tenait encore dans sa main.

Jack le ramassa et Lucy continua de garder celui de Barbara pointé dans la direction de la scène qui se déroulait sous ses yeux. Au cas où.

Sebastian poussa Mowery en avant, visage contre terre, et il ramena les mains du prisonnier dans son dos. Puis il leva les yeux vers Lucy.

— Tu lui as tiré une balle dans le cul ?

— On dirait, répondit la jeune femme d'une voix chevrotante.

— Lucy, enfin, on ne vise pas le cul des gens quand on tire ! Si tu te trouves dans une situation qui requiert que tu te serves d'une arme à feu, tu tires pour tuer ton adversaire.

— J'ai tiré pour tirer, Sebastian. Ce n'est pas comme si j'étais en train de viser.

— Eh bien, voilà qui est drôlement réconfortant !

Il lui fit un signe du menton.

— Tu peux baisser ton antiquité, maintenant.

Elle fit ce qu'il lui disait, comprenant instinctivement que Sebastian s'efforçait, par ses propos, de la distraire un tant soit peu, et aussi de ne pas lui laisser trop le loisir de penser à ce qu'elle venait de faire et au danger mortel qu'ils venaient de courir.

— Tu contrôlais la situation ? lui demanda-t-elle.

— Non, répondit-il avec un large sourire. Mais j'y travaillais.

Jack tendit le revolver de Mowery à Sebastian, et se tourna vers sa belle-fille.

— Lucy ! s'exclama-t-il dans un sanglot. Mon Dieu, Lucy !

— Les enfants vont bien, dit la jeune femme, sentant les larmes déborder et baigner son visage. Madison et J.T., ils sont sains et saufs.

Sebastian pointa le Glock sur Mowery qui gémissait de douleur.

— Allez lcs rejoindre, dit-il en s'adressant à Lucy et à Jack. Allez retrouver les enfants.

Lucy marcha vers lui. La terre gorgée d'eau produisait des bruits de succion sous ses pas. Il avait cessé de pleuvoir et le fond de l'air était propre et frais. Elle croisa le regard grave de Sebastian.

— Ça va ? lui demanda-t-elle.

— Tu te demandes si je vais lui tirer une balle dans la tête à la seconde où vous aurez tourné le dos ?

Il eut un sourire étrange.

— C'est moi qui ai renoncé à la violence, ne l'oublie pas !

Lucy hocha la tête.

— Il vaut mieux ne pas le lui dire, à lui.

— Va. Je vais livrer M. Mowery à la police. Pas de bavure, cette fois.

Jack et Lucy s'éloignèrent en direction des chutes, et la jeune femme raconta à son beau-père ce qui s'était passé.

— Mon Dieu, Lucy ! murmura-t-il d'une voix brisée, lorsqu'elle eut terminé son récit.

Des larmes se mirent à couler sur sa peau ridée, et il serra la main de la jeune femme dans la sienne.

— J'ignorais totalement ce qui se passait. Je n'ai rien compris. J'aurais dû parler beaucoup plus tôt, au lieu de tout garder pour moi.

— C'est fini, maintenant, Jack. Nous avons tous les deux commis des erreurs.

— Je suis complètement anéanti, continua le sénateur. Jamais je n'aurais imaginé une chose pareille. J'aurais fait n'importe quoi pour vous épargner ça.

— Je n'en doute pas un instant, Jack. C'est bien le plus dur à avaler, ajouta-t-elle en retrouvant Madison blessée et J.T. au comble de la terreur. Comment peut-on accepter qu'en dépit de tous nos efforts, tout notre amour et notre volonté, on ne puisse pas toujours protéger nos enfants contre ce que la vie leur réserve ?

— Oui, tu as raison, c'est l'une des choses les plus dures qui soient, acquiesça Jack. Quand j'ai vu J.T. débouler et courir tout droit dans la gueule du loup…

Lucy frémit.

— C'est fini, Jack. Le cauchemar est terminé.

— Dieu merci !

Le sentier décrivait un coude, à cet endroit, et Lucy ne put s'empêcher de jeter un regard par-dessus son épaule.

Sebastian était resté dans la position où ils l'avaient laissé : seul, le revolver pointé sur l'homme qui avait été son ami avant de devenir son ennemi mortel.

— Il ne le tuera pas, dit Jack.

— Non, en effet, répondit Lucy. Mais je pense que c'est comme ça qu'il se sent vraiment bien dans la vie : seul, avec un revolver pointé sur un hors-la-loi.

— Je n'en suis pas si sûr, répondit Jack en secouant la tête d'un air entendu. D'après le peu que j'ai vu, il se sent vraiment bien avec toi. Je me demande même si ce n'est pas le cas depuis bien longtemps.

Jack enveloppa sa belle-fille de ses bras et la serra contre lui à l'étouffer. Puis il ajouta :

— Il ne pouvait sans doute pas le laisser paraître, jusqu'à maintenant.

16.

— Les flics m'ont passé un sacré savon, dit Rob, quatre jours plus tard, alors qu'il aidait Lucy à réunir les équipements pour la randonnée père et fils.

Lucy poussa un soupir.

— A moi aussi ! Je reconnais que j'ai eu tort, mais en même temps tu dois mieux comprendre pourquoi je n'avais pas très envie de les voir débarquer, comme ça, en masse. Ils ne sont pas particulièrement discrets.

Rob sourit.

— Non, en effet. Il faut dire que l'affaire est sérieuse : un sénateur victime d'un kidnapping, ça ne pouvait que mobiliser les troupes.

La police du Capitole avait assigné un détachement pour monter la garde auprès de Lucy, Madison et J.T., tant que l'enquête ne serait pas entièrement bouclée. Ils tenaient, notamment, à s'assurer que Darren Mowery et Barbara Allen n'avaient pas d'autres complices. L'un des inspecteurs avait confié à Lucy que les affaires d'intérêts financiers étaient généralement plus faciles à démêler que celles motivées par la haine ou la vengeance.

Sebastian avait trouvé une autre voiture, dans une petite clairière à l'orée de la propriété de Lucy : Mowery comptait manifestement l'utiliser pour disparaître. Il avait l'intention de se servir de Jack comme d'un bouclier humain, tant que cela aurait été nécessaire. Puis il l'aurait probablement abattu, il aurait tué Sebastian et il aurait maquillé la scène pour faire croire que les deux hommes s'étaient entre-tués. Après quoi il aurait pris la fuite. Sebastian Redwing mort et discrédité, la mission de Mowery était accomplie. Pour lui, l'argent était accessoire. Il avait surtout besoin de se libérer de sa haine pour Sebastian.

Rob compta les bouteilles d'eau minérale qu'ils allaient emporter.

— Je regrette que J.T. ne puisse pas venir avec nous, reprit-il.

— L'année prochaine, répondit Lucy.

— L'année prochaine ? Alors, Sebastian l'emmènera peut-être ? dit Rob avec gentillesse.

Mais Lucy ne pouvait pas se projeter aussi loin dans l'avenir. Elle trouvait plus facile de fixer son attention sur le présent immédiat. Madison et J.T. étaient avec leur grand-père et Sidney Greenburg, qui avait sauté dans le premier avion depuis Washington, après sa conversation avec Lucy. Ils étaient tous partis cueillir des bleuets sauvages — même Madison, avec son bras dans le plâtre.

— Ce qu'il nous faut, ce sont des tâches simples et réconfortantes, avait déclaré Sidney, à sa manière directe et généreuse.

Après le départ de Rob, Lucy traversa le jardin en

direction de la maison, prenant soin de savourer la chaleur du soleil sur sa peau, de respirer le parfum des fleurs, d'écouter le chant des oiseaux. Des sensations simples et réconfortantes. Il s'agissait de se réjouir de la vie, tout simplement. Sidney avait raison.

En arrivant devant les marches de la véranda, Lucy vit Plato Rabedeneira installé dans un fauteuil en rotin, à l'intérieur. Elle ouvrit l'écran moustiquaire, et eut un large sourire.

— Je ne savais pas que tu sortais de l'hôpital aujourd'hui ! s'exclama-t-elle.

— Je me suis pratiquement battu pour qu'on me libère, répondit Plato.

Il avait meilleure mine, mais il n'était pas encore tout à fait rétabli. Sa blessure à la tête était couverte d'un léger pansement, mais il ne cachait pas tout à fait l'hématome qui s'était formé tout autour.

— J'ai bien cru que je n'y arriverais pas, reprit-il. J'ai horreur des hôpitaux.

— Comment es-tu venu jusqu'ici ?

— Un type du FBI que je connais m'a déposé.

— Le FBI est là, aussi ? s'exclama la jeune femme.

— Tout le monde est là, Lucy.

— Eh bien, qu'ils rentrent chez eux ! Je veux retrouver ma vie, moi.

— Vraiment ? dit Plato en l'enveloppant d'un long regard pénétrant.

Il voulait parler de Sebastian, bien sûr.

Lucy s'installa en face de lui.

— Je ne peux pas partir d'ici, dit-elle sur un ton posé. C'est chez moi.

Plato eut un haussement d'épaules.

— Lucy, il y a deux choses immuables dans la vie de Sebastian : cet endroit et toi.

— Mais son ranch…

— Il a failli le perdre au poker, il n'y a pas si longtemps.

— Et Redwing Associates ? insista Lucy.

— La boîte tourne sans lui depuis un an. Ça peut très bien continuer comme ça. Il fera autre chose : de la formation en leadership, par exemple. Quand on a des leaders qui tiennent la route, ça permet d'éviter bien des problèmes et bien des erreurs, à long terme.

Il étendit ses longues jambes devant lui.

— Evidemment, il arrive qu'on tombe sur des salopards ou des cinglés. C'est ce qui nous permet de continuer à travailler.

— Salopards ou cinglés ? Ce sont des termes techniques, ça ?

— Absolument, répondit Plato avec un sourire.

Puis il reprit son sérieux.

— Lucy, je suis vraiment désolé de m'en être si mal tiré avec les enfants.

— Ne t'inquiète pas pour eux, Plato. Ils sont entourés d'une équipe de magnifiques garçons qui veillent sur leur protection.

— Mouais.

— J'espère que tu vas passer un peu de temps avec

nous. Tu es le bienvenu aussi longtemps que tu en as envie, Plato.

Mais il secoua la tête et se leva péniblement.

— Je le voudrais bien, mais je dois me rendre à Washington pour voir Happy Ford.

— Comment va-t-elle ?

— La convalescence sera longue, mais c'est une dure à cuire.

— Et après, tu retournes dans le Wyoming ?

— J'ai du travail qui m'attend.

Il prit les deux mains de la jeune femme pour l'aider à se lever. Une lueur malicieuse brilla dans ses yeux noirs.

— Ne le dis pas à Sebastian, mais j'ai fait raser son horrible cabane. J'ai demandé à mes hommes d'empaqueter ses recueils de poésie et son sirop d'érable, et un bulldozer s'est chargé du reste.

Lucy étouffa un sourire. L'amitié unique qui liait Plato, Sebastian et Colin obéissait à des règles qu'elle ne comprenait pas toujours, mais le lien n'en était pas moins indestructible.

— Et ses chiens ? Ses chevaux ?

— On les a installés dans une autre partie du ranch. Le labrador jaune devrait bien s'adapter, ici. Les autres, je m'en occuperai. Quant aux chevaux, Sebastian en achètera d'autres.

— Plato…

— Il va rester, Lucy. Crois-moi.

— Je n'en suis pas si sûre. On dirait qu'il s'est replié sur lui-même. Je ne sais même pas où il est.

Plato éclata de rire.

— Tu plaisantes ? Il joue au détective avec les huiles du Capitole, et il en profite pour chercher de nouveaux éléments susceptibles de venir bosser pour nous. Je te dis qu'il va rester, Lucy ! Tu as réussi à le faire sortir de sa retraite anticipée. Il est reparti sur les chapeaux de roues, maintenant.

Sebastian emmena Lucy et les enfants aux chutes de Joshua, ce soir-là. Jack et Sidney promirent de les attendre avec du chocolat et des cookies.

Le soleil était bas, à l'horizon. L'air chaud et sec n'était pas traversé par la moindre brise. Madison marchait à côté de sa mère. Elle ne pouvait se retenir de trembler.

— Maman, je ne sais pas si je vais y arriver, dit-elle d'une voix mal assurée.

— Tu n'es pas obligée, chérie, répondit Lucy. On peut faire demi-tour.

L'adolescente hocha la tête. Chaque parcelle de son corps paraissait tuméfiée ou meurtrie. Son plâtre était déjà couvert de cœurs, de fleurs et de petites faces rondes et souriantes. Quand la nouvelle de sa terrible aventure s'était propagée, ses amis avaient débarqué en masse pour la voir.

— Non, je dois essayer, murmura-t-elle.

Devant elles, J.T. tenait la main de Sebastian et, de l'autre, l'hélicoptère en plastique qu'il avait baptisé Plato. Il ne cessait de lever les yeux vers Sebastian, comme s'il attendait de lui qu'il lui montre l'exemple à suivre. Ce dernier se concentrait sur les détails immédiats : « Attention aux racines, passe par-dessus le rocher », etc. Son attitude était terriblement carrée et raisonnable depuis que la police avait embarqué son ancien ami et mentor, l'homme qu'il croyait avoir tué un an plus tôt.

Soudain, ils entendirent le grondement caractéristique des chutes.

— Ecoutez ! dit Sebastian.

Ils s'arrêtèrent et tendirent l'oreille. Madison fronça les sourcils, puis elle réussit à ébaucher un sourire.

— C'est beau.

J.T. regarda autour de lui.

— Quoi ?

— Le bruit des chutes, répondit Madison.

— C'est juste de l'eau ! rétorqua le garçon avec un haussement d'épaules.

Sebastian le tira doucement par la main.

— Continuons.

Ils marchèrent jusqu'au sommet de la cascade, là où Barbara Allen avait fait tomber Madison. Le tronc du sapin du Canada portait encore la marque que la corde avait laissée sur l'écorce.

Madison respirait très vite, et Lucy craignit qu'elle ne fût prise d'une attaque de panique. Elle ne dit rien, cependant, et sa fille serra les mâchoires tout en passant devant eux. Elle posa une main sur le tronc d'arbre et, se penchant légèrement, regarda la nappe d'eau profonde et glacée, en contrebas.

— Attention, Madison ! cria J.T. Tu vas tomber !

— Ce n'est jamais que de l'eau et des rochers, répliqua

l'adolescente en regardant son frère par-dessus son épaule. D'ailleurs, je ne suis pas tombée, l'autre jour, J.T. On m'a poussée, c'est différent.

Le garçon s'approcha à son tour, hésitant, sans parvenir à s'approcher véritablement du bord.

Sebastian se tourna vers Lucy.

— Et toi ? dit-il, une expression impénétrable sur son visage.

Lucy se rappela la terreur qu'elle avait ressentie en voyant sa fille suspendue dans le vide. Elle se souvint de son terrible sentiment d'impuissance quand elle l'avait entendue crier de douleur, quand elle avait compris qu'un seul faux mouvement pouvait provoquer la mort de sa petite fille. Son bébé… Elle ravala ses larmes. Non, Madison n'était plus un bébé.

— Allez, maman ! dit J.T.

Lucy rejoignit ses enfants au bord du précipice. L'eau des chutes de Joshua coulait imperturbablement, limpide et claire, les rayons du soleil dansant à sa surface.

— On s'est bien débrouillés, ce jour-là, dit elle. Tous.

Madison lui sourit.

— C'est vraiment beau, ici. C'est trop beau.

Sur le chemin du retour, J.T. partit en avant à la recherche de crapauds, et Madison compta les signatures sur son plâtre.

— Au moins, on a réussi à accomplir tout ça sans avoir la police du Capitole à nos basques, dit Lucy en levant les yeux vers Sebastian.

— C'est ce que tu crois, répliqua-t-il.

Lucy regarda autour d'elle d'un air interrogateur.

— Ils nous ont suivis, reprit Sebastian. Discrètement, mais ils sont là. Je ne te l'ai pas dit, voilà tout.

Il sourit.

— Jack va s'en aller dans quelques jours. Ils disparaîtront, à ce moment-là.

— Tant mieux.

— Moi aussi, je partirai.

Lucy déglutit péniblement, mais continua d'avancer.

— Tu retournes dans le Wyoming ?

— Oui. J'ai des choses à régler, là-bas.

— Je sais, murmura la jeune femme.

Puis elle ajouta simplement :

— Je serai là.

Sebastian sourit, mais il resta silencieux. Et Lucy se garda bien de lui dire que Plato avait fait raser sa cabane.

— Lucy est bien ici, dit Sidney. Elle a une bonne vie.

Jack hocha la tête et serra la main de sa compagne. Ils étaient assis sur les marches de la véranda et attendaient le retour de Lucy, Sebastian et les enfants, partis du côté des chutes de Joshua.

— Oui, tu as raison. Je m'en réjouis pour elle.

— C'est nouveau ! lui fit remarquer Sidney.

— Oui, reconnut Jack. Jusqu'ici, j'étais persuadé qu'en restant à Washington, près de moi, et en conservant les amis qu'elle avait du vivant de Colin, il y aurait comme une part de mon fils qui continuerait d'exister… Il me manque, Sidney. Il y a des jours où c'est à peine supportable.

Sidney retourna la main de Jack dans la sienne et déposa un baiser au creux de sa paume.

— Tu auras des jours comme ceux-là jusqu'à la fin de ta vie, Jack. Au lieu de les craindre ou de les fuir, essaie de les accepter, presque avec gratitude : ils te rappellent à quel point tu aimais ton fils. Ils te disent que tu n'as aucun souci à te faire : tu ne l'oublieras jamais.

— Je n'ai pas pu le protéger, Sidney. Je n'ai pas pu protéger Eleanor non plus.

— C'est vrai, dit Sidney. C'est comme ça.

Jack sourit et toucha la joue de sa compagne d'un geste plein de tendresse.

— Comment as-tu fait pour devenir aussi intelligente ?

Elle se mit à rire et ses yeux pétillèrent.

— J'ai eu la sagesse de ne jamais tomber véritablement amoureuse avant l'âge de cinquante ans, autrement dit, maintenant.

Elle se leva et épousseta son pantalon.

— Jack, si tu n'y vois pas d'inconvénient, rentrons. Les scènes champêtres au clair de lune, ce n'est vraiment pas mon truc. Il y a trop de moustiques.

— Tu ne vas pas décider de t'installer dans le Vermont, alors ?

— Grands dieux, non ! s'exclama Sidney avec un rire.

Jack la dévora des yeux, bouleversé par la force des sentiments qu'il éprouvait pour elle.

— Ne me regardez pas comme ça, sénateur Swift. Il

est hors de question que je vous fasse l'amour dans un carré de potirons.

Il se leva à son tour et l'attira contre lui.

— Cela signifie-t-il que tu es prête à accrocher tes sous-vêtements dans ma salle de bains ?

— Jack, *Newsweek* parle de nous comme du dernier couple à la mode. Le pot aux roses est découvert. Je suis prête à accrocher mes sous-vêtements dans ton bureau du Sénat.

— Hum ! je n'en suis pas sûr.

— Moi, si, déclara-t-elle en l'embrassant.

— Sidney ?

— Oui, Jack : je veux bien t'épouser.

— Merde, Plato ! s'écria Sebastian. Tu as rasé ma maison ?

— Je ne l'ai pas fait moi-même, répondit Plato. Je suis le patron, ici. J'ai délégué.

— A qui ? Je veux des noms.

— Impossible. Je leur ai promis l'anonymat.

Sebastian le fusilla du regard. Ils s'étaient retrouvés à Washington afin de rendre visite à Happy Ford, en convalescence chez elle, et Plato ne lui avait jamais parlé de la cabane.

— Où sont mes affaires ?

— Dans des caisses.

— Où ça ?

— Dans ton pick-up. Je suppose que tu vas le prendre

pour retourner dans le Vermont. Ton labrador ne peut pas prendre l'avion.

Sebastian hocha la tête.

— J'aurai besoin de mon pick-up dans le Vermont, de toute façon.

Les deux autres chiens se roulèrent dans la poussière. Ils supporteraient mal un déracinement. Il était préférable qu'ils restent ici.

Sebastian sourit à son ami.

— Je vais fermer les yeux et me montrer indulgent. Après tout, tu as pris une balle dans la tête.

— Bah, ce n'était pas vraiment une blessure. Celle au bras, en revanche, m'a fait un mal de chien. Heureusement, la balle n'a touché aucun nerf. Sais-tu que cette cinglée se prenait pour une tireuse d'élite ?

— Barbara Allen se faisait beaucoup d'idées fausses sur elle-même.

— Elle est complètement parano, si tu veux mon avis.

Sebastian s'accroupit à côté du vieux berger allemand et lui gratta le ventre. Il respira l'air frais et sec. Il aimait vraiment cet endroit. Mais son âme n'était pas ici.

— Si Lucy n'avait pas logé une balle dans le derrière de Mowery, je l'aurais tué.

— J'en suis sûr. N'empêche que tu es un professionnel, Sebastian. Cette affaire était personnelle, et ça ne t'a pas empêché de garder ton sang-froid. Ta seule erreur a été de permettre que Mowery recueille les lauriers pour avoir déjoué cette tentative d'assassinat, il y a des années.

— Bah, qu'est-ce que tu racontes ? demanda Sebastian en se redressant.

— Tu sais très bien ce que je raconte, répondit Plato, le plus sérieusement du monde. Darren Mowery n'a jamais eu le sens du bien et du mal ni la capacité de rester concentré sans tomber dans le cynisme.

— C'est vrai. J'ai mis du temps à en prendre réellement conscience.

— Et maintenant ? Qu'est-ce que tu désires ?

— Je veux juste être heureux comme Daisy savait l'être, avec un lopin de terre, des oiseaux et les bois.

Il contempla le paysage grandiose du Wyoming autour de lui.

— Ça aussi, j'ai mis du temps à le comprendre.

— Mieux vaut tard que jamais, déclara Plato. Fais construire une annexe à l'étable de Lucy, et on pourra ouvrir un centre de formation en leadership sur la côte Est… Je suis invité au mariage ?

— Forcément ! Je vais avoir besoin d'un témoin.

Plato se balança sur ses talons.

— Tu as une bague ? Tu ne peux pas demander à Lucy de t'épouser si tu n'as pas une bague. Je sais qu'elle aime le sport et l'aventure, mais elle va vouloir une bague, fais-moi confiance.

Avec un soupir, Sebastian plongea la main dans la poche de son jean et en tira un solitaire.

— Là.

Plato fronça les sourcils.

— C'est tout ? Tu as les moyens d'acheter un diamant plus gros que ça !

— C'était la bague de Daisy. Mon grand-père la lui avait offerte. Ils n'avaient pas beaucoup d'argent.

— Je croyais que tu avais laissé toutes les affaires de Daisy dans sa maison.

Sebastian haussa les épaules.

— En effet. J'ai retrouvé cette bague récemment. Je l'avais laissée dans le grenier, avec d'autres objets.

— Tu veux dire que tu l'as volée ?

— Ce n'est pas du vol. Daisy me l'avait léguée. Simplement, j'étais trop bête pour la prendre.

— Tu ne pensais pas que Lucy pouvait tomber amoureuse de toi, hein ? dit Plato en secouant la tête. Tu as raison : tu étais bête comme tes pieds.

— Cause toujours, Rabedeneira ! Je t'ai déjà choisi pour jouer les baby-sitters pendant notre lune de miel.

— Encore ?

— Que veux-tu : les enfants t'adorent.

Ouais, et grâce à eux, je me suis encore pris plusieurs balles dans le corps. Je ne veux plus rien avoir à faire avec des enfants.

Sebastian arriva dans le Vermont le visage ombré de barbe, l'estomac retourné par trop de nourriture avalée rapidement dans des restaurants d'autoroute, et très irrité contre son chien qui s'était montré particulièrement impatient pendant le voyage. A la seconde où Sebastian ouvrit la portière du pick-up, il bondit hors de l'habitacle et ravagea les roses trémières de Lucy.

Sebastian secoua la tête et se dit qu'ils en planteraient d'autres.

Lucy sortit de la maison. Elle portait une longue robe d'été, des sandales, et ses cheveux flottaient sur ses épaules, brillant dans la lumière de cette fin d'après-midi.

— J'ai appris que tu étais en ville, dit-elle.

— Il y a des espions partout, ma parole ! répondit Sebastian.

— Tu t'es arrêté pour acheter quelque chose. Mes espions ne m'ont pas dit quoi. Ils ont reconnu les plaques du Wyoming, mais pas toi. Ils ont dit que tu avais…

Elle fit mine de fouiller sa mémoire, avant d'ajouter :

— Un air louche.

— Et c'est vrai ?

— Par ici, avoir l'air louche signifie être sexy.

— Je vois.

Lucy jeta un regard du côté du labrador jaune qui pourchassait un écureuil à travers le jardin.

— Tu penses qu'il finira par comprendre les règlements de la maison ?

— Il ne faut pas y compter.

— Je te trouve drôlement culotté d'amener ton chien.

Sebastian s'appuya contre son pick-up.

Lucy n'avait plus vingt-deux ans, et lui non plus. Mais elle était la femme qu'il avait toujours aimée.

— Où sont les enfants ?

— Rob et Patti Kiley les ont emmenés chez eux pour la nuit.

— Comme c'est pratique !

— Moui. Les fédéraux ont fini par nous laisser. Les médias ont décampé, aussi. Et les méchants sont en prison.

Elle lui sourit.

— Je suis seule.

— Non, tu n'es pas seule.

Il marcha vers elle et l'embrassa longuement et tendrement. Après un moment, il sortit la bouteille de champagne du pick-up. C'était ce qu'il venait d'acheter en ville. Il avait demandé à la caissière de tenir sa langue. La nouvelle avait sûrement déjà fait le tour de la région : le petit-fils de Daisy et la veuve Swift buvaient du champagne ensemble à la vieille ferme Wheaton.

Ils entrèrent dans la cuisine, et Sebastian fit sauter le bouchon et remplit deux coupes.

— Que célébrons-nous ? demanda Lucy.

— Eh bien, mais ce qu'on veut ! On peut célébrer notre victoire sur les méchants. On peut boire à la vie, au fait que nous sommes encore là pour en jouir. Ou bien, on peut boire à Lucy Blacker et à son nouvel amour. Parce que je suis prêt à prendre tout ce que tu voudras bien me donner.

Lucy sourit.

— Je lève mon verre à tout cela.

Sebastian n'était pas sûr de pouvoir porter la jeune femme ainsi que les deux coupes de champagne jusqu'à la chambre, mais il essaya quand même. Après tout, ce n'était pas si loin. Seulement, lorsque Lucy jeta la tête en arrière et éclata de rire, il perdit l'équilibre et renversa tout le champagne sur elle.

Il la déposa sur le lit, et elle enroula les bras autour de son cou.

— Je sens le champagne, dit-elle.

— Tu en as le goût, aussi, répondit-il.

— Et toi, tu as un goût de poils de chien.

Sebastian pouffa de rire et l'embrassa.

— Tu veux que je me lave d'abord ?

— Non. Je veux que tu te laves après.

— On se lavera ensemble.

— Je plaisantais, murmura la jeune femme en caressant son menton hérissé de poils. Tu as le goût d'un homme qui vient de traverser le pays à toute vitesse pour… venir me faire l'amour, conclut-elle avec un sourire heureux.

— Je ne pense à rien d'autre, depuis des jours.

— Tu veux dire des années !

Sebastian voyait les contours des seins de Lucy à travers le tissu léger de la robe trempée de champagne.

— Tu as une bien bonne opinion de toi, Lucy Blacker.

— Non, de toi, répondit-elle. Je t'aime, Sebastian. Je crois que je t'ai toujours aimé, d'une manière ou d'une autre. Tu as toujours été là pour moi. Simplement, c'est différent, maintenant. Je t'aime comme quelqu'un qui peut partager ma vie, pas seulement comme un ami. Je t'aime comme mon égal, et pas seulement comme mon protecteur. Je t'aime de tout près, ajouta-t-elle en l'attirant vers elle. Et ce ne sera plus jamais de loin.

Sebastian lécha le champagne qui avait coulé dans le cou de la jeune femme, et lorsqu'elle se débarrassa de sa robe, il lécha le champagne sur ses seins et sur son ventre.

Très vite, Lucy trembla de tous ses membres.

Il ôta alors bien vite ses propres vêtements et revint vers elle pour presser son corps contre le sien.

— Je ne peux pas me retenir plus longtemps, murmura-t-il.

— Alors, ne te retiens pas, répondit-elle en l'attirant en elle.

Il faisait frais dans la chambre, et Sebastian entendait le chant des oiseaux, dehors, le souffle de son chien en train de fureter dans quelque buisson, et plus loin le roulement du ruisseau Joshua qui suivait son cours à travers les collines.

Il était chez lui, et lorsqu'il fit l'amour avec Lucy, il sut qu'il avait enfin trouvé sa place.

— Je t'ai toujours aimée, chuchota-t-il. Et je t'aimerai toujours.

BEST SELLERS

Les Best-Sellers Harlequin, c'est la promesse d'une lecture intense : romans policiers, thrillers médicaux, drames psychologiques, sagas, ce programme est riche d'émotions.

Ne manquez pas, dès le 1er novembre :

Entre les mains du tueur, de Jan Coffey • N°269

Il connaît tout d'elle : ses goûts, ses envies, ses habitudes. Bientôt, il le sait, elle sera à lui. Même s'il lui faut pour cela supprimer tous ceux qui se dressent en travers de son chemin...
Brillante informaticienne, Emily Doyle compte de nombreux admirateurs. Mais lorsque l'un d'eux se met à lui envoyer des colis inquiétants, puis un message l'accusant d'une série d'accidents mortels inexpliqués, elle comprend que, chez cet homme, l'admiration a fait place à l'obsession. Et à la folie meurtrière...

La mort dans le miroir, de Olga Bicos • N°270

Sulfureuse, perverse, cruelle : telle était Nina Travers. Jouant de ses proches comme de simples marionnettes, la jeune femme n'a cessé d'attiser entre eux la haine et la jalousie. Jusqu'à sa mort suspecte, survenue dans des conditions restées inexpliquées...
Fiancé à Nina, Ryan Cutty a toujours été soupçonné de l'avoir tuée. Douze ans se sont écoulés depuis, mais il ne peut s'empêcher d'éprouver un choc à la vue de Holly Fairfield, l'architecte engagée pour rénover la demeure familiale. Car Holly est le sosie de Nina. Et il ne peut croire que sa présence soit le fruit du hasard...

L'œuvre du mal, de Karen Harper • N°271

Maplecreek, Ohio. Tandis qu'un manteau de neige emprisonne la ville, Leah Kurtz s'inquiète des étranges disparitions qui se succèdent autour d'elle. Et son angoisse s'accentue lorsque des enfants malades sont retrouvés à demi inconscients, avec sur les bras des traces de piqûres pratiquées à leur insu... Aidée d'un médecin, le Dr Mark Morelli, Leah va alors tenter de comprendre qui s'attaque ainsi à des innocents – et tout faire pour stopper l'esprit machiavélique à l'œuvre derrière ces crimes…

Prix Mary Higgins Clark 2006.

Lune de sang, de Gwen Hunter • N°272

Tyler voit les poignets enflés de son frère, sa main amputée d'un doigt. Elle sent la douleur dans sa poitrine, là où on lui a cassé plusieurs côtes. Et la peur l'envahit. Une peur panique, incontrôlable...

Depuis que son frère Davie a été kidnappé, Tyler St Clair est hantée par les images des sévices qu'il subit tandis qu'il se trouve entre les mains de ses ravisseurs. Comme tous les membres de sa famille, la jeune femme possède en effet le don de double vue. Un don qui l'effraie et qu'elle a toujours tenté d'ignorer. Mais qui est peut-être aujourd'hui sa seule chance de comprendre pourquoi Davie a été enlevé – et de le retrouver vivant…

La mémoire blessée, de Karen Young • N°273

L'anéantissement. Le désespoir. Ces sentiments, Erica Stewart les connaît bien depuis que son mari et sa petite fille sont morts à ses côtés dans un accident de voiture. Après un coma qui lui a ôté tout souvenir du drame, elle n'a trouvé de refuge que dans le travail. Mais lorsqu'elle rencontre Hunter McCabe, le fragile équilibre de sa vie vole en éclats. Car tandis que grandit son attirance pour cet homme, des cauchemars commencent à hanter ses nuits. Des cauchemars qui, inexplicablement, lient Hunter à l'accident…

L'héritière de Calistoga, de Christiane Heggan • N°157 *(réédition)*

Lorsqu'elle apprend à la mort de sa grand-mère qu'elle est l'unique héritière du domaine viticole familial, Rachel Spaulding est aussi ravie que surprise. Enfant adoptée, elle ne s'attendait pas à être privilégiée au détriment de la fille légitime des Spaulding, Annie. Mais le rêve est de courte durée : furieuse, Annie engage un détective privé pour en savoir plus sur les origines de Rachel. Et elle ne tarde pas à déterrer un sombre scandale qui menace de tout faire perdre à sa rivale…

Composé et édité par les
éditions Harlequin
Achevé d'imprimer en août 2006

BUSSIÈRE
GROUPE CPI

à Saint-Amand-Montrond (Cher)
Dépôt légal : septembre 2006
N° d'imprimeur : 61433 — N° d'éditeur : 12327

Imprimé en France